講談社文庫

逆島《さかしま》断雄《たつお》

本土最終防衛決戦編 1

石田衣良

講談社

主な登場人物

逆島断雄　さかしま・たつお

東島進駐官養成高校を繰り上げ卒業し、新任の進駐軍少尉に。皇室を守護する近衛四家から没落した逆島家の次男で、逆島家に伝わる秘術「止水」を操る。日乃元本土防衛の決戦兵器「須佐乃男」の正操縦者候補筆頭。

東園寺彩子　とうおんじ・さいこ

断雄と「須佐乃男」の正操縦者候補を最後まで争う。近衛四家の第四位・東園寺家の次期当主で、断雄の幼馴染み。「異種格闘技戦」で兄・崋山《かざん》を断雄に殺され、復讐を誓う。秘術「呑龍」を操る。

菱川浄児　ひしかわ・じょうじ

「須佐乃男」の正操縦者候補であり、断雄の親友。軍略の天才といわれている。父はエウロペ連合の元軍人。

谷照貞　たに・てるさだ

「須佐乃男」の副操縦者候補。「異種格闘技戦」で彩子の兄・崋山に右腕をやられ、金属の軍用義手をつけている。

天童寂矢　てんどう・じゃくや

「須佐乃男」の正操縦者候補。天童家の分家筋ながら、呪術において100年にひとりの才能があるといわれる。本家に深い恨みを持つ。

幸野丸美　こうの・まるみ

「須佐乃男」の正操縦者候補。養成高校では彩子と同じ班にいた。浄児に次ぐ成績の理系女子。射撃の名手でもある。

鳥居国芳　とりい・くによし

「須佐乃男」の副操縦者候補の交代要員。候補に何かあれば自分が繰り上がると張り切り、断雄をサポートする。

佐竹宗八　さたけ・そうや

「須佐乃男」の副操縦者候補。圧倒的な格闘能力を持つ。南方の最前線で三桁の敵を屠《ほふ》ったといわれる。

天童航　てんどう・わたる

「須佐乃男」の正操縦者候補で、近衛四家筆頭・天童家の跡取り。天童家は呪術によって女皇に仕え、序列第一位を保ってきた。

五王龍起　ごおう・たつおき

「須佐乃男」の正操縦者候補。無限に近い資金力と最高の軍事テクノロジーを持つ、五王重工の御曹司。

逆島継雄　さかしま・つぐお

断雄の兄で、進駐軍作戦部少佐。柳瀬《やなせ》波光《はこう》とともに「須佐乃男」の操縦者候補たちを指導する。逆島家を近衛四家に復帰させるという野望を持つ。

想兼　おもいかね

別称、オモイ。少女形AIボディを持つ戦術支援人工知能。断雄のいる「須佐乃男」操縦チームに携わることに。

逆島断雄《さかしまたつお》

本土最終防衛決戦編 1

I

見渡す限り一面、銀の波だった。

突風に吹き倒されたススキが嵐の海のようにうねっている。広大なススキ野原の手前は黒々した火山灰の大地で、戦車のキャタピラ跡が幾筋も走っていた。一〇〇平方キロメートルを超える手つかずの原野は栄養分に乏しく、農業には向かなかった。日《ひ》乃元《のもと》進駐軍はこの不毛の地を北不二《きたふじ》総合演習場として占拠し、関係者以外の立ち入りを厳しく制限していた。

展望室の分厚い防弾ガラス越しに目を上げると、日乃元一の霊峰・不二山が雄大に裾野を広げている。秋も深まり、頂《いただき》の雪化粧がまばゆく陽光を跳ねている。この国の人間なら、この景色に胸を打たれない者はいないだろう。だが、自分は違う。不二の山などには背を向けて生きたかった。

「ここの暮らしには慣れたか？」

背後から声をかけられ、逆島断雄《さかしまたつお》は振り向いた。秋の文化祭と異種格闘技戦の後、東島《とうとう》進駐官養成高校を繰り上げ卒業し、今では十六歳にして新任の進駐軍少尉だった。両肩と胸につく階級章は銀の一本線である。兄の逆島継雄《つぐお》進駐軍作戦部少佐が感情の欠落した顔で立っていた。

「はい、少佐。悪くはありません」

進駐軍の施設内では、タツオはひとりきりの兄を階級で呼んでいる。継雄は直属の上司のひとりであった。

「いいだろう。生活のリズムと食事には細心の注意を払ってくれ。おまえにはなんとしても最高のパフォーマンスを維持してもらわなければならない」

タツオは胸のなかでつぶやいた。それは弟としてでも、ひとりの軍人としてでもなく、日乃元本土防衛の決戦兵器「須佐乃男《すさのお》」の正操縦者候補として欠かせないからだろう。さらに加えるなら、兄・継雄にはウルルク王国の首都防衛戦で軍令違反を犯したうえ玉砕した父・逆島靖雄《やすお》の名誉を回復し、再び逆島家を女皇を守り立てる近衛《このえ》四家に復帰させたいという野望があった。没落はしたが逆島家は本来、近衛四家の序列第三位である。タツオは兄の思惑など無視して、ぶっきらぼうにいった。

「養成高校のテロはどうなりましたか」

記憶は生々しかった。三千人近い観衆で埋まった大講堂で、十三人のスパイが突撃銃を乱射したのである。犯人はその場で全員射殺されたが、身元を明らかにするような手がかりは残されていなかった。おそらくは現在、植民地をめぐり戦争中の氾《はん》帝国のスパイだろうと噂されるだけだった。

あの異種格闘技戦の決勝戦の後、ばらまかれた銃弾の数は約二千発。死者はあれから一週間後の現在もじりじりと数を増やしている。

「今朝一名亡くなって死者は八十三名になった」

「その人は学生でしたか」

同じ進駐官養成高校に通う生徒だったのだろうか。どうしても気になってしまう。

「そうだ。名前を知りたいか」

兄が情報端末を抜きだそうとした。タツオは重苦しく首を横に振った。

「いいえ、けっこうです」

名前など聞いて、同学年の顔を見知ってる生徒だったらたまらない。タツオの一年三組からもすでに七名の死者が出ている。つい皮肉な口調になった。

「見事なものですね。あれだけのテロ事件をマスコミから完全に守り切った。いったい進駐軍はどんな手を使ったんですか」

進駐官養成高校での大規模テロは日乃元のメディアにはまったく流れていない。死者の数どころか、銃撃があったことさえ影も形も知られていないのだ。進駐軍の鉄のカーテンだった。

「打てる手はすべて。あのテロは養成高校の問題ではない。単なる進駐軍の問題でもない。『須佐乃男』の存在にふれるマターなのだ。あれが三重特秘に指定されていることは、おまえもわかっているな。最上級の軍事機密を守るために軍が全力を傾けた結果だ」

それならば納得がいく。まだ十代なかばの須佐乃男操縦者候補を隠すために、八三名の死は無きことにされたのだ。戦闘中の死亡者に贈られる二階級特進はあったのだろうか。遺族が受けとる年金額にだいぶ差がでるのだが。

作戦部少佐が近づいてきた。肩に手をおくといった。

「少尉、顔を見せてみろ」

三組の異種格闘技戦で、タツオの顔も身体もぼろぼろだった。百キロを超える相撲部の強豪や床運動のタンブリングから打撃を繰りだす体操選手。それになんといっても、戦場で三桁の敵を屠《ほふ》ったという佐《さ》竹《たけ》宗八《そうや》とも闘っている。指の骨折だけで済んだのは幸いだった。

最後に近衛四家の幼馴染み・東園寺《とうおんじ》崋山《かざん》。この名前だけは忘れることはできなかった。タツオが生まれて初めて、この手にかけて殺害した少年の名前だ。カザンとは幼稚園にあがる前から、よく遊んでいたのに。タツオはすでに殺人者だった。この一週間、笑うことはずっと少なくなり、それを見た進駐軍の教官は、軍人らしくなったとタツオを褒《ほ》めた。大人はなにもわかっていない。兄が左目を指で押し開いてのぞきこんでくる。

「だいぶ毛細血管が切れたんだな。まだ充血している。医者はなんといっている？」

どうせ逆島家秘伝の第二段階「観《かん》の止水《しすい》」の発動条件を気にしているのだろう。見ることの極限を超えた先に、体内クロックの操作術の奥義《おうぎ》はあったのだ。兄・継雄も「止水」の訓練を受けていたが、まだ第二段階には至っていない。

「問題ないと。視力は落ちていません」

「指のほうはどうだ」

アルミの金属板を添え木に当てた左手の小指だった。きれいな単純骨折なので、骨にひびが入った場合よりも治癒《ちゆ》は早いという。あと二週間もすれば日常生活に困難はなくなるだろう。

秋の日は早かった。北不二の荒野がいつのまにか夕日に染まり始めている。目の前の防弾ガラスに青い影のような陰気な少年が映っていた。タツオはもう自分の姿には興味がなかった。高校生の甘さは東園寺崋山への必殺の一撃とともに打ち砕かれている。

「あれからずっとふさぎこんでいるそうだな」

誰に聞いたのだろうか。タツオは兄とほとんど口を利いていなかった。

「ジョージがなにかいったんですか」

「菱川《ひしかわ》少尉からも報告は受けている。毎日な。彼を恨むな。おまえを観察し、報告するというのは彼に与えられた正式な軍務なのだ。作戦部からの命令だ」

菱川浄児《じょうじ》はただひとり残されたタツオの親友だった。そこまで須佐乃男の正操縦者候補というものは、重要なのだろうか。親友に軍務でプライベートまで報告を上げさせるというのは、いくらなんでもやりすぎだ。息を抜く時間がなくなってしまう。進駐軍少尉とはいえ、自分はまだ一六歳で、通常なら高校に通っているはずだ。

「逆島断雄少尉、気をつけ！」

いきなり逆島継雄作戦部少佐が号令をかけた。反射的にタツオは直立不動になる。

「よく聞け。貴様は今後、訓練や実戦で何人もの敵や、ときとして味方を手にかけるだろう。決戦兵器に至っては十万単位の死者を生む可能性を専門家は指摘している。

いいか、日乃元を守り抜きたければ、死者を乗り越えてゆけ。貴様は故郷や母上を守りたいのだろう」

東都の下町にあるちいさな木造の一軒家で暮らす母・比佐乃《ひさの》の顔が浮かんだ。あそこに爆撃があれば、あたり一面が火の海になるはずだった。

世界中の戦争や会戦について学んできたタツオは戦争というものの本質を身に沁みて理解していた。戦争は勝つと負けるでは雲泥《うんでい》の差だ。とくに本土防衛戦においては敗北と同時に、ひとつの国とそこに暮らす人々、文化が打ち壊される。文字通り殲滅《せんめつ》させられる可能性まであった。

世界は弱肉強食の高度植民地時代だった。絶えざる経済成長を実現するには、資源と市場として植民地を新たに獲得する侵略戦争に勝ち続けるしかない。タツオ自身が日乃元皇国の無敵の剣、進駐軍の先兵だった。

「逆島少尉、貴様は日乃元を守りたいか」

もう迷うことはできなかった。

「はい、全身全霊をかけてこの国を守ります。この命、日乃元にささげます」

そういいながら、タツオは胸のなかで幼馴染みに謝っていた。本土防衛戦が終わったら、必ず墓参りにいく。それまでは薄情で冷酷な友を許してくれ、カザン。逆島継雄少佐が、タツオの肩をぽんっと叩《たた》いた。

「イチロクマルマルから、作戦会議だ。今後の戦略に関する重大な発表があるから遅れるな」

「はい、少佐」

タツオは兄の背中が見えなくなるまで、なにも考えずにただ敬礼を続けた。

2

会議室は養成高校のように殺風景な部屋ではなかった。床には臙脂《えんじ》色のカーペットが敷きこまれ、三〇名は楽に座れる楕円《だえん》形の大テーブルは重厚なマホガニー製だ。そのテーブルの中央には3Dホログラムのディスプレイが設置され、居ながらにして世界各地に広がる日乃元進駐軍の戦場がリアルタイムで再現可能だった。

黒革のリクライニングチェアを足でくるくると回転させ、鳥居国芳《とりいくによし》がいった。

「さすがに本物の進駐軍は違うな。養成高校とは給料もぜんぜん違うもんな。おれたちも偉くなったもんだ」

進駐官養成高校でも毎月給与は国から出されていた。だが、繰り上げ卒業をして新任の進駐軍少尉になってから、給料は実に四倍に増えていた。通常の私企業なら勤続一〇年目あたりの中堅会社員の年俸と同じである。

「そうだね。そういうクニも髪をばっさりと切って、今では須佐乃男の操縦者候補のひとりだからね」

菱川浄児がそういうと、ナンパな新任士官は口先をとがらせた。

「髪のことはいうなよ。おれだって好きで切ったんじゃないんだから。ジョージとタツオは正操縦者候補だろ。おれはおまけの副操縦者のほうだからな。おまえらみたいな本物のエリートとは違う」

タツオはあらためて士官用の会議室を見渡した。あのテロの最中、大講堂から脱出した須佐乃男の乗員候補者がずらりと顔をそろえていた。タツオが属する三組一班の三名を含め、総勢で一七名だ。クニが目を細め、つぶやくようにいった。

「だけど、もう正操縦者はタツオで決まりだろ。候補者一〇人のうち、ここにはたった四人しか残ってないんだからな」

クニが思いだしたくない事実をあっさりと指摘した。タツオはもちろん一〇名全員の顔と名前を憶えている。そのうちすでに三名が死亡していた。

タツオと並ぶ最有力の候補者だった東園寺崋山は、タツオ自らの手により異種格闘戦の決勝で心臓を縦に割られ死亡した。

五十嵐高紀《いがらしたかのり》は夏の総合運動会模擬戦で、いまだに謎である敵勢力の銃撃により、タツオの身を守る盾となって散っていった。

浦上幸彦《うらかみゆきひこ》はタツオとジョージを狙撃し損ね、今はこの会議室にいない一班の谷照貞《たにてるさだ》により射殺された。

ジョージがぽつりといった。

「テルはだいじょうぶなのかな」

東園寺家に伝わる秘術「呑龍《どんりゅう》」に落ちたテルはカザンの残酷な集中攻撃により右腕を再起不能なまでに複雑骨折させられた。テルは進駐軍病院で義手の接合手術を受け、手術は成功したが、リハビリのためにまだ北不二演習場にはきていない。クニが視線だけで示した。

「残る正操縦者候補でここにいるのは、おまえらのほかはふたりだけ。トウシロウとマルミ」

鼻に添え木を当てた横沢冬獅郎《よこざわとうしろう》を横目で見る。テルと同じ逆島派だったボクシング部の横沢はカザンの恨みを買い、鼻骨を折られていたが、元気にこの部屋にいる。

東園寺彩子《さいこ》の班にいた幸野丸美《こうのまるみ》はテーブルの端に座り新しい数学の問題集に取り組んでいた。ジョージにつぐ成績二番は理系で、数学の難問をクイズ代わりに解くのが趣味なのだ。

「まあ、ふたりとも主役の座は重いよな。おまえたちみたいなモンスター級の身体能力がないしさ」

ちょっと待ってくれとタツオはいいそうになった。逆島家伝来の秘術「止水」がなければ、自分の運動能力は上の下くらいのものだ。

「もう決まったようなもんだ。ふたりのどっちかが正操縦者様になったら、おれを副操縦者に指名してくれよ」

ふざけた軽い口調だが、クニの目は笑っていなかった。一名の正と六名の副。須佐乃男の操縦者は全部で七名しか存在しない。だが、誰もが日乃元の歴史に名を残す生ける軍神となるだろう。須佐乃男は一〇〇万人を楽に超える氾帝国＝エウロペ連合の侵略軍から、日乃元本土を守る切り札、決戦兵器なのだ。

「そう簡単にいくかな」

おもしろがっているような声は、タツオのつぎに正操縦者に近いジョージだった。腕時計を視認しながらいう。

「クニはサイコと五王龍起《ごおうたつおき》を忘れているよ。サイコには兄のカザンと同じ『呑龍』があるし、タツオキは五王重工の無限に近い資金力と最高の軍事テクノロジーがある」

タツオはゆっくりとうなずいた。ジョージのいう通りだ。現状ではほんのすこし自分が有利に過ぎない。一年後かあるいは数年後かわからないが、須佐乃男作戦の発令までは、まだまだ長い時間と死力を尽くした競争が待っているのだろう。

ジョージが囁《ささや》くようにいった。

「時間だ」

同時にテーブルと同じ木目のダブルドアが開いた。副官を連れて、タツオの兄・逆島継雄作戦部少佐と情報保全部の柳瀬《やなせ》波光《はこう》だった。保全部には外向きの階級はないが、柳瀬部員は中尉だと噂で聞いている。一七名の須佐乃男候補者はその場で直立不動になった。

夕刻の演習場を熱もなく透かす防弾ガラスの窓を背にして、中央に逆島少佐、右手に柳瀬保全部員が立った。副官はドアの両脇を固めている。

「全員、直れ。着席」

誰も息をあわせようと意識した訳ではないが、きれいに音が揃った。タツオは黒革の回転いすで、背筋を伸ばし正面を見つめた。

「これより、進駐軍三重特秘『須佐乃男』作戦について概要を伝達する。わたしと柳瀬部員についてはもう紹介の必要はないな。その前に本日、この北不二演習場に到着したきみたちの仲間を紹介しておこう」

逆島少佐が副官にうなずきかけた。二名の軍人がダブルドアを同時に開いた。楕円テーブルを囲む一五歳から一六歳の新任士官は一斉に振り向いた。タツオは声をあげそうになった。

先頭には濡れたように黒く光る軍服を身に着けた東園寺彩子の姿があった。特注のオーダーメイド品なのだろう。以前より痩《や》せて細くなったウエストにあわせ、きりりと上着の腰がしぼられている。髪はワンレングスの短いボブヘアだ。タツオの好きな黒髪は三〇センチ近く切られている。なにより目が不吉だった。幼馴染みの心優しい少女の面影はどこにもない。死体に開いた銃口のように黒々と光を吸っている。

続いて、五王龍起の見慣れた白蛇のような顔も見える。こちらは通常のカーキ色の進駐官士官用制服だ。その後方にはさらに四名の同世代の顔が続いていた。タツオは進駐官の癖で即座に階級章を確認した。銀の一本線。自分たちと同じ少尉だ。

だが、あの制服はなんだろうか。赤や黄やオレンジといった枯葉をデザインした秋色迷彩とも違う、これまで目にしたことのない派手な生地だった。目も綾《あや》にカラフルで豪奢《ごうしゃ》な光を跳ね散らしてくる。奇抜な軍服を着た若い少尉が男女それぞれ二名ずつ、五王龍起に続いて入室してくる。

六名の若年の少尉が一列に並び、胸を張った。サイコは一切タツオと目をあわせようとしなかった。まるでそこに誰も存在しないかのように視線を向けてこない。これが決勝戦の前にタツオとキスを交わした美少女だろうか。

逆島少佐の涼やかな声が響いた。

「各自、自己紹介をしてもらおう。東園寺少尉と五王少尉についてはみなすでに面識があると思うが、他の四名とあわせてもう一度頼む」

「はいっ！」

やつれたサイコが切れ味鋭い返事を放った。

「まず本官からいく。わたしの名は、東園寺彩子。女皇陛下をお守りする近衛四家の第四位・東園寺家出身だ。双子の兄・崋山を異種格闘技戦で一週間前に亡くした。合流が遅れたのは、東園寺家で本葬を行ってきたせいだ」

東園寺家の長男の葬儀には数千人の参列者が集まったという。兄を失った双子の妹には人間的な感情はひとかけらもなかった。凍《い》てついた声が淡々と響き、サイコは初めて兄を殺害した幼馴染みを視界にとらえた。殲滅すべき敵影を発見したレーダー手のように静かににらみ据える。

「あの日からわたしは復讐を誓った。須佐乃男正操縦者に就任し、作戦終了後、わたしは必ず兄の仇を討つ。逆島、貴様に許しを請う機会はない。以上だ」

名指しで復讐を告げられた。会議室の空気もタツオの背中も凍りついた。死にたくはない。だが、サイコには自分を殺す正当な理由がある。

高度植民地時代の現代では、復讐法が認められている。正式な法的手続きを踏めば、個人的な復讐で相手を殺しても無罪だった。年間十数件程度と数はすくないが、復讐のための決闘は多くの人間の耳目《じもく》を集める格好の話題である。

タツオの胸のなかで、晩秋の風が吹き荒れていた。夕日がゆっくりと霊峰・不二の裾に沈んでいく。頂の新雪は火を放たれたように燃え輝いていた。初恋だと思っていた相手から、復讐と決闘を告げられた。須佐乃男でわが日乃元本土を防衛した後でなら、この少女に殺されてもいいだろう。タツオはにこりともせずに真顔でサイコにうなずきかけた。

続いて端正な白蛇のような少年が両手を後ろで重ね口を開いた。うっすらと笑っているが、不吉な印象しか人に与えない。

「五王龍起です。自分は五王重工と進駐軍技術部の須佐乃男チームにいっていた。決戦兵器はほぼ実戦での運用可能な段階まできている。あとは最終の運転試験を待つだけとなっている。正操縦者候補のひとりとして、日乃元の国体を守るために全力を尽くす所存だ」

タツオは表情には出さなかったが、内心驚いていた。須佐乃男の開発はそこまで進行していたのか。膨大な数のロボット兵器を操縦するためには、極限まで精神と肉体を駆使しなければならなかった。十代なかばしか操縦者候補がいないのは、たった六時間の運用で人の体内時間で二〇年から三〇年という歳月を操縦者から奪うためだ。この部屋にいる新任少尉の三分の一が一夜にして、青春を奪われるのだ。

軽くうなずくと逆島作戦部少佐がいった。

3

「あとの四名は関西から到着した正操縦者候補だ。天萬《てんま》軍美高校については、諸君もすでに知っていると思う。そこからきた最優秀の須佐乃男操縦者候補者である。各自、自己紹介を」

天萬軍事美術高校の名前がタツオの兄からあげられた途端に、一七名の候補者からため息が漏《も》れた。

東の東島、西の天萬。

日乃元全土の高校で最優秀の双璧を競う名門校だった。東の東島進駐官養成校は近衛四家の東園寺家と逆島家の私塾から始まっている。同じように天萬軍美高校は残る近衛四家、序列一位の天童《てんどう》家と今や東園寺を抜いて序列二位にあがった萬《よろず》家が創設した高校である。

ひとつ異なるのは、天萬高校は進駐軍の士官養成だけでなく、日乃元のみならず芸術一般の専門コースをもつことだった。東島の卒業生はほとんど進駐軍の軍人で、少数の政治家を生むばかりだが天萬は違った。画家、舞踏家、演出家、映画監督、小説家……表現のあらゆる分野で活躍する現役の芸術家を多数輩出している。日乃元にある数千という芸術賞のほぼ半数を、この軍美高の卒業生が独占しているという。

タツオはきらびやかな生地の制服をあらためて見た。あれは西陣織《にしじんおり》の特注品だったのだろう。天萬の卒業生はたとえ進駐軍の士官になっても、堅苦しく武ばって頭の固い東島出身と違い、文化を愛好する優雅さがあるといわれていた。酒場の女たちには、明らかに東島よりも天萬のほうが人気が高いという噂だ。

小柄な少女が一歩前に足を踏みだした。よく響く鈴のような声でいう。

「わたくしは、萬満千留《みちる》少尉と申します。近衛四家の第二位、萬家の出身です。須佐乃男の開発は新興成金の五王と池神《いけがみ》家にさらわれましたが、正操縦者の座は誰にも渡しません。以後、お見知りおきを」

萬家といえば、以前は近衛四家の不動の第三位である。千年を優に超える歳月、日乃元の女皇を守る役を担ってきたが、専門は軍事技術だった。世界最高の切れ味を誇る日乃元刀の製作、鉄砲の大量生産と改良、軍艦や戦車の建造、城や要塞の構築といった軍事テクノロジーをもって、代々の女皇に仕え、そのときどきの戦争で活躍してきた。戦いの技術家集団といえる名門だった。

萬家の少女が柔らかに一礼すると元の位置に戻った。隣に立つ女性少尉がおどおどと萬満千留の横顔をうかがっている。小声でミチルがいった。

「さあ、さっさと挨拶なさい、カケル」

ぴょんと野ウサギのように跳ねて、西陣織の軍服を着た少女が前に出た。最初のミチルがきりりとした厳しい顔だちの日乃元美人だとすると、こちらはどこか南方の血が混じったような小動物的なかわいらしい雰囲気である。目はアーモンド形におおきく、肌は浅黒く、ビーチでパレオでも着たら似あいそうだ。

「わたしは萬駆化留《かける》。姉のミチルとは双子です。あの、あの、わたしも須佐乃男の正操縦者競争、負けないようにがんばります」

タツオは驚いていた。この小柄な娘も副ではなく正操縦者候補なのだ。東園寺家に「呑龍」、逆島家に「止水」があるように、なにか特殊な時間操作術を、萬家ももっているのだろうか。

「はーい」

クニが手をあげていた。逆島少佐がおもしろげな表情で、ナンパな副操縦者候補にいった。

「鳥居少尉、質問を許す」

「はい、ミチルさんとカケルさんは双子だという割にはぜんぜん似ていないと思うんですが、どういうことでしょうか」

タツオも双子を観察した。どちらも違うタイプの美人だが、なにより肌の色や性格がまったく異なっているように見える。一般的な双子のイメージからは遠いようだ。

うつむき加減にカケルがいう。

「わたしたち双子だけど、一卵性でなくて二卵性なので、似ていないんです……お姉ちゃんのほうが七分だけ先に生まれてきたんですけど」

人の遺伝子とはおもしろいものだった。同じ母の卵子から、こうも異なる個性が生まれる。ミチルが鋭くいった。

「わたくしたちが二卵性双生児で、似ていないからといって、それがなにか須佐乃男計画に影響するのですか、鳥居少尉？」

「いや、そんなことはないっす。つまらない質問で、すみませんでした」

クニがあっさり謝ると、軽い笑い声が北不二演習場の会議室に流れ、座が和《やわ》らいだ。

姉のミチルはやけに気が強そうだ。プライドもひどく高そうである。この同期は扱いに注意が必要だとタツオは心にとめた。カケルが人懐こい笑顔をのぞかせていった。

「わたしたち、ちっちゃな頃から、みなにそういわれてきたんよ。気にせんで、かまへんよ」

なぜか萬家の妹がクニではなくタツオとジョージの座る方向に向かって、ちいさく手を振ってきた。ジョージがタツオを肘で突いてくる。

「あのカケルって娘、知りあいなのかい」

「いや、ぜんぜん面識はないと思うけど」

タツオが唇の端でそう返事をしていると、厳しい声が会議室を満たした。

「なんだこの茶番は、おれたちは須佐乃男の操縦者候補として、日乃元を破滅から救うんじゃないのか。おまえら全員、気がたるんどるぞ！」

天萬高校の制服を着た大柄な少年が拳を握り締めて叫んでいる。

「自分は近衛四家筆頭・天童家の跡取り、天童航《わたる》や。おまえらはみな、進駐軍内部の序列としてはわしの風下やから、気をつけておくように。逆島断雄、菱川浄児、東園寺彩子、以上の三名は飛び抜けて優秀らしいな。今からわしの副操縦者になりたいというなら、部下としてかわいがってやんよ」

会議室中に響く音量でからからと笑う。サイコがそっぽを向いていた。横から見るとまっすぐな鼻筋がきれいだ。この少年が近衛四家の第一位・天童家のつぎの当主なのか。おおらかそうな性格で、官僚タイプの多い東島では見たことのない人間だ。

タツオは正操縦者を競うライバルをさらに注意深く観察した。天童ワタルはなにかが他の新任少尉とは違う。そのなにかがわかりそうで、なかなかわからなかった。

「あの目、おかしいと思わないか」

ジョージが低い声でいう。

「そういわれてみると……」

ワタルの目は黒だけでなく、わずかに銀を練りこんだような不思議な光を放っていた。あんな目は映画でも、絵画でも見たことがない。奇妙な底知れなさを感じさせる銀の目の光。タツオのなかで警戒警報が鳴っている。

天童家をのぞく近衛四家の役割は比較的わかりやすかった。萬家が戦争のテクノロジー、東園寺家と逆島家は戦闘集団。だが、序列第一位の天童家はなにをもって、日乃元の女皇に仕えているのか、古くから謎とされていた。

女皇自身が日乃元の草創期には国土全体の五穀豊穣《ごこくほうじょう》を祈念する祭司の役割を担っていたので、宗教行事を補佐する役だったのではないかという説をタツオは聞いたことがあったが、いまだに確かにはわからなかった。

近衛四家で生まれ育ったタツオでさえ未知なのだから、世間からは近衛四家第一位・天童家は女皇に等しいほどの謎の名家といっていいだろう。ワタルの太い声が響く。

「最後は、うちの分家のわしの子分や。さっさと挨拶しといて、寂矢《じゃくや》」

線の細い少年だった。色がひどく白く、エウロペとの混血児であるジョージにも白さでは負けていなかった。髪は明るい茶色で、漂白したようだ。苦し気な表情で、少年はいった。

「わたしは天童寂矢。寂しい矢と書いて、ジャクヤといいます。いちおう正操縦者候補ではありますが、みなさんのお邪魔をするつもりはありません。以後お見知りおきを」

深々と礼儀正しく頭を下げた。この違和感はなんだろうか。人の形をしているが、他の世界からやってきた別な生きもののような空気を、天童ジャクヤは身にまとっている。華やかな西陣織の軍服が、この少年だけ喪服のように底なしの暗さを感じさせた。

天童本家のワタルの陽気な声が聞こえた。

「ちなみにこいつが天萬高校の首席、成績一位や、全国でもそこにいる菱川ジョージについで第二位やと聞いとる」

ジャクヤがジョージを静かに見つめていた。タツオの違和感は深まるばかりだった。ワタルがいった。

「それとな、ジャクヤをあまりからかわんといてな。こいつの機嫌を損ねると、ときどき怪我人とか死人とか出るさかいな」

天童家の次期当主がなにをいっているのか、まるでわからなかった。だがジョージが口のなかでつぶやいた言葉を、タツオは聞き逃さなかった。

「……イーブル・アイ……」

よこしまな目、邪眼《じゃがん》？　そういわれてみると、ジャクヤの目はワタルよりもさらに一段と深い銀の輝きを放っている。角度によっては磨いた金属の鏡、日乃元に伝わる三種の神器《じんぎ》のひとつに似た鈍い色だった。あちらが由緒ある神の器なら、ジャクヤは光のささない地獄の底の鏡だろう。タツオはいった。

「イーブル・アイって、なんだ？」

ジョージが声を殺していう。

「エウロペの伝説だ。古代グリシアの奴隷船についていたガラスの目だよ。嵐や海賊から船を守るというね。でも、彼のは魔を避けるのではなく、災厄を呼ぶ目という感じがするね」

近衛四家の第一位の本家と分家、序列二位の二卵性双生児、どちらも底の知れない力と技を秘めているようだった。タツオは身の引き締まる思いで、正操縦者のライバルとなる六名の新任少尉を見つめていた。

「さあ、自己紹介はもういいだろう。では、現在のわが日乃元国の周辺事態について、諸君に説明しよう。いっておくが、ここで見たことは家族友人にもけっして漏らすな。手紙やメールで書いただけで、重営倉に四年はぶちこまれるのを覚悟しておけ。ディスプレイを起こせ」

三〇人は座れる巨大な楕円テーブルの中央で3Dのホログラム映像が浮かびあがった。

会議室にいる一〇代なかばの二三名の少尉から恐慌や絶望に似た声があがる。作戦部の逆島少佐が座を締めた。

「静かに、これこそ我が日乃元が置かれた絶体絶命の境地である」

タツオは詳細な立体映像をくい入るように見つめていた。

4

日乃元皇国の西には広大な大陸があり、そのほぼすべてを占拠して氾帝国が広がっている。海上に点々と浮かぶのは、日乃元と氾がそれぞれつくりあげた人工島の軍事拠点だった。高精細な3Dグラフィックなので、空港を行き来する戦闘機の姿も確認できた。

日乃元海の制海権は、この基地の奪いあいでオセロゲームのように局面が変化する。このところおひざ元の海では、ほぼ勢力は均衡していた。兵士の数と軍事物資の物量に優る氾と、少数だが兵の練度と軍事テクノロジーで優位に立つ日乃元の構図である。進駐軍はよく奮戦しているといえるだろう。

「問題はここだ」

作戦部のエリート、逆島少佐がレーザーポインターで示したのは、日乃元の南洋だった。広大な太極洋が広がっている。青い海原がきらりと太陽の光を跳ねた。

南に四〇〇〇キロほど離れた島々はリグピン共和国だ。わが同胞で、独立国家とはいえ、軍事や経済開発の中枢には日乃元から多くの人材が流れこんでいた。政権とも蜜月すぎるほどで、ときおり急進的な学生たちが日乃元の傀儡《かいらい》だとデモを行うほどである。リグピンは海洋資源も豊富で、人口も日乃元の半分の六〇〇〇万人を超える南洋の友好的な大国だった。

レーザーポインターの光点が動いているのは、さらにその南方だった。ウルルクと氾帝国の沖に当たる南氾海《みなみはんかい》だ。新任の進駐軍少尉たちが声をあげたのは、ひと目でそこに巨大な戦力を認めたからである。

航空兵力は戦闘機・爆撃機あわせて二〇〇〇機弱。海洋兵力は戦艦・駆逐艦等合計三〇〇隻。陸上兵力は戦車・装甲車等一二〇〇〇輛。兵士の総数は星印であらわすのだが、一瞬では確認不能だった。クニが指をさして数えあげる。

「七〇万、八〇万……うわっ一〇〇万超えた……一一〇万、一二〇万、一三〇万……あと星が半分あるよな。じゃあ総数で一三五万人の巨大兵力か」

北不二演習場の会議室で、誰もが言葉を失っていた。濡れたように光る黒い軍服を着たサイコの声も、恐れをふくんで硬い。

「氾帝国とエウロペ連合が手を結んで、日乃元本土侵攻軍を計画しているのは、すでに理解しています。ですが報道では、それはまだ一年以上先のことで、エウロペの本隊は氾に合流していないはずではありませんか」

情報保全部の柳瀬波光が逆島少佐と目をあわせた。うなずいていう。

「事態は流動的だ。現在も戦局は刻々と動いている。氾＝エウロペ侵攻軍にも、『須佐乃男』の情報は漏れている。わが進駐軍の決戦兵器の威力を恐れ、卑怯なる彼らが日乃元本土侵攻作戦を前倒しにするのは、ひとつも不思議はない」

クニが片手をあげて質問した。

「じゃあ、日乃元国内のニュースはすべて間違った情報を流してるんですか。国民はみな本土侵攻に備えて準備中というところで、まだまだ来年以降だと思ってます。今のまま戦えば大惨事じゃありませんか」

逆島少佐が無表情にこたえる。

「そうかもしれない。だが鳥居少尉、言葉は慎《つつし》むように。われわれ進駐軍は非戦闘員に無用なパニックを起こさせる訳にはいかない。それに考えてもみたまえ」

少佐のレーザーポインターが侵攻軍の絶望的な兵力を示した。

「この兵力に侵攻されても、わが国の皇民はどこにも逃げることはできないのだ。われわれは極東の島国なのだからな。この島々と万世一系の女皇を擁する国体を守って、討ち死にするしかない。半年や、一年がどれほどの違いだというのか」

タツオは驚いていた。つねに冷静沈着、理路整然と話をすすめる兄の声に泣いているような艶《つや》がのっていたからだ。兄が取り乱すほど、戦局は急を要しているのか。全身に衝撃が走った。気がつくと手をあげていた。

「少佐、質問よろしいでしょうか」

「認める、逆島少尉」

「作戦部の予想では、日乃元侵攻作戦の実施はいつ頃でしょうか」

兄の少佐が耳を押さえた。左の耳にはイヤホンが差してある。この会議室の作戦会議は、ここだけのものではないのだろうか。作戦部逆島少佐が誰にともなくうなずいた。相手はこの部屋にいない誰かだ。

「作戦部の予想では、厳しい寒さを回避するため冬季の上陸作戦はないだろう。早ければ来春、遅くとも来夏には、大侵攻作戦は実施されるだろう」

会議室にいる二〇名を超える新任少尉たちがざわつきだした。無言ではいられないのだ。タツオ自身も無意識のうちに低いため息を漏らしている。無理もなかった。

今年の春には未来に胸をふくらませ、東島進駐官養成高校に入学した。それが半年で繰り上げ卒業となり、さらに半年で「須佐乃男」を乗りこなし氾＝エウロペの巨大侵攻軍と実戦をおこなわなければならないのだ。

ただの士官学校の一回生が、一三五万人を超えるこの星最大の戦力と日乃元の国の存亡をかけた壮大な本土防衛戦を勝ち抜かなければならない。

恐怖と責任、不安と栄光に引き裂かれ、まともになにかを考えることなど到底不可能だった。須佐乃男は軍事史上最大の侵攻軍にも負けぬほどの計り知れない戦闘力を有する。生ける軍神として、日乃元の歴史に輝ける名を刻むか。あるいは戦いに敗れ、一六歳ではかなく散るか。半年後には究極の運命が待っている。

誰もが痺《しび》れたように硬直していたとき、ドアを叩く音が鳴った。手で打つような軽い音ではなく、ハンマーでもつかってドアを叩き破ろうとしているようだ。また氾帝国のスパイのテロだろうか。若き少尉たちが身構えたとき、ダブルドアの両側に立つ作戦部の男がドアを開いた。

「お待たせしました。谷照貞少尉、着任しました」

クニが叫んだ。

「テルー、おまえかよ」

5

谷少尉の右手は鈍いクローム色に光っていた。養成高校の担任だった月岡鬼斎《つきおかきさい》先生と同じように、軍用義手にラテックスの人工皮膚をかぶせずむきだしにしているのだ。ノックをしたのは、金属の義手だったようだ。

小柄だが横幅は重量挙げの選手のような肩幅をしたテルが室内に入ってきた。最大出力四〇〇キロ以上の握力を誇る軍用義手をあげて、逆島少佐に敬礼する。

「本日より『須佐乃男』操縦者候補として合流する谷少尉です。よろしくお願いします」

逆島少佐はおもしろがっているような口調だった。

「まだ義手の装着手術をおこなって、一週間ほどだろう。わたしはリハビリにひと月は必要だと聞いたのだが」

「のんびりしたことはいっていられません。リハビリならどこでもできます。自分も操縦者候補として、他の少尉に後れをとりたくありません。それに……」

テルがちらりとタツオに視線を送ってきた。

「頼りない弟さんの世話をしなければなりませんから」

テルはそこで楕円テーブルにむかう全員をゆっくりと見つめていく。

「おれはここにいる逆島断雄を正操縦者にさせるため全力を尽くす。目的は元近衛四家に逆島家を復活させること。反するものは、すべて握り潰《つぶ》す」

テルが胸ポケットから学生手帳をとりだした。卒業した今ではもう無用だが、進駐官養成高校の学生手帳は弾除《よ》けとしても有名で名前が彫られた分厚いステンレスのプレートが入っている。

テルは涼しい顔で、黒い手帳を軍用義手で握った。かすかにモーターが唸《うな》る音がして、手帳が丸められていった。最後にキュイーンと甲高い音でモーターが静止した。

テルは丸くなった手帳を楕円テーブルの上に置き、タツオの隣の空席に向かった。

柳瀬情報保全部員が皮肉にいった。

「五王重工製の軍用義手の性能を示してくれてありがとう、谷少尉。だが力だけで正操縦者は決まらないし、逆島家の再興も困難だぞ。よく考えるといい」

テルは誰にともなくうなずき、軍用義手の右腕と生身の左腕を胸の前で組んだ。

「よろしい、自己紹介はこれで十分だ。諸君には明日から『須佐乃男』の操縦訓練をシミュレーターでおこなってもらう。今夜はヒトキュウマルマル時より、当北不二総合演習場主催の歓迎懇親会を開催するので参加してもらいたい」

逆島少佐がそういうと、サイコが右手をあげた。漆黒《しっこく》の軍服が濡れたように光っている。

「わたしも参加しなければなりませんか。まだ兄の喪に服している最中ですが」

東園寺崋山は死んだ。自分がこの手で打ち殺した。タツオの胸は日乃元海溝のように冷たく沈んだ。タツオの兄は容赦なくいう。

「全員参加だ。これは上官からの命令である」

「はいっ」

サイコも含め新任の少尉たちの返事がそろった。柳瀬が口を開いた。

「きみたちはまだことの重大さがわかっていないようだな。この部屋では、作戦部の逆島少佐とわたしだけしか上官がいないように思えるだろうが、これを見るといい」

楕円テーブルの3Dホログラムが日乃元南海の地図から、作戦指揮所に切り替わった。タツオは見たことのない室内である。東島進駐官養成高校の地下にあったものに似ているが、こちらのほうが規模は数倍もある。勲章を胸にさげた将軍たちが一列に並んで座り、こちらに正対していた。中央には新聞やテレビで顔を見ぬ日はない老人が手を組んでいた。進駐軍総司令官・西原征四郎《にしはらせいしろう》元帥だった。頬のひげが純白で、ひどく年老いて見えるが、まだ六〇代の若さだという。西原元帥は皇族出身だ。ということはこの指揮所は、東都の進駐軍本部の地下数百メートルの大深度にある最高作戦指揮所なのだろう。この映像一枚を得るために世界中のスパイが命を投げ出してもいいと思う最高機密だ。

老人がゆったりという。

「総司令の西原である。きみたちが『須佐乃男』の操縦者候補か。孫のような十代の若者に、この国の未来を託すとは、我ながら情けない。だが、ことここに及んでは泣き言などいっていられない。皇国の存亡はきみたちの肩にかかっている。そこにいる逆島少佐と柳瀬部員の命令をわたしの命令だと思って、訓練に励んでもらいたい。目的はただひとつだ」

そこで西原総司令が口を閉じ、目を細めた。

「逆島断雄少尉、そこにいるな。我々の目的はなんだね」

胃が口から飛び出しそうだった。なぜ進駐軍の最高指揮官が自分の名前を覚えているのだろう。

「……はい、決戦兵器『須佐乃男』を駆使して、日乃元本土を氾＝エウロペ侵攻軍から守り抜くことです」

総司令が重々しくうなずいた。

「よろしい。それがわかっていればよい。必要なものがあれば、なんでも上官にいいなさい。きみたちにはわたしと進駐軍全体がついている。皇国を守るため、すべてを捧げて奮闘してもらいたい。諸君の武運を祈る」

また全員の声がそろった。

「はいっ！」

西原元帥の映像が霧が晴れるように消え去っても、会議室には厳粛な空気が漂ったままだった。

6

「よくこんなに早く帰ってきたな。部屋が狭くなってかなわないぜ」

クニがテルの広い肩をぽんとたたいた。養成高校では四人部屋だったが、この演習場では相部屋である。クニとテル、ジョージとタツオの部屋割りになっていた。四人は今ジョージとタツオの部屋に集合している。タツオがいった。

「その右手はどれくらい動かせるんだ」

テルが鈍く光る自分の右手を見つめてる。静かにモーターがうなり金属製の軍用義手が手首を内側に折り曲げた。蝶の羽でもつまむように、親指と中指が重なった。カチンッと冷たい音がする。

「ぜんぜんだめだな。細かな作業がむずかしいんだ。箸《はし》をつかうとか、折り紙をおるとか、ピアノを弾くなんてのは、とてもじゃないがまだ何ヵ月もかかるだろう。金属のフレームごとピアノを解体するのは得意なんだがな」

クニがふざけていった。

「なんてったって、握力四〇〇キロだもんな。リンゴを潰すのに八〇キロだったたっけ」

「ああ、そういわれてるな。でも四三五キロというのは出力限界の数値で、普段は三七五キロまで抑えるようにいわれているんだ。耐久性の問題があるから。それでもバケモノだけどな」

テルが自分をあざわらうようにいう。ジョージがひどく優しい声で質問した。

「どんなバケモノなんだい」

クニが顔をあげた。

「今じゃあ、佐竹宗八だって敵じゃない。接近戦ならな。つかんだら、終わりだ」

実戦で三桁の敵を屠ってきたと噂される伝説の兵士だった。須佐乃男の操縦者候補のひとりだ。だが、佐竹の戦果は実際にはその半分くらいだろうと、タツオは踏んでいる。実戦で敵を倒すのは、たいへん難易度の高いものだ。格闘戦ならなおさらだ。

「こいつは進駐軍病院のリハビリ担当官に聞いた話だが、おれのような軍用義手を装着したやつはだいたい特殊部隊に移るそうだ」

ジョージはうなずいている。なにかがわかったようだが、タツオには不思議な話だった。

「それでなにをするんだ」

テルが肩をすくめた。

「暗殺だよ。ひそかに敵を殺すのが主任務の特殊部隊が進駐軍にはいくらもあるのさ」

意味がわからない。タツオは重ねて聞いた。

「その義手で？」

「そうだ。北の旧ソビエチカの特殊部隊に有名な暗殺者がいた。ウラジミール・キリレンコ。通り名は『握手好きなUK』。やつは二〇〇人を超える敵を握殺した」

クニが震えるような声でいう。

「アクサツってなんなんだよ。そんな言葉聞いたことないぞ」

テルが首をかしげた。

「おれだってこんな義手をつけるまでは聞いたことなかったさ。接近戦ではナイフや銃はあまり役に立たない。もみあっているうちに、自分を刺したり撃ったりする可能性が高いからな。ウラジミールの得意技は『つかむ』ことだった。敵の首か腹をつかむ。そして、そのままバケモノじみた握力で内部の組織ごと握り潰す。つかんで握る。それだけでUKはターゲットを暗殺できたのさ」

テルが低く口笛を吹いた。

「それで二〇〇人以上か」

「ああ、情報部に正式な記録が残っている。UKが暗殺した敵の総数は二一六名。すべて握殺だ」

ジョージが口を開いた。

「だけどその男は軍用義手ではなかったんだよね」

「そうだ。握力は二〇〇キロ近かったという話だが、自分のもって生まれた力だった。まあ天然のバケモノだな」

居室の空気が静まった。誰も口を開かない。テルがあざけるようにいう。

「だけど、おれの右手には、その旧ソビエチカのバケモノの二倍以上の力があるんだよ。相手が誰でもつかんだ瞬間に殺せるのさ。おれはバケモノ以上にバケモノに、ついい先週なっちまった」

タツオは無駄な質問をしてしまった。

「無敵になるのはどんな気分だい？」

「最高で、最低だ」

クニが混ぜ返した。

「なんだよ、それ」

「誰でも一瞬で握り殺せるのは、軍人だからまあうれしいさ。だけど、そんな力をチート技で身に着けたなんてのは最低の気分だ」

そういうとテルは左手でこつこつと軍用義手をたたいた。鈍い金属音がする。

「馬鹿力はあるが、こいつは今暑いのか寒いのかもわからない鈍感な代物だ」

うつむいたままテルがつぶやいた。

「おれはいつか結婚するだろうと思ってる。うちの親父やおふくろのようにな。だけど、この腕で自分の奥さんや子どもをどうやって抱くんだろう。おれは間違って赤ん坊を握り潰したりしないよな。そんなことを考えると、夜も眠れなくなる」

今度は誰ひとり口を開かなかった。沈んだ空気は歓迎懇親会の時間になるまで、四人から離れなかった。

7

「さすがに士官用の宴会場って違うんだな」

クニが三〇〇畳は優にある広々した宴会場をあきれたように見つめていた。踏むと靴底まで沈みこむ濃紫の絨毯《じゅうたん》が床一面に敷きこまれ、高い天井からはシャンデリアが放射状にさがっている。透明なクリスタルに、今では製造中止になった白熱電灯の暖かな光が透けていた。

御馳走を乗せたテーブルには氷の彫像がそびえていた。半分は裸の女性で、残りは最新の戦闘機や爆撃機、それにミサイル巡洋艦をかたどったものだ。

「軍人の趣味って、男っぽいというより、男の子っぽいね」

ジョージが皮肉そうにつぶやく。タツオは先ほど目にした3Dホログラムの将軍たちを思いだしていた。胸にはぴかぴかに輝く勲章をさげていた。ああしたものをいつも胸につけているのはどんな気分だろう。タツオは無意識のうちに胸についた進駐軍少尉の階級章をつまんでいた。ぶっきらぼうにテルがいう。

「おい、後ろが詰まってる。いくぞ」

すでに北不二演習場の幹部と須佐乃男の操縦者候補の新任少尉たちが顔をそろえていた。タツオの顔に気づくと、ざわついていた宴会場の会話がぴたりと止まる。誰かの囁《ささや》きが切れぎれに聞こえた。

「……東園寺崋山を殺した」

「……正操縦者候補に一番近い」

「……反逆者の息子か」

「……止水」

そういう目で見られているのか。幼馴染みを冷酷に打ち殺した正操縦者候補。呪われた元近衛四家の次男坊。一族の秘術を使う怪物。

カザンを倒した日から、周囲のタツオを見る目は明らかに変わっていた。以前のように軽々しく話しかけてくる者はいなかった。誰もが冷ややかな恐れをもって、慎重に測るように接してくる。タツオは新しい自分に居心地の悪さを感じていた。

「おお、主役のおでましだ」

空気を読まずに声をあげたのは、日乃元最大の複合軍事企業・五王重工の次世代を約束された五王龍起だった。隣にはタツオキと同じ濡れたように光る漆黒《しっこく》の軍服を着た東園寺彩子も、瞳を半分閉じて立っている。魅力的だったおおきな目を、兄が死んでから封印しているのだ。

タツオキが自分の隣を示していった。

「こちらにきてもらえないか。紹介しなければならない方々がいる」

タツオと元三組一班は警戒しながら、宴会場の中央に向かった。氷の彫像はどこかサイコに似た少女が着剣した74式突撃銃を構えている。

「またなにかたくらんでるな」

タツオの耳元でクニがいった。タツオたちがタツオキと合流すると、銀の盆をもったウエイターがやってきた。まだ一六歳なのでアルコール類ではなく、フルーツをつかったカクテルグラスが載っている。

「うまそうだ。ちょうど喉が渇いていた」

テルが軍用義手でグラスをとり、ひと息でマンゴーのカクテルを飲み干した。

「おっと力加減を間違えた」

ガラスの割れる音が鳴った。テルは五王龍起を見つめながら、一瞬で手のなかのグラスを粉々に砕いた。逆島家再興を図る暁島《ぎょうとう》会と五東《ごとう》連合は犬猿の仲だ。

タツオキは余裕で笑っていった。

「その軍用義手はうちの製品だ。今度、研究所の者に谷くんの義手を調整させよう。つかい心地が格段によくなるよ」

どうやら筋肉自慢のテルよりはタツオキのほうが一枚上手のようだ。タツオはいった。

「ぼくに紹介したい人というのは誰だ」

ここにカザンがいないのが、まだ慣れなかった。あいつが死んでから一週間しか経《た》っていない。ということは自分がこの手で人を殺してから一週間だった。恐ろしいのは、自分でもなにも変わっていないのではないかということだった。人は人を殺しても、なにも変わらずにいることができる生きものだ。軍人ならそれが当たり前だといわれるかもしれないが、タツオはその考えに慣れることができずにいる。

「すまない。なにしろやんごとない人たちでね」

タツオキが右手をあげて、広い宴会場の向こうに合図を送った。十数人の人の塊《かたまり》がゆっくりとこちらにやってくる。中央には人垣に隠されるように、天童家の二人がいた。西陣織の軍服が目も綾にシャンデリアの光を跳ね返している。

「あれじゃ戦場では一発で敵に目をつけられるな」

クニがふざけても誰も相手にしなかった。天童家は近衛四家の不動の第一席だった。万世一系の女皇の一族を凌《しの》ぐほどの旧家で、一説によると日乃元の国体ができる以前から、権力をほしいままにしていたともいう。

タツオキが天童本家の天童航に声をかけた。

「ご紹介します。こちらが逆島断雄くん。『止水』のつかい手で、現在『須佐乃男』正操縦者に最も近いといわれているかたです」

ワタルは朗《ほが》らかだった。窮屈そうなところがどこにもない不思議な質感の青年だ。

「そうなんやね。ぼくだけでなく天童家とも、今後ともよろしゅうお願いします。『止水』というのは、どういう技なんかな」

他の候補者とは明らかに違っていた。ワタルはタツオのことをまるで恐れていない。タツオはカクテルをひと口飲んでからいった。間をとって相手のペースに巻きこまれないようにしなければならない。

「『止水』の話をするなら、天童家がなにをもって女皇にお仕えしてきたのか、教えてもらえませんか」

ジョージがこちらにうなずきかけてきた。なにか情報を渡すなら、代わりになにか別な情報をもらう。近衛四家とは対等なつきあいをするという姿勢を示す必要があった。

「ええよ。噂になってるような恐ろしい技を天童がもっている訳でもないからね。まあ、戦争のときには呪術師《じゆじゆつ》が欠かせなかったというのは、タツオくんもよく知ってるよね」

進駐官養成高校の軍事史では決して触れることのない、もうひとつの戦争の歴史だった。古代から近世にかけて、呪術師は会戦に欠かせない重要な役割を担っていた。

戦争を始めるのによい幸運な日時を決定し、軍略に参画し、敵を呪詛《じゅそ》で呪い殺し、味方の幸運を祈る。指揮官の軍勢には優秀な呪術師が帯同し、会戦のたびに呪詛の儀式を執り行っていた。

　ワタルはあっけらかんという。

「女皇さまのご一族の二七〇〇年を超える戦いの歴史のどの場面にも、天童のご先祖がいらしたのは間違いないんや。どこまでうちらのご先祖の祈りが効いたのかわからんけどな」

　ジョージがいった。

「ですが宗教的な儀式に確かな効用があったから、陛下は天童家を重用し、近衛四家の第一席におかれた。それは歴史が示す事実ですね。歴代の天童家の当主で、この人は凄かったという天才はいらしたんですか」

　ワタルが西陣織のまばゆい腕をジョージに向かって伸ばした。

「おお、きみがおかしな発勁《はっけい》と必殺のカウンターをつかう菱川くんか。成績は東島と天萬を通じて首席らしいな」

　ワタルがジョージから視線をずらした。右肩の上あたりを見ながらいう。

「明るい栗色の髪をしたエウロペの将軍が見えるな。きみを守っている守護霊みたいだね。カイゼル髭《ひげ》をした小柄な人だ。きみにいいたいことがあるようだ。うん……」

ジョージが驚いた顔をした。タツオは親友のそんな顔を見たことがなかった。

「……ぼくの祖父だ。例のカウンターの名手だよ」

タツオが「止水」の第二段階「観の止水」を発動させるきっかけになった人物だった。エウロペのウエルター級ボクシングチャンピオンになったという。

ワタルがジョージの右肩のあたりにいる誰かから、なにごとかを聞いて笑っていう。

「ジョージくんのカウンターはまだ無駄な力が入っているそうだ。もっと完璧な脱力ができれば、さらに威力があがる。ボクシングの名人みたいやな。あとな、日乃元だけでなく、父の故郷も守ってくれといってはるよ。あんたのお祖父さん、いい人やな」

今度はタツオも開いた口がふさがらなかった。天童本家の次期当主は、とんでもない霊感をもっているようだ。

「ぼん、それくらいにしておかれたほうがいいんじゃありませんか」

冷ややかに制止したのは、天童家の分家筋にあたる寂矢だった。魔眼、イーブル・アイをもつ少年だ。その目はワタルよりも一段と銀色に光っている。

「かまわんでええよ。逆島家とうちは敵同士じゃないんやからな。それにジャクヤの得意技を知られても、タツオくんはどうにも防ぎようがないやろ」

「防ぎようがない力？　タツオはその言葉を心に留めておいた。ジョージがいった。

「天童家の軍人は戦場ではどんなことをしているんですか」

「普通に士官として、現場の指揮をとってるよ。天童家にも能力の弱い者がぎょうさんおるからね」

テルが腕組みをしていった。

「そこにいるジャクヤは抜群の能力があるっていう訳か」

ワタルがジャクヤを視線の隅でとらえた。薄く笑う。

「そうや、この一〇〇年ではジャクヤが最高やろうと本家でも評判や。なあ、ジャクヤ。惜しかったなあ、本家に生まれていれば進駐軍のトップも狙えた逸材なのに」

どうやら天童家では本家と分家には、画然とした身分差があるようだ。当然、身分格差は憎しみと争いを生む。二七〇〇年以上も続く怨恨《えんこん》を想像すると背筋が寒くなった。ジャクヤが唇の端をつりあげた。微笑のつもりなのだろう。

「そんなだいそれたことは考えたこともありませんよ。天童分家は本家に尽くすのが責務ですから」

「おいおい、本家とか分家とかおれたちには関係ないから、さっさと近衛四家の第一席、天童家の力を教えてくれよ」

こんなときでも緊張せずに、普段通りに突っこめるのはさすがクニだった。ナンパだが案外度胸はある。タツオはクニの図太い神経を高く買っていた。

「そうやね、戦場ではさまざまな偶然が発生する。同じように風が吹いても、それがどちらにいい効果を生むかはわからない。どれほど戦略を練っても、最終的な勝敗は運に左右されることが多いんや」

クニが首をかしげた。

「その運を天童の一族なら左右できるっていうのか」

「運というのはひとつの考えかたに過ぎない。シュレーディンガーの猫の話は知っているかい」

そういったのはジャクヤだった。ジョージが笑って返事をした。

「ああ、量子論の思考実験だね。箱のなかに猫とラジウムを入れて、青酸ガスのボンベをセットする」

クニが目を丸くした。

「科学者ってそんないかれた実験をするのか」

「いや、実際にはしないさ。あくまで思考実験なんだから。ラジウムが崩壊してアルファ粒子が発生すれば、装置のスイッチが入り青酸ガスが噴射されて猫は死ぬ。アルファ粒子がでなければ猫は生きている。確率的にはどちらに転ぶかわからないミクロの事象が、猫の死というマクロに影響を与えるっていう思考実験なんだ」

ジャクヤがにこりともせずに、ジョージに目を向けた。銀を練りこんだ黒い瞳が異様な輝きを見せている。かすかな警戒心をタツオは感じとった。ジャクヤはいう。

「猫の死を拡大解釈すれば、戦場での勝敗になってもおかしくない。猫が生きているか死んでいるか、日乃元が戦争に勝つか負けるか。どちらに転ぶかわからない重なりあったマクロの事象は、量子論的には観察者の存在によって左右されうる」

「そうか……」

タツオは自分でも気づかないうちにつぶやいていた。

「確率的に揺らぎがある出来事を、その目で導き結果を左右することができるのか」

「はは、そういうことや。あそこにいる萬家のマッドサイエンティストたちは、天童家に伝わる魔眼を、敵に災いをもたらし、味方に幸運をもたらす力だと定義づけているみたいや。どっちも確率論的かつ量子論的な力というとる。訳がわからんね。もう武器開発といってもテクノロジー的には限界にきとるさかい」

運や確率を戦争技術に導入する。確かに軍事テクノロジーはもう臨界点に達していた。例えば通常の爆薬は化学的な構造式により、もっとも威力のある化合物が一〇〇年近く昔に発見されている。七世紀の唐代から始まった爆薬の歴史は、オクタニトロキュバンで極まったのだ。一二〇〇倍の体積膨張と秒速一〇一〇〇メートルというファンタスティックな爆速は、進駐官養成高校の化学の試験によく出題されていた。この爆薬は生成に手間とコストがかかりすぎ、純金よりも高価になるため一般には使用されていなかった。

ジョージが深刻げにひとりごとをいう。

「戦場での運を左右する魔眼か……」

「そないに重たく考えることないんよ。天童がおったら、敵にすこし運が悪くなり、味方に運がよくなる。その程度のものや。そうやろ、ジャクヤ」

天童分家の少年少尉が首を振りながらいった。

「結果としてはそういうことになります」

しかし本家のワタルとは違って、ジャクヤには天童家一〇〇年にひとりの才能があるという。タツオはそこが気にかかった。ワタルには逆立ちしてもできないなにかを、ジャクヤは可能にするはずだ。そうでなければ、「須佐乃男」最終候補に分家筋から残されるはずがない。

「実際にはジャクヤさんは、どんなことをするんですか」

銀の目をした新任少尉はタツオを見てから、視線をクニに移した。

「きみは鳥居くんといったね。右に四〇センチほど動いてくれないか」

なんだよといいながら、クニは右に半歩移動し、テーブルに近づいた。

「ぼくがやっているのは、起こりうる未来をきちんと見ることだ。勝つか負けるか。そのどちらも正確に予測する。そのうち望ましい未来を実現するため、祈りながら必死に見続けるんだ。それが勝利の可能性を上げることになる。なぜ、そうなるのか、ぼくには詳しいメカニズムはわからない。人の真剣な祈りと未来予知力が重なるとき、戦争の勝敗や人類の歴史といった巨大な運命さえ左右することができるのかもしれない」

じっとジャクヤがタツオの目を見つめてきた。心の奥底まで届きそうな不思議にまっすぐな銀の視線だった。ジャクヤは早口でいった。

「逆島くんの『観の止水』も同じように見ることの極限を超えた能力だと、科学者たちから聞いている。いつか、ふたりだけで話をさせてくれ」

ぱんっとワタルが手を叩き、陽気に叫んだ。

「うちの『魔眼』と逆島家の『観の止水』が手を組めば無敵や。エウロペだろうが、氾だろうが、アメリアだろうが相手やない。どうやタツオくん、うちと手をとりあって『須佐乃男』で世界を獲らへんか」

ジャクヤが微笑《ほほえ》んでいった。

「今です。鳥居くん、グラスを胸の高さにあげて……そう、もうすこし右に……そこでいい」

なにが起きているのか、その場にいた誰もわからなかった。その瞬間、氷が砕ける音が鳴った。テーブルに飾ってあった74式突撃銃を抱えた女性兵士の氷の彫像がひび割れる音だった。着剣した銃剣の先が折れ砕け、粉々になってクニのもつカクテルグラスに降りかかる。

半分ほどフルーツカクテルが残っていたグラスのなかはクラッシュアイスでいっぱいになった。クニは目を丸くしている。

「おまえ、後ろも見ずにわかったのか。いつ氷が溶けて、像が壊れるかも……」

ジャクヤは返事をしなかった。ただじっとタツオの目をのぞきこんでくる。

未来を左右し、戦争の勝敗を揺るがす魔眼の力。タツオは同じ年の少年少尉の他と隔絶した能力に恐れを覚えざるを得なかった。

「たいへん失礼いたしました」

ウエイターたちが駆け回っている。タツオは呆然としたまま、白いクロスがかかったテーブルの上の砕けた突撃銃を抱えた女性兵士の氷像を見あげていた。

8

宴会場にパンパンパンと強めの拍手が鳴った。笑いながら手を打っているのは、五王グループの次期代表とも噂されるタツオキだった。

「ワタルさん、そこはまだ拙速に組む相手を決めるべきじゃありませんよ。東には逆島家だけでなく、東園寺家もありますから」

タツオキの隣で腕組みをして立っているのは、漆黒の軍服に身を包んだ東園寺彩子だった。腰をきりりと絞っているので、くびれが強調されている。サイコはこれほど細かっただろうか？

タツオはそっと幼馴染みの顔を見て驚いた。異種格闘技戦から一週間しかたたないのに、サイコの頬がげっそりと削げていた。ずいぶん痩せてやつれてしまっている。

健康的な少女の面影は消え、女性軍属の厳しさがシルエットにもあらわれていた。サイコがタツオの視線を無視して、口を開いた。

「五王少尉のいう通りです。なにより近衛四家の序列で、すこし前までわが東園寺が天童家に次ぐ第二位であったことをお忘れなきよう」

近衛四家の序列はそのまま戦《いくさ》への貢献の度合いによったと、タツオも父・逆島靖雄中将から聞かされたことがある。四家はライバル関係にあり戦闘力と女皇への献身を二〇〇〇年以上も競いあってきたのだ。

サイコが左手で自分の太ももを軽く叩きながらいった。

「天童寂矢少尉がデモンストレーションを披露してくださったので、わたしも東園寺の力の一端をお見せしましょう」

まさか須佐乃男操縦者候補の歓迎会で「呑龍」を使うのか。北不二演習場の幹部や上司もたくさん同席しているのに。

「ほんとにだいじょうぶなのか」

タツオはつい口走っていた。この宴会場にいる一〇〇人強の進駐軍士官が全員「呑龍」の遅延された時間流に捕らわれたら、深夜になってもこの会は終わらないだろう。

「逆島少尉、心配は無用だ。わたしは亡き兄より『呑龍』の操作術に長けている。兄は並みの才能だったが、わたしは違う。ジャクヤ少尉と同じように過去数代に渡るわが東園寺家の歴史のなかでも有数の『呑龍』使いといわれ、育ってきた」

初耳だった。タツオも「止水」についてサイコに話さなかったように、サイコも自家の秘術については最後まで黙っていた。拍子をとり始めた左手に右足のつま先と口が加わった。ボイスパーカッションのようにサイコのふっくらと柔らかそうな唇からフルセットのドラムのような多彩な音が流れてくる。

（いけない！）

タツオの視界がゆっくりと静止していく。動画がそのまま鮮やかな静止画に切り替わったようだ。会場にいる進駐官たちの動きが止まって見える。タツオは背中に冷や汗をかいていた。あの決勝戦でカザンからかけられた術の恐怖を身体がまだ覚えているのだ。

視線だけ動かして、ジョージを見た。ジョージも静止したまま恐怖に震えているようだ。「呑龍」にのまれると時間の流れが極端に遅くなる。なんの防御もできないまま、神速と化した相手から徹底的なダメージを受けることになるのだ。ジョージの左目はようやくカザンに殴られた腫《は》れが引き、跡がわからなくなったところだった。さぞ恐ろしいことだろう。

するとサイコが囁くような新たな歌と右手の変拍子《へんびょうし》を加えてきた。どういうことだろうか、会場全体を包むかに見えた「呑龍」の効果が変質した。サイコを中心とした半径五メートルほどの球体のなかだけ時間が遅くなっている。その外側にいる将校たちが流れ落ちる滝のように急に動きだして、術の効果が外部だけ弱まったのがわかった。

(すごい！　サイコは「呑龍」の攻撃圏を自分でコントロールできるのか)

タツオはサイコの圏内にいる候補生を順番に見つめた。ジョージとテルはなんとかパニックと闘っている。自分と同じだ。クニは「呑龍」初体験なので、盛大に額から汗を垂らしていた。停止に近いほど遅くなった時間感覚のなかで、なんとか自分の身体を動かそうと必死なのだろう。焦れば焦るほどこの術の思うつぼなのだが、初回でそんなことに気づくのは不可能に近い。

タツオキの顔にも驚きの表情があった。五王重工の兵器開発局では「呑龍」を解析し、敵兵士の時間間隔を遅延させる集団催眠兵器を開発中だというが、さすがにタツオキ自身は「呑龍」を初めて経験しているようだ。時間の流れが歪《ゆが》む不安と独特の幻惑感に酔っているのだろう。

続いて天童家のふたりに目をやった。冷静に、銀を練りこんだような不思議な輝きを放つ瞳をしたワタルとジャクヤは「呑龍」に対処しているようだ。緊張が感じられるのは天童本家のワタルのほうだった。近衛四家主席のメンツにかけても無様な真似はできないと、心に決めているようだ。この少年は見た目の余裕ほど、実際に精神的なゆとりはないのかもしれない。タツオはそう直感した。

それに比べ、ジャクヤはどうだ。深く落ち着いた呼吸を整えながら、一層銀の瞳を輝かせている。この目により世界で発生する出来事の確率を量子論的に左右できるのならば、イーブル・アイの少年少尉は「呑龍」にさえ対抗できるかもしれない。それは同時にタツオの「止水」さえ無効にするかもしれない底知れぬ力になるだろう。壁の時計は午後七時一七分四六秒で止まっていた。なにか動くものが見ていたくて、タツオは必死に秒針をにらんでいた。心のなかでゆっくりと数を数える。

（一・二・三・四・五……）

それが四〇を超えたところでようやくデジタルの秒針がひとつ進んだ。時間の流れが四〇倍も遅くされている。四〇秒あればサイコは「呑龍」の術下にあるここにいる七名を容易に殺害できるだろう。いや、まだサイコが全能力を見せているとは考えられなかった。時間感覚をもっと遅くすることも、再加速することも、術の範囲を拡大縮小することもできる可能性が考えられる。

タツオは東園寺家とそこに伝わる秘術「呑龍」への恐怖で震えが出そうだった。確かに自分には「止水」があるが、多人数の敵の動きを止めることができる「呑龍」とは戦場での威力が大違いだった。せいぜい人より何倍かのスピードで動けるだけなのだ。「観の止水」が発動したとはいえ、まだ自由自在に使いこなせるというところまでは身についていない。カザンの「呑龍」を破ったのは、ほぼ怪我の功名に近い。あの試合場でカザンではなく、タツオが死んでいてもおかしくなかった。

そのとき身体の各所で変拍子の嵐を巻き起こしていたサイコが動いた。普通に動いているだけなのだろうが、「呑龍」のなかから見ると人の姿をした一陣の旋風が駆け巡っているようだ。サイコはテーブルの巨大な生け花から、五弁の白い花を抜いた。日乃元の国花・タチバナだ。

それを天童ワタル、ジャクヤ、五王タツオキ、クニ、テル、ジョージ、最後にタツオの軍服の胸ポケットにさしていく。当然、軍服なので落下防止用にボタンつきのフラップがポケットにはついているのだが、サイコは瞬息《しゅんそく》でボタンを開け、ポケットにタチバナを差し、形を整えてボタンを留め直していく。

新任少尉七名順番にそれだけの動作をおこなっても、時間は一秒とかかっていないようだった。よく切れる軍用の両刃のナイフがあれば、花をポケットに差すよりも、格段に早く七つの喉を切り裂き殺害することもできただろう。

サイコの気配を身体の近くに感じたのは一瞬だった。人の動きは見えない。流れる黒い影が身体の前をさえぎったように感じただけである。それでもタツオはなにかサイコの声が聞こえ、息の匂いをかいだ気がした。

（タ…ツ…オ…、わ…た…し…は…今…も…）

とぎれとぎれに耳元に当たる言葉の意味は、最初はよくわからなかった。だが、サイコは確かにそういったように聞こえる。自分にだけプライベートなメッセージを寄越したのだろうか。タツオは「呑龍」の強制催眠下で身動きもとれずに凍りついていた。

サイコの旋風が最初の位置に戻った。ばらばらだった変拍子がしだいに規則正しいビートを刻みだすと、世界に時間の流れが戻ってきた。

「その花は皆さんへのプレゼントよ」

サイコは不敵に笑っている。タツオキが息を整えていった。

「すくなくとも今のデモンストレーションで、この場で誰が最強の戦闘能力をもっているか、はっきりしたと思う。どうだい、ワタルくん」

近衛四家一位を占める天童家の跡継ぎは、胸ポケットのタチバナにふれながらいった。

「いや、魂消《たまげ》たなあ。東園寺少尉は怒らさんように注意するわ。せやけど、うちのジャクヤとなら、勝負はどちらに転ぶかわからへんよ」

タツオキがあっけにとられていう。

「今の『呑龍』を見せられても、いい勝負だというのか」

「そうやな、ぼちぼちというところやないかな。せやろ、ジャクヤ」

「ええ、そうかもしれませんね、ぼん」

ジャクヤが銀の瞳で、タツオの胸に差してある白い花を見つめた。するとあたりに一段と強く甘くタチバナの香りが立ちあがった。

(あの目でやったのか)

花の香りを強くすることまで、あの銀の眼には可能なのか。タツオはジャクヤの魔眼とサイコの「呑龍」に震え、驚きに立ち尽くしていた。

「困ったものだな」

冷ややかにタツオたちを見つめているのは、兄の作戦部少佐・逆島継雄だった。

「近衛四家の秘術はそうそう人に見せびらかすものではない。東園寺少尉、天童少尉、以後気をつけるように」

「そういうことだな。自分の家に伝わる技の見せびらかしか、まだ子どもだな。お子さま少尉か」

にやにやと笑いながら、そういったのは情報保全部の柳瀬だった。

「きみたちは考え違いをしている。確かにおたがいが正操縦者のライバルではあるが、『須佐乃男』はひとりでは動かせない。六名の副操縦者とのチームで闘うのだ。個々が最高の能力を発揮するだけでなく、チームとして動けなければ戦力は半減する。そうですね、逆島少佐」

タツオの兄は厳しい表情でいった。

「その通りだ。個の力とチームとしての機能を両立させることができなければ、決戦兵器も絵に描いた餅《もち》に過ぎない。連動した創造的な力がなければ、圧倒的に数で勝る敵を倒すことなどとてもではないが不可能だ」

こちらは七名で操縦する陸海空のロボット兵器群、対する敵は同じく陸海空軍の一二〇万人におよぶ膨大な本土上陸強襲部隊である。氾とエウロペの連合軍は長く続いた日乃元との戦いに決定的な終止符を打ちにきているのだ。ジョージの声は涼やかだった。

「エウロペのサッカーと同じですね。堅固な敵の守備を打ち破るには、当たり前のことをやっていても駄目だ。意表をつく創造的な展開と連動した動きが欠かせない」

そこでジョージは言葉を区切ると、ちらりとタツオに目をやって続けた。

「ですが、逆島少佐、その手のクリエイティブな戦術眼やセンスというのは、進駐軍のような組織には最も不足しているものではありませんか」

大胆な質問だった。同じ問いが進駐軍士官ではなく、一兵卒によって発せられていれば肉体的な制裁が避けられないだろう。お馴染みの平手打ちである。日乃元の軍は練度では世界有数を誇るが、それは画一的な集団軍事行動の場合で、自発性が求められる個々の戦術では一段劣るといわれていた。逆島少佐の声が凜《りん》と響いた。

「残念だが、その通りだ」

ゆったりと少佐の視線がその場にいる新人少尉に注がれていく。最後にタツオにうなずきかけると少佐がいった。

「きみたちの誰かが軍事的な創造性を発揮し、敵を止めることができなければ、一〇

○万人を超える氾＝エウロペ連合軍が日乃元本土に上陸し、女皇のおわす東都目指して進軍することになる」

タツオは身震いした。進駐軍は敵国を侵略し、植民地を獲得するための軍隊だ。自国の領土が戦場となった場合の悲惨さは、身をもってわかっている。戦闘員と非戦闘員の区別など形式だけのものだった。老人や子どもや女性さえ無関係に殺傷される。それが侵略戦の常套《じょうとう》だ。

「たかだか一族の秘術の見せあいなど、いかに無意味であるか、肝《きも》に銘《めい》じておけ。貴様たちの戦いぶりに故郷の家族の命と日乃元の国体の未来がかかっている。わかったな、新任少尉」

「はいっ！」

全員が直立不動になり、腹の底から返事をした。誰もが自分の親や兄弟、それに郷里の友人の顔を思い浮かべていた。なかには涙ぐんでいるものもいる。逆島少佐に目配せして、柳瀬情報保全部員がいった。

「今夜はせいぜい楽しんでおけ。明日の夜は誰ひとり、自分の足で歩いて便所にいけるやつはいないはずだ」

クニがはいっと手をあげて質問した。

「歩いていかれないということは、その場で垂れ流しでありますか、柳瀬さん」

柳瀬はぬらぬらとした身のこなしで、クニに近づくと白い手で頰《ほお》を軽く二度タップした。

「垂れ流したやつは便所掃除一ヵ月のご褒美をやろう。歩けないなら、這《は》っていくんだ。わかったか、鳥居少尉」

タツオにもクニが震えあがったのがわかった。まともに歩けないほどの訓練。また厳しい鍛錬の日々が始まるのだ。腕時計を確認して、柳瀬がいった。

「今夜の就寝はヒトマルサンマルだ。明日はイ号仮想演習室にマルハチサンマルに集合せよ」

「はいっ！」

また全員の返事がそろった。十代なかばの少年少女の緊張はなかなか解けなかった。逆島少佐が苦笑していう。

「とにかく今夜はせいぜい楽しめ。解散してよろしい」

タツオもようやく肩と背中から力を抜いた。どうもこの一週間で起きた変化に身体が慣れなかった。先週までは東島進駐官養成高校の一年生に過ぎなかったのに、今は日乃元進駐軍少尉で決戦兵器「須佐乃男」の操縦者候補である。星の裏側にでもきてしまったような極端な変化だった。

「まあ、いいや。明日はろくに食欲ないかもしれないから、ご馳走を腹に詰めとこうぜ」

クニがぽんっとタツオの肩を叩いた。テルがいう。

「おまえもたまにいいこというな。さっきの柳瀬への質問は冷やひやものだったぜ」

宴会場には露店のような小店がいくつも並んでいた。行列のできた握り鮨《ずし》のところに向かおうとしたところに、西陣織の軍服の少女がやってきた。

近衛四家第二位の萬家の二卵性双生児である。澄ました和風美人の満千留が声をかけてきた。

「先ほどのサイコさんの『呑龍』なかなかの見物でした。わたしたちは術にかかっていなかったんですが、どういう影響があるんですか」

たとえ萬家でも東園寺の秘術には興味津々《しんしん》のようだ。とりつく島のないサイコに質問できないのも無理はない。

姉の肩に隠れていた小柄な妹・駆化留が顔を覗かせていう。こちらは肌の浅黒い南洋の美少女のようだ。

「傍で見ていると、ただサイコさんがタチバナを皆さんの胸ポケットに普通に差していっただけだったんですけど、ぜんぜん違うんですか」

タツオは肩をすくめて、ジョージを見た。うなずき返してくる。

「いや、怖かったよ。ぼくとジョージは一週間前に『呑龍』にかかって、ぼろぼろにされている。背中が脂汗でまだべったりしてる。ぼくはずっと秒針を見ていたけれど、一秒が四〇倍の長さに感じられた」

姉のミチルが細い顎の先をつまみ、首を傾《かし》げていった。

「それは肉体だけですか、術の最中に精神や思考もスローダウンするのですか」

タツオは驚いていた。その観点から「呑龍」を考えたことはなかった。興味深い。

「ジョージはどう思う？」

頭脳の回転なら操縦者候補で一番のはずのジョージが一瞬黙りこんだ。

「ぼくは思考力が遅延されているような感覚はなかったような気がする。タツオは？」

「ないような気はするけど、肉体の動きが極端に落ちているので、通常の状態より思考のスピードが落ちている可能性はある。時間という絶対的な尺度が狂うんだから、思考や知性にも影響はあると考えておいたほうがいいかもしれない」

「おれのことも忘れんなよ」

そういったのはテルだった。いつの間にか厚切りのローストビーフの皿をもって戻ってきていた。

「あの術の恐ろしいところは、静止した身体と普通に動いてる心の速度のギャップだと、おれは思うな。誰でも最初はパニックになる。あのおかしな拍子を聞かされた瞬間、植物化されたみたいに動けなくなるんだからな」

ジョージが眉《まゆ》をひそめていった。

「どちらにしてもこれから『呑龍』の解析と対策を練らなければいけないね。そのときは萬家のお力も貸していただけますか」

混血の天才がまっすぐに切りこんだ。タツオも萬家の力をよく知らない。近衛四家は東の東園寺家・逆島家が武力で、西の天童家・萬家が呪術や軍事テクノロジーで万世一系の女皇に仕えてきたが、東とは異なり西の二家は正体がはっきりとしなかった。

不安げに妹のカケルがいった。

「お姉ちゃん、どうする？」

姉のミチルが質問し返す。

「あなたはどう思う？」

小柄なカケルがアーモンド形の目を輝かせていった。

「わたしはこの人たち、いい人だと思う。手を組んでも悪くないよ、きっと」

「じゃあ、いいわ、菱川少尉。うちの姉妹では妹が直感やセンスで、わたしが論理や決断の担当なの。カケルの直感はまずはずれたことがない。東園寺と手を結ぶより、あなたたちのほうがずいぶんとましみたいだしね」

クニがにやりと片方の頬に笑みを浮かべていった。

「東園寺のお嬢さまが恐ろしい黒い魔女になっていっちまったかと思ったら、今度はキンキラキンの西の双子魔女か。ところであんたたち、なにか一族の秘術とかもってんのか」

目にも綾な西陣織の軍服で腰に手を当てて、ミチルがいった。

「そんなこけおどしの技などないわ。でもひとつはっきりしていることがある。我が一族で磨いてきた技術がなければ、五王重工も『須佐乃男』の開発に失敗していたでしょう」

おもしろい。どういう意味だろう。タツオは猛烈に好奇心に駆られた。まだ日乃元本土防衛の決戦兵器には謎が多すぎる。

「その話、もうすこし聞かせてもらえないか」

萬家の七分だけ先に生まれた姉がいった。

「あなたたちが他言《たごん》しないというなら、かまわないけど」

全員で鮨の行列に並びながら、近衛四家第二席の萬満千留が口を開いた。

「三種の神器は知ってるよね」

古来、日乃元の女皇に受け継がれてきたという神話的な武具だった。クニがふざけていった。

「おー、おおきくでたな。鏡と玉と剣だったっけ。神器なんてほんとにあるのか。あれは噂というか伝説みたいなもんだろ」

萬家の双子の姉が顔をしかめた。ジョージがとりなすようにいう。

「八咫鏡《やたのかがみ》、八尺瓊勾玉《やさかにのまがたま》、それに草薙《くさなぎ》の剣《つるぎ》だったね。その三種類の神器をもつものは無敵だったという」

妹のカケルがクニに舌を出した。

「外人さんのほうが神器に詳しいなんて、日乃元男子も駄目になったものね。あなた成績悪かったでしょう」

「なんだと」

確かに三組一班の四人のうち成績が最も悪かったのはクニだった。むきになっていい返した。

「卒業しちまえば、養成高校なんて関係ないだろ。成績なんて糞くらえだ。そっちこそ近衛四家のコネでもつかって天萬に潜りこんだんじゃないのか」

カケルが泣きそうな顔になった。

「お姉ちゃん、この人いじわるなこという。わたしが一芸入試だからって、馬鹿にしたよ。うち、この人好かん！」

タツオは苦笑していった。

「おいおい、ふたりともいい加減にしてくれ」

軽蔑したような冷ややかな目で妹とクニを見てから、ミチルがいう。

「三種の神器は実在するわ。もう半分しか残っていないけれど、それは確かよ」

どういう意味だろう。タツオはジョージと顔を見あわせた。ジョージが困惑した表情で質問した。

「半分ないって、どういうことなのかな」

鮨の出店に続く行列が流れだした。舟形の小皿をもった士官たちが通り過ぎていく。即座にクニがチェックした。

「おー握りが五巻か。中トロ、コハダ、ヒラメ、ウニ、アナゴだ。さすがに東島の食堂よりは贅沢《ぜいたく》だな」

「わたし、アナゴ大好き」

ぴょんとその場で跳ねて、そういったのはカケルだった。クニを無視してミチルがいった。

「三種の神器を製作したのが、わが萬家のご先祖だったといえば、うちと女皇家のつながりがわかりやすいかな。代々、萬家は武器の開発製作をもって、女皇にお仕えしてきた。古代には神器、中世には刀と槍、戦国では鉄砲の製造と改良。五〇〇年前は世界で最多の鉄砲をつくっていた軍需企業が、わが萬家よ」

「今は五王重工に抜かれたけどな」

ぼそりと口をはさんだのはテルだった。テルの右腕では五王製の軍用義手が鈍く光っている。ちらりとテルに目をやるとミチルはいった。

「無様な腕をつけているのね。そんなローテク義手と、わが萬家の軍事テクノロジーは比較にならない。その証拠に萬家がいなければ『須佐乃男』も存在しなかった」

色めき立ったのはジョージだった。

「先ほどの半分なくなった神器といい、今の話といい、いったいどういう意味なんだか、説明してもらえないか。ぼくは以前から不思議だった。ロボット兵器の開発はエウロペでもアメリアでも氾でも盛んだ。なぜ、日乃元だけが究極の決戦兵器をつくれたのか、それがわからなかったんだ」

目を細めて姉のミチルがジョージとタツオを見つめた。どうやらここにいる人間でまともに話をする価値があるのは、このふたりだけという雰囲気である。

「答えは三種の神器よ。日乃元には神器があって、彼らにはない」

ますます意味がわからなかった。タツオはいった。

「『須佐乃男』開発の秘密は進駐官なら誰でも知っているのか」

「いいえ、上層部とテストパイロットだけ。わたしたち候補生も間もなく知ることになるでしょう」

クニが悲鳴のような声をあげた。

「さっさと話してくれよ。萬家にはとんでもない秘密があるのか」

ミチルはまたもクニを無視した。ゆったりと低い声で話し続ける。

「ロボット兵器本体の開発は現在のテクノロジーなら、どの先進国でも可能だわ。でも兵器と人のインターフェイスがうまくいかない。これまでのところ、計器を見て、操縦用のデバイスを動かすという作業を、どうしても避けることができない。それでは圧倒的に遅過ぎるの。ひとりの操縦者に扱えるロボットもＡＩによる支援をつけてもせいぜい数十機までと制限を受ける」

ジョージがつぶやいた。

「マン・マシン・インターフェイスか……ぼくも数千数万というロボット兵器を七名の操縦者でどう動かすのか疑問に思っていた」

「そこで三種の神器が登場する。あの神器はすべて同じ金属でできているの」

クニがいった。

「へえ、どんな金属なんだ。その制服みたいにキンキラキンじゃないだろうな」

タツオは視線だけでクニを制止した。萬家の力の源泉の核心に近づきつつあるのだ。

「どんな金属かはわたしたちがもつ最新のテクノロジーでもよくわかっていない。ただ地球由来の金属ではないという科学者が多いわ。進駐軍の開発局でも萬家でも五王重工でもね」

タツオはつぶやいた。

「地球外の金属か……隕石《いんせき》かな」

「そうね、その可能性が高いと専門家はいっている。問題はその金属がもつ性質ね」

タツオはジョージを見た。うなずき返してくる。淡い茶色の目が輝いていた。天才児はめずらしく興奮しているのだ。ミチルは淡々といった。

「ただの金属ではないの、抜群の伝導性をもち、金よりも高い圧延性をもち、温度による変化もほとんどない。そしてなによりもすごいのは、人という生物に生体適応力があるということ」

テルが自分の軍用義手をなでていった。

「ステンレスやチタンのように人の身体にうめこんでもだいじょうぶという意味か」

「もちろんそれも可能だけれど、生体適応力という言葉の意味の重要な部分は、この金属が精神感応性をもっているということなの」

タツオはあっけにとられていた。

「三種の神器が精神感応金属でできている……」

ミチルが昂然《こうぜん》と顔をあげ、正面をにらんでいった。

「宇宙からきた真っ黒な金属、萬家では代々その『クロガネ』の秘密を解き明かすことが究極の目的だった。刀や鉄砲や大砲でも、戦車や巡洋艦や爆撃機でもない。なによりも重要なのはクロガネなの」

一同は静まり返った。じりじりと行列は進んでいく。

「『須佐乃男』にはクロガネを混ぜたワイヤーが総延長で七〇〇キロメートル使用さ

れている。伝達ロスはゼロ、伝達時間もゼロの精神感応ワイヤー。それが『須佐乃男』を可能にした」

ジョージが手をあげて、ミチルを制した。

「ちょっと待って、伝達ロスはともかく伝達時間がゼロはおかしいよね。それでは速度が無限大という意味になる。アインシュタインの特殊相対性理論では光の速度を超えるものは存在しないはずだ。ぼくたちが使用しているコンピュータだって、光の速さよりもすこし遅い電子の流れる速さで、さまざまな演算をおこなっている。三種の神器『クロガネ』は、この宇宙の物理的限界を超えるのか」

「萬家の科学者は長さ七〇〇キロのクロガネワイヤーで実験をおこなったわ。光の速さは秒速三〇万キロ。それでもこの距離の伝送には〇・〇〇二三秒はかかるはず。だけど何回試しても、結果は同じ。伝達時間はゼロだった」

「そんなはずがない」

萬満千留の言葉につぶやき返したのはジョージだった。

「物理法則に違反している」

「誰でもそう思うわよね。でも実験は複数の科学者によって何度も試され、クロガネの無速度伝達は再現性が証明されている。一方の端で人の意思を感じると全長七〇〇キロのクロガネのワイヤーは、その瞬間全長が同じように変化するの。人の意思を反映してね」

「へえ、すげえな。光よりも速いのか」

クニがのんびりそういうと、ジョージが肩をすくめた。

「そうか、クニは物理が苦手だったよね。クロガネのワイヤーを今ぼくたちが大陸間通信につかっている海底ケーブルみたいに宇宙に張り巡らすことができるなら、時差のない通信網で宇宙全体を覆うことができる。ゼロ時間で何百光年も離れた星と会話ができるんだぞ。クロガネと三種の神器はとんでもない可能性を秘めてるよ」

ミチルがジョージに微笑んだ。

「さすがは東島一の秀才だけのことがあるわね。通信用のワイヤーもいいけど、科学者たちは宇宙船についても話をしている」

ぱちりとジョージが指を鳴らした。

「そうだ。クロガネで出来た宇宙船なら、光速の壁を超えられるかもしれない。光の速さよりも反応速度が速い素材なんだよね。時の壁さえ超えられるかもしれない。うーん」

ジョージが腕を組んで考えこんだ。

「というより逆に、超光速宇宙船の一部が日乃元に隕石となって墜落して、それが萬家の先祖によって三種の神器につくり変えられた可能性のほうが高いんじゃないか」

妹の駆化留が手を打った。

「それ、子どもの頃うちの研究所のおじさんから聞いたことがあるよ。三種の神器は星の船の欠片《かけら》だったたって」

タツオは遠い目で鮨の出店の行列の先を眺めた。日乃元防衛どころか『スター・ウォーズ』みたいに遠い銀河の話である。ある意味果てしないほどロマンチックな話題だが、自分たちは鮨五貫を乗せた皿をもらうために並んでいる。

「宇宙の話は、おれはどうでもいい。そいつは日乃元が地球をすべて手にしたあとの夢物語だろ。おれにとっては『須佐乃男』のほうが、よほど重要だ」

厳しい表情でその場にいる新任少尉たちをにらんだのは、右腕を軍用義手につけ替えたテルだった。

「おれにとって大事な情報は、クロガネをもたない世界の列強は『須佐乃男』みたいなロボット兵器はつくれないってことと、残されたクロガネでつくれるのは、もう一台分だけってことだな」

タツオの胸のなかが氷の海のように冷えこんでいく。死んだ東園寺崋山がいっていた。今回の本土決戦のための防御型「須佐乃男」に続いて、進駐軍の開発局と五王重工は世界戦争を終わらせるための攻撃型「須佐乃男」の開発に着手しているという。

そのロボット兵器が完成したとき、世界の軍事バランスはどう変化するのだろうか。進駐軍の士官養成高校に過ぎない東島にこれほど敵対勢力からの干渉があったのも、「須佐乃男」の圧倒的な威力を考えれば無理もなかった。そのために一五〜一六歳の多くの少年たちが死んでいったのだ。タツオは唇を噛み締めて耐えた。

「すげえよな」

そういったのはテルだった。ぴしりと音が鳴って、軍用義手のなかのクリスタルグラスが粉々に砕け散る。目には狂おしい光が揺れている。

「本土防衛の決戦まで追い詰められた日乃元が決戦兵器一発で、大逆転を狙えるかもしれないんだ。うまくすれば、『須佐乃男』で、おれたちは世界を、いや地球という星をひとつ手にできるかもしれないぞ」

ジョージは冷静だった。肩をすくめるといった。

「瞬間的に軍事上の勝利はつかめるかもしれない。だけどクロガネの三種の神器は

『須佐乃男』二台分なんだろ。世界戦争に勝ったあとで、どうやって世界を治めるんだ。補修パーツが製造不可能な状態で戦いを続ければ、ロボット兵器だってしだいに損耗していく。どんなに強い兵器があっても、戦争に勝つことと世界を統治することは、まったく別な話だ」

テルがグラスの破片を絨毯の床に投げつけた。周囲の人間がこちらを見ている。

「わかってるよ。だがな、こいつは戦争だ。負けて結ぶ講和と勝って結ぶ講和の条件は天と地の差だろ。戦争なんて勝ってから考えりゃいいんだ」

進駐官養成高校で散々世界中の戦史を学んできたタツオだった。それはテルも同じはずだが、実際に下士官になってしまうと、歴史に学ぶというのは困難なようだ。勝ってから考えるといって、無数の国が滅んでいる。

行列の先頭にやってきた。坊主頭の半分が白くなった初老の職人が手早く鮨を握っていた。

「お待たせしました」

渋い声とともに舟形の皿をさしだす。

「ありがとうございます」

受けとりながら、タツオは自分はきっとこの人の年までは生きられないのだと思った。

9

銀のススキが海原のように揺れている。秋は深まっていた。不二山の頂にはうっすらと雪が積もっていた。

そこは北不二総合演習場の奥まった場所にある甲八練兵区《こうれんぺい》だった。タツオたち新任少尉は養成高校の戦闘訓練で着用していたのと同じ半透明の特殊プラスチックのボディスーツに身を包み整列していた。簡易型の演壇では逆島継雄少佐がハンドマイクを握っている。

「これより『須佐乃男』操縦者の戦闘訓練を開始する」

クニがちいさな声でつぶやいた。

「また戦闘ごっこかよ」

柳瀬情報部員の鋭い命令が飛ぶ。

「鳥居少尉、その場で腕立て伏せ五〇回」

クニが数をかぞえながら腕立て伏せを始めると、逆島少佐がいった。

「その訓練服は養成高のもののグレードアップ版だ。きみたちの戦闘中のすべての音声と映像を記録しているし、生体反応も常時モニターしている。それに弱レーザー銃の攻撃を受けた場合は」

少佐が腕立て伏せをしているクニのほうを見てから、部下にうなずいた。

「一七、一八、一九……痛ったたた！」

エビのように跳ねてクニが悲鳴をあげた。演習場の火山灰性の黒い土の上で転げまわっている。

「以前はただ硬直するだけだったが、暴徒制圧用のスタンガンより若干弱い程度の電撃が流れるようになっている。慎重に戦うように」

しーんと一六歳の少尉たちが静まり返った。タツオも息をのんで苦痛に身をよじるクニを見つめていた。

「切ってやれ。鳥居少尉、きみの腕立て伏せを待つのは時間の無駄だ。整列に戻れ」

普段の緩い態度が嘘のように、クニは跳ね起きて直立不動になった。タツオの兄はよく通る声でいう。

「諸君には四班に分かれて、戦闘訓練を行ってもらう。組み分けは各自のディスプレイに転送される」

ヘルメットから下がった二インチほどの透明なディスプレイに、三班正操縦者・逆島断雄の名前が浮かんだ。続いて六人の副操縦者の名が映画のオープニングロールのように流れていく。

鳥居国芳

谷照貞

萬満千留

萬駆化留

天童寂矢

佐竹宗八

「各自自分の今回の所属は了解したことと思う。諸君らに戦ってもらうのは、あの敵だ」

逆島少佐が右手をあげると、甲八練兵区の向こうの端に幻の軍団が出現した。ススキの銀の波を背に半透明のボディスーツを身につけた精鋭部隊がレーザー銃を胸に掲げている。

「なんだ、あの数！」

ちいさく叫んだのはテルだった。こちらは正副の「須佐乃男」操縦者があわせて七名。対する敵はどう見ても一〇〇人は超えている。

逆島少佐がいった。

「敵は圧倒的な物量を有している。氾＝エウロペ連合軍だと思って、各班全力で奮闘せよ。負ければ日乃元本土が火の海になる」

柳瀬情報部員が続けて叫んだ。

「十五分後に最初の訓練を開始する。貴様ら、日が暮れるまで思う存分殺されてこい！」

タツオはディスプレイに浮かぶ副操縦士六人を無線で結んだ。続いて目の前に片メガネのように下がった透明なアクリル板に上官からの命令が浮かんだ。

「逆島少尉、第一戦闘訓練を命ずる」

タツオは叫んだ。

「うちのチームが初戦に指定された。全員ぼくのところに集まってくれ」

軍用の音声変換はかなりの精度に達している。そのまま正確な文字情報が、命令を示す赤いフラッグとともに六人に流された。

「おれたちが最初かよ。やってらんねえな」

ぶつぶついいながらやってきたのはクニだった。佐竹宗八の長身がゆったりと大型の肉食獣のように近づいてくる。

「鳥居少尉、音声はすべて記録されているぞ。口を慎《つつし》め」

「固いことというなよ。おれたちはどうせ『須佐乃男』作戦のための人身御供《ひとみごくう》だろ。進駐軍のお偉方だって、そう簡単に手出しはできないさ。あまりクソ真面目だと、うちのチームで浮くぞ。おっさん」

クニを無視して年上のソウヤがタツオを見つめた。鼻にはまだギプスとテープが貼《は》ってある。タツオが頭突きで折った跡だ。ソウヤは顔面の傷のことなどまったく気にしていないようだった。

「逆島少尉、きみがリーダーだ。どう戦う？」

タツオは音声で戦術支援AIに質問した。

「敵の戦力と兵装、それにこちらの武器を知らせてくれ」

瞬時に答えが戻ってくる。ディスプレイに浮かんだ数字を、集合した六人に読みあげた。

「敵兵の数は一二〇人、装備は74式自動小銃のみ。機関銃、手榴弾、迫撃砲・バズーカその他野戦砲の装備はなし」

テルが腕組みをしていった。

「敵の兵隊は一七倍以上かよ。で、うちにはミサイルでもあるのか」

ディスプレイを読んでいく。

「全員に74式自動小銃と拳銃、あとは分隊支援用の軽機関銃とスナイパーライフルが各一丁だ」

タツオは練兵場の向こう側の端で休憩中の一二〇人の進駐軍兵士たちを見つめた。各自装備の確認をおこなっている。タツオは実戦経験が豊富なソウヤに質問した。

「ソウヤさん、うちが勝てる確率は？」

「上空からの支援か『須佐乃男』がなければゼロだ」

萬家の姉・満千留が悲鳴のようにいう。

「確率ゼロじゃ、こんなの訓練にもならないじゃないの。わたしたちに死ぬ練習でもさせるつもりなのかしら」

天童家の分家・寂矢が苦笑していった。

「圧倒的に不利な状態でいかに戦うかの訓練なんじゃないんか。逆島少尉、本土防衛戦の氾＝エウロペ連合軍の数は覚えとるな」

ジョージと見た三重特秘の文書を思いだす。上陸軍の総数は一二〇万人。それに対するのは『須佐乃男』を操縦する七名だ。タツオは改めて影の濃いジャクヤを見つめた。銀の眼の少年は平然としている。意外にも絶望に落ちそうな心を、ジャクヤが救ってくれた。

「ああ、わかった。みんな、聞いてくれ」

タツオの周りに六人が集結する。

「本土防衛戦の敵兵力は一二〇万人。今回の仮想敵はその一万分の一しかない。われわれにはまだ『須佐乃男』はないが、徹底的に敵を苦しめなければならない。これは日乃元の街と市民を守るための戦いだ」

タツオは勝利ではなく、時間稼ぎの持久戦を選んだ。監督している作戦部や上級将校たちがうんざりするほど粘りにねばってやる。クニが叫んだ。

「その通り。ただで殺されてたまるか」

萬家の妹・駆化留とクニがハイタッチした。士気が上昇してきた。いい傾向だ。タツオは微笑んでいう。

「とりあえずうちが初戦だ。まだ休憩時間中だが、戦闘準備を始めよう。全員が隠れる塹壕《ざんごう》を掘ってくれ」

「あーまたスコップか。進駐軍ってほんとによく穴掘りさせられるな」

各自分の装備から伸縮式のスコップをとりだし、タツオが指定した場所に穴を掘り始めた。残り時間はあと九分。身体の半分が隠れるほどの浅い塹壕でもなければ、一二〇人の敵に囲まれ一斉掃射でけりがつく。時間稼ぎさえも困難だろう。

タツオは火山灰質の粘りのない土を掘り返しながらいった。

「みんな作業しながら聞いてくれ」

「はい」

六人の声が耳元で揃った。戦闘中のネットワークは究極まで進化したと思われているが、これに三種の神器を使用したクロガネワイヤーが加わると、どこまで異次元の変化を生むのだろうか。異世界のテクノロジーである。

「この六人のなかで狙撃の成績がもっともいい者は？」

おずおずとカケルが手をあげた。ディスプレイには狙撃訓練の成績がずらりと並んでいる。一位はカケルで、二位はジャクヤだ。最下位はクニである。

「じゃあ、萬駆化留少尉に狙撃手を任せる。スポッターは気心が知れている者がいいだろう。満千留少尉、頼めるか」

長い髪をヘルメットに押しこんだ姉がうなずいて返事をした。

「了解です、逆島少尉」

北不二演習場の軽い土を掘り、敵側に向かって小山をつくっていく。スコップで穴を掘るのは意外なほどの重労働だ。タツオは息を整えていった。

「つぎ、軽機関銃の扱いに慣れている者は？」

進駐官養成学校でひと通りの訓練は受けているが、軽機関銃は重さ四キロ弱の自動小銃とは別物だった。80式の分隊支援軽機関銃は持続的に一分間一二〇発の発射が可能で、装塡《そうてん》時の重量は一〇キロ近くある。ソウヤが手をあげた。

「おれだ。ウルルクでは80式に散々世話になった。補助をふたりつけてくれ。あいつは馬鹿みたいに弾を食うんだ」

タツオはクニとテルを見た。もうこの二人しか残っていない。テルが気づいたようだ。

「わかった。クニとおれでやるよ。ただし、メインはクニで、おれは空いた時間には自分の74式で指揮官のおまえを警護する」

ジャクヤが涼しい声でいった。

「ぼくはなんの役もやらへんの」

本家の前とは違い、関西弁になっていた。タツオは摑みどころのない少年を見つめた。近衛四家の第一席を占める天童家の切り札とされる男だった。まだこの不思議な銀の目をした新任少尉の底は見えていない。

「天童少尉にはぼくの副官になってもらう。万が一のことがあったら、きみが指揮をとってくれ」

無表情にジャクヤがいった。

「了解や」

残り時間は三分だった。カーキ色の軍用トラックがやってきて、80式軽機関銃と72式対人狙撃銃が下ろされていく。どちらも本物の銃の中身を模擬戦用の弱レーザーシステムに換装《かんそう》してある。

タツオは命じた。

「塹壕はもういい。狙撃班、分隊支援班、各自の銃の用意を始めてくれ」

もう時間がなかった。膝《ひざ》ほどの深さの簡易塹壕ができている。掘り返した土は敵側に向かって積んでいるので、中腰なら歩けるほどの深さがある。

「天童少尉、ちょっときてくれないか」

タツオは戦闘ネットワークの通信を切ると、塹壕から出た。遠くにこの演習場名物のススキの銀の波が揺れ、さらに向こうには日乃元唯一無二の不二山が見事に左右対称の稜線《りょうせん》を描いている。タツオは親密な雰囲気を強調したくて、わざと砕けた口調にした。

「もう天童少尉はめんどくさいな。ジャクヤでいいか」

「了解や、ぼくもタツオでええな」

「うん。ジャクヤはこの訓練どう思う？」

「どうもこうも圧力鍋みたいなもんちゃうかな。ぎりぎりまで追いこんだとき、候補生たちがどんな反応を示すか。弱いやつ、壊れるやつはいないか。一種のパニックテストみたいなもんやと思うよ」

「なるほど。同意見だ」

近くで見ると、ジャクヤの目はジョージの目によく似ていた。ひどく孤独を感じさせるのだ。ジャクヤは銀を練りこんだ漆黒、ジョージはレモンを垂らした紅茶のような明るい茶色で、瞳の色はまったく似ていないけれど。ジャクヤはいった。

「今回の訓練の目標はみっつ。タツオならわかるやろ」

「ひとつは時間を稼ぐこと。もうひとつは敵への損害を最大限にすること。あとひとつはなんだろう、ちょっとわからない」

ジャクヤは涼しい顔でいった。

「じたばたせずに全員冷静に殺されることや。ぼくは電撃嫌いなんやけどな」

すねたように黒い火山灰質の土を見ている。この少年はどんな子ども時代を過ごしてきたのだろうか。この戦闘訓練が終わったら、いつか腹を割って話してみたかった。

「ところで、ジャクヤは呪術をよくする天童家でも、一〇〇年にひとりの才能といわれているんだよね。その力、つぎの戦闘でつかえないか」

じっと銀の目で見つめてくる。吸いこまれそうな不思議な深さのある目だった。泡立つ滝壺か、そこの知れない深さの湖でも覗いたようだ。

「ああ、やってみよう。タツオにもぼくの力を理解してもらう必要があるから。ちょっと敵の視察にいってくるわ」

そういうとふらりとジャクヤは休憩中の一二〇人の敵部隊に向かって歩いていってしまった。なにをするのかまったくの未知数だ。だがジョージとは別な意味で、あの少年を味方にしておけば、予想外の威力を発揮するだろう。タツオの指揮官としての直観がそう告げていた。

10

北不二演習場初の戦闘訓練は定刻どおりに開始された。タツオたちが掘った塹壕から敵陣までの距離は二五〇メートル。タツオは五倍の双眼鏡で敵陣の様子を確認した。

「敵の塹壕は二〇カ所。それぞれ六人ずつ隠れている」

クニが軽機関銃のマガジンを運びながらいった。

「くそ、なんだって訓練用のレーザー銃の弾を実物と同じ重さにするんだよ」

タツオはクニを無視していった。

「今回の訓練の目標は敵に最大限の損害を与えて、時間を稼ぐことにある。各自冒険は慎め。この塹壕でこらえて、粘り抜くぞ」

「はい」

六人の返事が揃ったところで、敵陣に動きがあった。自動小銃の銃口が突き出され、こちらの塹壕に向けて一斉に射撃が始まる。戦闘経験豊富なソウヤがいった。

「援護射撃だ。最初の突撃がくる。80式発射準備完了」

腹這いになっておおきな機関銃を抱えたソウヤの両脇には装弾役のクニとテルが控えている。テルがいった。

「弾だけはいくらでもある。佐竹さん、頼んだぞ」

無音のままタツオたちに近い距離にある四つの塹壕から、兵士が立ちあがり中腰で自動小銃をかまえ突撃を開始した。タツオは六人に命じた。

「慎重に狙え。74式は距離が一〇〇メートルを切ったら撃て。80式は今だ。撃て」

速射モードにしてあるのだろう。乾いた機関銃の銃撃音が秒間三発で軽やかに鳴った。佐竹はゆっくりと銃口を左から右にないでいく。照準は正確だった。最初の掃射で三分の一の兵士がその場に倒れ、訓練用の戦闘服を深紅《しんく》に染めて動かなくなった。兵士の悲鳴が聞こえるのは戦闘服の内部で電撃ショックを受けているのだろう。

一〇キロほどの装備をさげた突撃でも、日乃元の兵士は一四～一七秒で一〇〇メートルを進軍できるように訓練されていた。軽機関銃の掃射の後も倒れた兵士を無視して、目覚ましい速度で突撃兵がこちらに向かってくる。

ソウヤが二度目の掃射をおこない、さらに五人を倒した。タツオたちの塹壕まで半分の距離を稼いだが、敵兵は半分に数を減らしている。

「ミチルさん、敵分隊の指揮官はわかるか」

双眼鏡をのぞいたまま、萬満千留が叫んだ。

「はい、三名を確認」

タツオはいった。

「狙撃手頼む。指揮官を狙え」

小柄なカケルが長大な狙撃銃を肩に当て、腹這いになっていた。

「お姉ちゃん、風は？」

ゆるやかに揺れる銀のススキの穂の先を見て、ミチルがいった。

「西から五メートル」

「わかった」

ちりちりとスコープの照準に微調整を加え、カケルがいった。

「いきます！」

ほぼ同時に三つの銃声が鳴ったように聞こえた。ひとつながりの長い発射音にも思える。走りながら指揮をしていた三人の下士官がその場に倒れていく。クニが叫んだ。

「おー、カケルちゃん、すごい腕だな」

指揮官を失った九名の兵士は突撃をためらい、その場にうつ伏せになった。同時にわずかな地面の起伏に身体を潜め、自動小銃をこちらに向けてでたらめな発射を始めた。

塹壕のなかで身体を縮めた新任少尉たちは、顔を見つめ笑いあった。緒戦は順調だ。敵の突撃隊の第一波の三分の二近くを殲滅した。クニがいった。

「このまま敵を全滅して勝てたりしてな」

副官に任命したジャクヤの声が響いた。

「敵、第二波くる！」

タツオは転がりながら塹壕前の小山をにじりあがり、ジャクヤに聞いた。

「兵力は？」

「前回と同じだ。二四名による突撃」

「迎え撃て。軽機関銃と狙撃銃、それに自動小銃による三重の弾幕を張るぞ」

機関銃用のつぎの弾薬を用意しようとしたクニが中腰になった。わずかに頭が塹壕から出てしまう。その瞬間、透明だったクニの模擬戦用軍服が深紅に染まった。

「くそっ、やられた。鳥居少尉、着弾。戦闘不……」

そのあとは言葉にならなかった。電撃を受けてクニは再び絶叫している。狭い塹壕のなかで先ほどまで元気だった仲間があげる悲鳴は胸に応えた。タツオはクニを無視して叫んだ。

「80式準備でき次第撃て」

テルが代わりの弾倉を補給する。ソウヤがつぎの掃射を開始した。先ほどまでのようにはうまく当たらなかった。第二波はまっすぐに突っこんではこない。四つの分隊それぞれがタイミングをずらしながら、短いダッシュの突撃を繰り返してくる。

「狙撃手、第二波の指揮官を狙え」

「はいっ」

カケルの返事に続いたのは、ミチルの悲鳴だった。

「萬満千留少尉、着弾。戦闘不能です」

萬家の双子の姉が真っ赤に染まった軍服で塹壕のしたに滑り落ちていく。

「お姉ちゃん！」

ジャクヤが叫んでいた。

「第一波の生き残りにスナイパーがふたりいる。塹壕から身体を出すな」

タツオは首をすくめると、銃剣の先につけた手鏡を差しだした。74式自動小銃にスコープをつけた敵兵が二名確認できた。74式は照準が正確で二〇〇メートルくらいなら狙撃銃としての使用も可能だった。

ジャクヤが塹壕の底を這ってきた。機関銃の轟音に負けないように叫ぶ。

「タツオ、やっかいだ。第二波がここにきたら、全員やられる」

「どうしたらいいと思う？」

「敵スナイパーを潰したい。あのふたりのお陰で、こっちは身動きがとれない」

タツオも銃声にかき消されないように声を張った。

「そうだな。ソウヤさんの機関銃は突撃隊専用にして、なんとか第一波の援護を沈黙させなきゃならない」

「迫撃砲かグレネードランチャーでもあれば一撃なんだけどな」

静かな声が凛と銃声を突き抜けてくる。

「わたしが敵狙撃手を沈黙させます」

身体と同じくらいの長大な銃身を肩に当てたカケルだった。

「姉の仇もとらなくちゃいけませんから」

ふわふわとした末っ子の雰囲気はなかった。地面の浅い窪地に伏せた敵のスナイパーはほぼ姿が見えなかった。狙撃の瞬間だけモグラ叩きの要領で身体をのぞかせる。

その瞬間を一発で仕留めていくのは難易度の高い狙撃だ。

「わかった、萬少尉、頼む。ソウヤさん、第二波を近づけないでくれ」

戦闘訓練が始まってから、まだ一五分とは経過していなかった。秋も深まりかなりの肌寒さだったが、タツオはすでに汗だくで喉の渇きを覚えていた。

「手の空いた者から水分を補給せよ。弾幕切らすな。この陣地はなんとしても死守するぞ。テル、負傷者の状況を報告してくれ」

80式分隊支援機関銃から離れ、テルがクニの元に這っていく。

「クニは死亡フラッグが立ってる。もうダメだ、こいつ。全身カチカチだ」

塹壕の底でクニが叫んだ。

「うるせえ、好きで死んでるんじゃないぞ。そうだ、タツオ。おれを盾につかってくれ」

「わかった。あとで考える」

「わたしはやれます」

ミチルの声だった。滑り落ちた塹壕のなかから身体を引き上げてくる。

「肩に被弾して左腕は動きませんが、あとはだいじょうぶです。電撃が止んだので、戦闘に復帰します」

カケルがほっとしたように質問した。

「よかった、お姉ちゃん。電気ショック痛かった？」

「うん、悲鳴をこらえるのに歯が欠けるかと思った。カケル、目にもの見せてやるわよ。スポッター現状復帰します」

タツオは頼もしく近衛四家第二位の双子の背中を見た。ジャクヤが叫ぶ。

「敵、第三波突撃開始した。同じく四分隊二四名」

あと何分この陣地はもつのだろうか。タツオは頭に浮かんだ疑問をすぐに否定すると、高らかに叫んだ。

「三重の弾幕を張れ。各自自分の敵を見定めろ。距離を誤るな。撃て！」

北不二演習場の大地には戦闘中死亡を示す深紅の軍服を着た敵兵の身体がごろごろと転がっている。午後の秋風は肌を刺すように冷たかった。

再びカケルの狙撃銃が火を噴いた。一二〇メートル先で、窪地に伏せた敵兵がびくりと身体を震わせる。遅れて悲鳴が届いた。ミチルが叫んだ。

「着弾確認、狙撃兵一名沈黙」

塹壕の底に転がったままのクニが叫んだ。

「カケルちゃんはすごいな。四人連続で命中かよ。そんなに狙撃の成績よかったんだ」

カケルは銃床を肩に当てたまま首をひねった。

「成績は悪くなかったですけど、今日は出来過ぎです。こんなに当たるなんて気もち悪いくらい」

盛んに敵も狙撃や援護射撃をおこなっているが、その割には死亡はクニ一名と負傷がミチル一名だった。確かに四連続の狙撃成功は気になる。タツオは双眼鏡で敵の状況を観察しているジャクヤにいった。

「天童の力が働いているのか？」

戦闘中に運や偶然を左右するという天童家の呪術的な特殊能力だった。ジャクヤの背中から意味不明の朗誦が低く聞こえる。歌のようでも呪文のようでもあった。切りのいいところで止めるとジャクヤがいった。

「たぶん効いているはずだが、ぼくにもなにがどんな形であらわれるんか、効果は定かでないんや」

「なにをした？」

「ぼくたちの姿を見えにくくするよう、それと敵がすっきりと見えるよう、呪をかけた」

カケルが叫んだ。

「地に伏せた敵がスポットライトでも浴びてるみたいにはっきり見える。なんだか目がよくなったみたい」

クニが塹壕の底から叫んだ。

「へえ、そういうことか。近衛四家というのは化物《ばけもの》ばかりなんだな。ところでおれは死んでるけど戦闘に参加してもいいんだよな」

タツオは一瞬考えた。死亡確認のされた兵でも、以前防御用の盾として使用された例もある。あのときはペナルティはなかった。

「だいじょうぶだと思う」

「なら、おれを立ててくれ。塹壕の壁にもたせかけてくれれば、潜望鏡代わりに戦況を報告できる。一度撃たれて死んでるから、二度死ぬことはできないもんな」

タツオはジャクヤと顔を見あわせた。

「悪くないアイディアや」

「いいだろう。テル手伝ってくれ」

タツオはテルと力をあわせて、クニの上半身が塹壕から突き出るように、硬直した深紅の戦闘服を起こした。もち場に戻るとクニが叫んだ。

「おーすごい眺《なが》めだ。くるぞ、敵の第三波、四分隊二四名が突撃を開始した」

ソウヤが腹に響く低い声で叫ぶ。

「80式射撃開始」

自動小銃とは比較にならない軽機関銃の発射音が三点バーストで連続した。第三波の先陣を切っていた数名が倒れると同時に、クニが叫んだ。

「決めにかかってきたぞ、第四波くる。同じく四分隊」

タツオは双眼鏡をあげて敵の様子を確認した。手に汗をかいていると冷静に考えたのは一瞬だった。額から流れる汗が目に入ったからだ。涼しい秋風のなかで、自分は全身にびっしょりと汗をかいている。興奮なのか、恐怖なのかわからなかった。

敵の兵力は一二〇名。四分隊を四つで九六名。残るは最後の二四名だった。敵は力押しできている。上空からの援護や野戦砲、地雷原のない時点で十分予想された戦法だった。

ジャクヤが叫んだ。

「敵第五波くる！」

タツオは自分の自動小銃をかまえながら叫んだ。

「総員射撃準備、撃て」

近くにいる敵に向かって銃撃を浴びせる。誰かに当たったようだが、喜んでいる暇などなかった。第一波の何人かがさらに距離を縮めていた。じりじりと匍匐前進で、こちらの塹壕まで三〇メートルほどの地点にある窪地に集結していく。

「こいつは壮観だな。最後尾第五波の中央に敵指揮官確認、カケル頼む」

クニがそう報告すると絶叫した。電撃を受けているのだろう。深紅に変色した戦闘服のなかで身体がびくびくと波打っている。たとえ死者でも銃撃を受けるたびに、電気ショックが与えられるよう設計されているのだろう。

「だいじょうぶか、クニ」

テルが自動小銃を連射しながら叫んだ。息も絶えだえにクニがいう。

「こっちの心配するくらいなら、敵をなんとかしろ。どんどん窪地に溜まってるぞ」

タツオは訓練場を眺めた。ジャクヤの呪のせいか、すっきりと全体が目に収まる。敵の損失は三分の一強くらいか。五〇名近い兵士が模擬戦闘服を深紅《しんく》に染めて、死体となって横たわっている。地獄のような光景だった。同僚の死体をものともせずに、つぎつぎと敵兵がこちらの塹壕に迫ってくる。みな、鬼気迫る表情をしていた。目が血走り、かみしめた唇から血を流している者もいる。ソウヤが叫んだ。

「佐竹少尉、被弾。80式を頼む、谷」

ソウヤの巨体が塹壕の底に滑り落ちていく。ジャクヤがいった。

「実戦で80式に慣れた佐竹少尉が落ちたのは痛いとこやな。そろそろうちらの抗戦も幕か」

タツオは叫んだ。

「まだまだだ。テル、80式の弾幕を切らすな。ジャクヤ、きみがいって弾薬の補給をやってくれ。ミチルさん、この距離ならスポッターはもういい。自動小銃で援護頼む」

これは試験なのだ。ひとりでも多くの敵を倒したほうが成績はいいに決まっている。

「各自もち場を守れ。絶対に諦《あきら》めるな。自分たちの背に日乃元の国民がいると覚悟せよ。家族を守るんだ！」

敵も精強で知られる日乃元の進駐軍だった。ソウヤの被弾でできた80式の沈黙によって生まれたわずかな隙を見逃さなかった。生き残った敵の副官が叫んだ。

「総員突撃。敵陣地を落とせ！」

クニがやけになってつぶやく。

「うわっ、地面が動きだしたみたいだ。もうここにくるぞ」

弱レーザーの流れ弾が当たったようだ。案山子《かかし》のように塹壕から立ちあがったクニがまた絶叫した。テルが新しい弾倉を装着し掃射を再開した。塹壕に飛びこんでくる敵の先頭集団が叫び声とともに倒れていく。だが、数的な優位に変わりはなかった。狭い塹壕のなかに最初の敵兵が飛びこむと、転がりながら自動小銃を乱射した。ひと掃射で萬家の双子の姉妹、ミチルとカケルが悲鳴をあげて全身を硬直させた。塹壕の壁に折り重なるように倒れていく。

タツオは自動小銃を向けた。自分よりも六〜七歳年上の上等兵だった。目があうと敵も自分と同じようにこの状況に驚いているのがわかった。ほんの瞬《まばた》きをするほどの差で、タツオの銃口が先に敵兵を見つけた。最初に塹壕に飛びこんできた殊勲の兵に引き金をひいた。

相手の表情がわかる距離で敵を撃つというのはこんな感じなのか。タツオがそう考えたとき、転げ落ちるように三人の敵が雪崩れこんできた。

テルが拳銃でひとりを倒したが、自動小銃の三点バーストを三度受け沈黙した。

クニが叫んだ。

「もういい。残るのは、副官のジャクヤとタツオだけだろ。降伏しろ。七名中五名死亡だぞ。もう十分戦っただろ」

さらに右から二名、左から三名の敵兵が降ってきた。周囲をぐるりと銃口で囲まれている。ジャクヤが自動小銃を捨て、両手をあげた。

「鳥居少尉のいうとおりや。ぼくたちは十分がんばった。タツオ降伏しよう」

「撃つな!」

最後に狭い塹壕に下りてきたのは、生き残った敵の副官だった。階級章は進駐軍少佐だ。これで戦闘訓練は終了か。タツオも自動小銃をゆっくりと地面においた。少佐から目をそらさずに、両手をあげる。

「日乃元進駐軍、逆島少尉。降伏を宣言する」

三〇代の少佐が腰のケースから拳銃を抜いた。なにが起きているのか、タツオにはわからなかった。

「ふざけるな。この戦闘訓練に降伏なんかあるか。負けたほうは全滅させられるのが、上からの命令だ。命令などなくても、貴様の降伏など受け入れるつもりはないがな。うちの指揮官を狙撃し、部下にたいへんな損害を加えたな。いいか、おまえらの甘い電撃とこちらの電撃は違うんだぞ。電圧は三倍以上だ」

タツオは訓練場に目をやった。確かに銃撃を受けた兵士はみな気を失っているようだ。撃たれたあとで、クニのように意識がはっきりとしている兵士はいなかった。ジヤクヤが叫んだ。

「ちょっと待ってくれ。そんな話きいとらへん」

「今、話した。安心して死ね！」

少佐の拳銃から放たれた弱レーザーがジャクヤの胸に命中した。ジャクヤの悲鳴が聞こえる。魔眼の少年は全身を深紅に染めて倒れた。残るはタツオひとりだった。少佐がいった。

「おい、こいつを撃ちたいやつはいるか。軍令違反の逆賊・逆島の次男だ」

三人の兵士が銃口をあげた。目に憎しみの光が揺れている。いったい自分がなにをしたというのか。進駐軍と「須佐乃男」計画の無謀さと無慈悲さに全身が震えるような怒りを覚える。

「忘れるな。この戦争に勝つのは特殊兵器なんかではなく、進駐軍兵士の力だ。撃て！」

三つの銃口から放たれた弱レーザーがタツオの胸に集中した。タツオは全身に流れる電撃に絶叫し、意識を失った。

11

「まったく底意地の悪い戦闘訓練だったな」

吐き捨てるようにいったのはクニだった。夕食後の自由時間、テルとクニがタツオとジョージのふたり部屋に集まっていた。クニがぼやいた。

「電気ショックを受け過ぎて、なにも食えなかった。なんなんだよ、全員戦死するまで戦えってさ。腹が立つ」

戦闘訓練はタツオたちの後、三回繰り返された。新任少尉側の四戦全敗だった。「須佐乃男」操縦士候補は全員が戦死したことになる。敵の兵士は補充を繰り返したので、最後まで気力体力ともに充実していた。

ジョージがなだめるようにいった。

「まあいいじゃないか。成績はタツオのところが一番よかったんだから」

「いいも悪いもないけどね、全滅までの時間の長さで一番なんてうれしくもない」

タツオの指揮した第一班が全滅まで四五分弱だった。あれほど長く感じたのに、ストップウォッチは冷酷だった。戦闘中は明らかに時間の流れかたがおかしくなるのだ。これで「止水」をつかったらどうなるのだろうか。タツオはひとり頭のなかで考えた。ジョージが口を開いた。

「うちの班が第二位だけど二八分だから、だいぶタツオに水をあけられたね。タツオ、きみの班の戦力分析はどんな感じだ？」

しばらく口をつぐんで、タツオはいった。

「うちの班が一位になれたのは、いくつか特記戦力を抱えていたからだと思う。まずカケルの狙撃手としての腕、実戦で経験を積んでいたソウヤさんの80式運用の練度、それに自分ではよく働きがわからないといっていたジャクヤの力だ。ぼくは戦闘中に敵がはっきりと見えることが、こんなに優位だとは思いもしなかった」

ジョージがうなずいた。

「ああ、それはぼくも驚いた。タツオの戦闘が終わった後で、ぼくは敵方の何人かに尋ねてみたんだ。なにかいつもの訓練と変わりがあったのかって」

クニが驚いていった。

「おれたちが全員戦死してるときに、そんなことしてたのか、さすがジョージだな」

「いや、天童くんの能力はまだ計り知れないからね。ちょっとした調査だ」

戦闘時の運を左右するという天童家の呪術だけでなく、いかなる場合にも発揮されるジョージの冷静な分析力も、ぜひ手元においておきたい戦力だとタツオは思った。

テルがいった。

「で、なんだって」

「むこうは逆だったようだ。別に逆光でも、夕暮れ時でもないのに、妙にタツオたちが見にくかったそうだ。何人かが証言してくれた。第一戦の敵方の狙撃手の成績は普段の訓練の六〇パーセントほどのパフォーマンスだったらしい」

そうか、自分たちはジャクヤが敵兵にかけた呪によって守られていたのだ。テルが口を開いた。

「まあ結局は全滅させられたけどな。順番もうちらに有利だったな。新任少尉のおれたち相手に五〇名を超える戦死者を出して、むこうの怒りに火がついた。その後の戦いではなりふり構わず一気に攻め落としてきただろ。最初からあれが正解だったんだが、敵もこちらの手の内を見たかったんだろうな」

確かにタツオたちとの戦闘で、泥沼の塹壕戦に引きこまれた敵は戦法を変えてきた。半数を一気に突撃させ橋頭保《きょうとうほ》を築くと、二回目の突撃は遠距離と近距離に分かれた全力の二段攻撃になった。その作戦変更が当たり、残りの三戦は短時間でけりがついている。クニがあきれたようにいった。

「まあ当然だよな。向こうさんはこちらの一七倍以上の兵力がいる。最初から数にものをいわせればよかったんだ。それにしてもなあ……」

めずらしくクニがなにかいいにくそうにしている。

「なんだよ、はっきりいえ」

クニがなにをいいたいのかは、その場にいる四人全員がわかっていた。夕食を終えたあと妙に沈んだ雰囲気なのは、そのせいでもある。

「……この先も訓練のたびに全滅させられるんだろ。気が滅入《めい》るよな。毎回自分の死で終わる訓練かよ」

ジョージがパンッと手を叩いて軽快にいう。

「気にするな。『須佐乃男』の実戦のときも敵は圧倒的な兵力で攻めてくる。そのときに心が折れないための心理的な訓練でもあるんだろう。なにも毎回全滅という訳ではないはずだ。こちらの装備もグレードアップしていくはずだからね。七名でも十分に戦えるようになる日がくる」

テルが皮肉に口先をとがらせていった。

「お偉がたもおれたちに負け癖をつけて、本土防衛戦に送りだしたくはないだろうからな」

タツオは鉄格子のはまった窓に目をやった。夜の北不二演習場が黒々と静まり返っている。日乃元本土上陸軍は、エウロペと氾の連合軍だ。先進的な武器と軍事テクノロジーはエウロペが提供し、主力の歩兵は氾帝国からくるだろう。氾の戦いかたは兵の命を重くは見ない果てしない消耗戦を基本にしていた。無尽蔵に近い兵士の命を武器とする飽和戦術だった。いくら損害と戦死者が出ようと、最後には戦いに勝つ。世界中から野蛮だと恐れられる戦法だった。

タツオは静かな声でいった。

「覚悟しておいたほうがいい。今回はまだ敵は甘かった」

ジョージの目を見た。わかっているというふうにうなずきかけてくる。テルとクニにはタツオの意思は伝わっていないようだった。

「今回はまだ日乃元的な自軍の損失を最小限に抑える戦法をとってきた。だが、つぎからはきっと変わるだろう。氾帝国風のでたらめな消耗戦に引きこまれるはずだ。一人一殺どころか、十人一殺の勢いで攻めこんでくるはずだ」

それはきっと陰惨な戦闘訓練になるはずだ。実際の日乃元進駐軍ではなかなかとりにくい戦法である。だが今回の模擬訓練では高電圧の電撃を受けて失神するとしても、実際に兵は死なない。だからこそ氾流の人命飽和作戦も気兼ねなく実行することができる。この先戦いはさらに険しく、暗く、厳しいものになるはずだ。そこで心を折らずに勝ち続け、最上位の成績を収めた者だけが「須佐乃男」に乗ることができるのだ。

クニがうつむいていった。

「なあ、みんな、おれたちは『須佐乃男』に乗ればたとえ勝ったとしても、人生の何十年かを、青春を丸々失うんだろ」

誰も答える者はいなかった。ふたつのベッドと机が置かれた居室の空気が重く沈みこんでいく。吐くようにクニが笑った。

「その決戦兵器に乗るまで、おれたちは自分の国の友軍に何度も何度も殺されなきゃならないんだぞ。『須佐乃男』作戦にそんな価値があるのか」

テルの軍用義手がモーターの唸りをあげた。摑《つか》んでいた机の脚が鈍い音を立ててひしゃげていく。

「嫌なら、辞めろ。おれたちは日乃元の本土と人々を守るんじゃないのか」

「わかってるよ、そんなこと。おれの夢覚えてるだろ。進駐軍の看板ぶらさげて、田舎《いなか》の公務員として楽して生きることさ。とっくに辞められるかなんて聞いてるさ」

タツオはクニの顔を見つめた。意外だった。ここにくるまでに、この友人は操縦者候補からの辞退の道を探っていたのだ。それが可能なら、いざというときに自分の逃げ道もできるかもしれない。タツオはいった。

「上はなんていってた？」

乾いた声でクニは短く笑った。

「もう戦闘中と同じ扱いなんだそうだ」

それだけで絶望的な気分になった。四人全員に意味は伝わる。戦闘中の軍令違反は悪質なものなら、その場で射殺されても文句はいえない。

勝手な戦線離脱も命令違反も、軍法会議では極刑まである重罪だ。クニの声が秋風に負けないほど細くなった。

「もう『須佐乃男』からは誰も逃げられないのさ。おれ、ほんとに地元の図書館長になれるのかな」

もう誰も応える者はいなかった。秋深い北不二総合演習場を冷たく乾いた夜風が吹き抜けるばかりである。

12

つぎの朝、食堂手前のホールには一枚の模造紙が張りだしてあった。前日の戦闘訓練の成績が順番に全員分書かれていた。成績の発表なら各自がつねに携行しているスマホと同サイズの戦闘コンピュータ端末に送ればそれで済むのだが、わざわざ張りだしたところを考えると、上層部は見せしめと発奮の効果を狙っているのかもしれない。

人だかりの後方からジョージとタツオは順位を眺めていた。上位には全滅までもっとも長時間もちこたえ、敵に最大のダメージを与えたタツオのチームの名前が並んでいた。第一位は天童寂矢で、第二位は萬駆化留だった。さすがに上はよく見ている。戦闘に最大の効果をもたらしたのは、ジャクヤの魔眼による幻惑効果で、次点は狙撃銃で敵八名を戦闘不能にしたカケルだった。

「第三位はタツオか。今回はあまりぱっとしなかったな」

涼しい声でジョージがいった。エウロペとの混血児の順位はごく平凡な第一一位である。

「そっちこそいうことを聞かない部下相手によくがんばっていたじゃないか」

訓練で指揮官を命じられたジョージの下には、五王派東園寺派が多く、命令違反とまではいかなくとも意図的で微妙なサボタージュ行為が戦闘中にあったようだ。

「それよりさすがにサイコだね」

タツオの次の第四位には二番目に敵を苦しめたサイコの名前があった。一七倍以上の敵を相手にタツオのチームにつぐ二八分間もちこたえている。タツオはサイコのまったく感情をあらわさなくなった目を思いだした。自動小銃の銃口のように空虚な黒い穴。サイコは兄・カザンの死後まるで別人のように変わってしまった。

ホールに集まった「須佐乃男」候補者たちの話し声がぴたりと止んだ。漆黒の喪服を身につけたサイコとタツオキがやってくる。このふたりはいつまでカザンの喪に服するつもりなのだろうか。五王重工の次期総帥はちらりと順位を横目で見るといった。

「天童家の呪術の力を借りた者が今回はいい成績を収めたみたいだな。東園寺さんは第四位か。なぜ、一族の秘伝『呑龍』をつかわなかったんだい」

サイコは返事をしなかった。その代わりタツオキにもはっきりとわかるように、タツオをにらんだ。タツオが「止水」をつかわなかったのだから、自分も「呑龍」はつかわない。口に出さなくとも、サイコの心づもりはよくわかった。タツオキは半分閉じた目で、タツオを見据えていった。

「そういうことか。だけど、今回の初訓練の結果を見るとはっきりするじゃないか。近衛四家に代々受け継がれた秘伝をつかったほうが成績はよくなる」

そのとき情報保全部・柳瀬波光の声がホールに鋭く響いた。

「気をつけ！」

全員がその場に直立する。続いてホールにやってきたのは、タツオの兄・進駐軍作戦部の逆島継雄少佐だった。ツグオは挨拶も抜きにいきなりいった。

「今回の訓練の結果に、わたしたちは失望している。誰も負傷しない安全な戦闘訓練だとたかをくくっていないか。実際の敵は日乃元本土上陸と戦争終結を目指す血に飢えた氾とエウロペ連合軍なのだぞ。百万を超える巨大戦力だ。きみたちが敗れたということは、日乃元が蹂躙《じゅうりん》されたというに等しい。それでも翌朝、こうして朝食の前にのんびりと自分の成績を確認したりできるのか。鳥居少尉、どうだ？」

いきなり指名されたクニがその場でぴょんとちいさく飛び跳ねた。

「いえ、そんなことはできません」

逆島少佐が笑ってうなずくといった。

「そうか、それが全員の総意だな」

意味も分からずにその場にいた候補者はうなずいた。

「ならばけっこうだ。朝食の前でも後でもよい。74式をもって一〇キロのランニングを命じる。午前の座学が始まる前に済ませておけ」

失望のため息が漏れそうになるのを新任少尉がなんとかこらえた。おかしな声をだせば、ランニングの距離はさらに伸びるだろう。

「それから、東園寺少尉と逆島少尉」

急に名前を呼ばれたタツオは再び直立不動になった。

「はいっ」

タツオとサイコの声が期せずしてそろった。

「きみたちはなぜ、秘伝を使用しなかった?」

「それは……」

タツオは口ごもった。まだ手のうちを見せたくない。秘伝をつかうことで、怪物のように見られたくない。そもそも「止水」は切り札で一族存亡の危機に使用を限定されている。理由などいくらでもあった。それは同じ「止水」のつかい手である兄にもよくわかっているはずだ。サイコはいった。

「わたしは逆島少尉が『止水』を使用しなかったため個人の判断で『吞龍』を封印しました。同じ条件で逆島に勝たなければ、訓練の意味がありません」

少佐の顔が引き締まった。

「それで戦力を温存したまま、敵戦力に殲滅させられたのか。きみたちは部下を全員死なせたうえ、本土も守れなかったのだぞ。これをどう考える？」

サイコも直立不動でいった。

「申し訳ありません。次回からは戦力の温存はいたしません」

柳瀬波光が口をはさんだ。

「逆島少尉も同意見か」

ここは逆らわないほうがいい。ジョージが視線だけで、タツオを抑えた。タツオはしかたなく返事をした。

「はい」

だが、自分は「止水」をそうやすやすと訓練でつかうことはないだろう。だいたい自らの知覚や思考、運動能力を秘伝によって加速できるとしても、それだけで戦闘の局面を左右できるとは思えなかった。「吞龍」のように大勢の敵の動きを致命的に遅延させることはできない。「止水」はあくまでタツオ個人だけの技だ。兄のツグオがタツオの顔を見て、目を細めた。これは笑っているのだろうか。

「よろしい。では、東園寺少尉と逆島少尉には午前中に一五キロのランニングを命じる」

「はいっ」

返事をしたのはサイコだけだった。タツオの胸には不満が渦巻いたが、顔は無表情なままにしておく。進駐軍に入ってから、タツオは顔の表情を切るスイッチを自由にオンオフできるようになっている。柳瀬波光がいった。

「以上だ。解散」

情報保全部と作戦部のふたりがいってしまうと、クニがタツオの肩を叩いた。

「そっちは五キロプラスかよ。まいったな、罰のランニング、朝食の前にする、後にする？」

今日の座学は最新のエウロペ製兵器に関するレクチャーだった。本土防衛の決戦までに学ばなければならないことが無数にある。「須佐乃男」の操縦だけでは十分でないのだ。戦闘支援コンピュータのＡＩにはすべてのデータが記録されているが、すべての知識が頭のなかに入っていれば質問をする時間を節約できる。それによって友軍の兵士の命を何人も守れるかもしれなかった。ジョージがいった。

「食堂までできたんだから、後にしよう。腹が空《す》いては戦はできぬ。日乃元ではそういうんだよね」

テルが金属製の義手でジョージの肩口を軽く突いた。

「日乃元の諺《ことわざ》なら、ここにいる誰よりも覚えてるくせに、わざとらしいんだよ」

「テルのほうこそ、手術からほんの一〇日で、ずいぶん柔らかに軍用義手をコントロールできるようになったたな」

ジョージが感嘆していると、テルはにやりと笑った。

「ああ、処女の乳首だって痛くないようにそっとつまめるさ。この腕をもっておまえと格闘訓練をするのが今から楽しみだ」

敵をつかめばどこでも人体を破壊することができるテルの軍用義手と、エウロペチャンピオンだった父の技を受け継ぐカウンターの名手ジョージの速度。どちらが勝利を収めるか、タツオの興味は尽きなかった。

タツオたち四人が食堂に向かうところにサイコがやってきた。黒髪の美少女が口の端から吐き捨てるようにいった。

「貴様のせいだ。一五キロのランニング。この借りはいつか返す」

サイコの顔からはふくよかな少女らしさは削ぎ落とされていた。ほんの一週間で大人の女性になったようだ。タツオはただ黙ってうなずき返しただけだった。

その後広い食堂の両端に分かれて、幼馴染みは朝食をとった。タツオはサイコのほうに視線を向けなかったし、サイコも一度もタツオを見なかった。

13

午前中は四時間たっぷりとエウロペの新型兵器と戦術について叩きこまれた。エウロペでも兵器と情報のＩＴ化は究極まで進み、「須佐乃男」型のロボット兵器実現まであと一歩のところまできているらしい。

タツオたちは士官用食堂にきていた。ランチビュッフェには、氾やエウロペの料理が大皿で並んでいる。クニがウインナ・シュニッツェルをとるといった。

「あーあ、料理は世界中どこのもんだってくい放題なのにな。おれシュニッツェル大好き」

テルが軍用義手をきらめかせ、同じものを自分の皿にのせた。

「こいつはシュニッツェルじゃない。ただの子牛のカツだ」

確かに大皿の前においてある名札には子牛のカツレツと書いてある。クニがいった。

「カツレツだってエウロペの料理だろ」

ジョージはふたりのいいあいには加わらなかった。声を低くしてタツオにいう。

「ある意味、日乃元はラッキーだったね。『シュルス』が完成する前に、本土防衛戦が始まりそうだし」

ゲルマニアはエウロペ連合の中心国家で、その国の言葉で「シュルス」は結論という意味だった。エウロペが総力を挙げて開発中の情報統合型無人ロボット兵器である。テルがいった。

「いや、無理だろ。ロボット兵器の肝は制御にある。ミサイルや銃弾はもういくとこまでいったからな。サイバネティクスが勝負を決めるんだ。やつらがいくら兵器のIT化を進めても、こっちには無時間で情報を伝達するクロガネがある。やつらにはない。この差は決定的だ」

ジョージは食堂を見わたした。

「窓際のテーブルが空いてる。いこう」

はめ殺しの窓は狙撃防止の分厚い積層ガラスでできている。その向こうには秋の日を浴びて稜線を鋭く空に浮かべる不二山の威容が薄青く広がっている。タツオは口にせずにいられなかった。

「ほんとにそうかな。一対一なら確かに『須佐乃男』のほうが『シュルス』より有利だろう。だけど、相手が二機三機になったら、どうだろう。氾とエウロペの物量は圧倒的だ。こちらにはクロガネは二機分しかない」

テルががしゃりとテーブルにアルミの盆をおいた。打ちつけるように椅子に腰を落とす。

「やめとけ、そいつは国家機密だ。本土防衛戦で徹底的に氾＝エウロペ連合軍を叩いて、『須佐乃男』の威力を敵の骨の髄まで教えこむ。その後攻撃型『須佐乃男』を送りこみ、やつらの喉笛に突きつけて、日乃元に有利な条件での停戦協定にもちこむ。賠償金をふんだくっても、東南アジアの植民地をいくつかもらってもいい。そいつがこの戦争の終わらせかただ」

テルのいう通りの筋書きが進駐軍作戦部では立てられていた。いくつもある前提がすべてうまくいったときには、確かにそれも可能かもしれない。だが作戦部にはB案はあるのだろうか。もし「須佐乃男」が敗れたとしたら、あるいは操縦者候補の適性が基準に達せず一〇〇パーセントの戦力を引きだせないとしたら、「シュルス」二体がもう日乃元に向かっているとしたら。悪い予測はいくらで浮かぶ。

タツオは子牛のカツをつまみながら、ジョージを不安げに見た。人の心にはクロガネが最初から張り巡らしてあるようだった。タツオの恐怖や不安はジョージには光よりも速く伝わる。

「これは悪口だと思わないで欲しいけど、日乃元の軍隊には歴史的に作戦が失敗した場合のことをまったく計画に入れない悪い癖があるよね。前世紀の大戦ではそれで手痛い目に遭《あ》っているが、今回の本土防衛戦でも同じだ。誰もが勝利しか口にせず、もしものときは一億玉砕を叫ぶ勢力が軍の多数派だ」

「そんなことすりゃ、日乃元はぺちゃんこなのにな。ひとりも生き残らないで、国が残るはずないだろ」

テルが義手に力を入れた。手品のようにフォークがぐにゃりとねじ曲がっていく。

「最初から負けることを想定するのは、日乃元の戦略にはない。そいつは怯懦《きょうだ》な負け犬の考えかただ」

クニが小声でいう。

「勘弁してくれよ。昼飯がまずくなる。おまえ、フォーク何本駄目にするんだよ」

ジョージは不思議な生きものでも見るように怒りで顔を赤くしたテルに目をやっている。

「戦略的撤退、損失を最小に抑えた合理的敗北、すべて最終的な勝利のための作戦の一部ではないのかな。戦史ではそう習った気がするけど」

「ああ、机の上ではな。だが現実の戦場にはそんなものはない。おれたちはみんな負けたときは死ぬときだ」

誰も返事をしなかった。重い事実には人を無言にする力がある。本土防衛決戦を生き残れる保証はなかった。果たして自分は日乃元の勝利をこの目で見ることができるのだろうか。

タツオは去年の夏を突然思いだした。ジョージとサイコの三人で、植木市をのぞきにいった夜のことだ。みな浴衣《ゆかた》姿で今から考えると夢のようだった。今ではこの手はカザンの血で汚れている。タツオは殺人者なのだ。

「よろしいか、諸君」

いつの間にか情報保全部の柳瀬がテーブルの脇に立っていた。四人はその場で立ちあがり敬礼した。タツオは柳瀬の後方に控えた顔を見て、暗かった心に光がさすのを感じた。よかった、みな元気そうだ。

浅黒い顔に笑顔を浮かべウルルク王族の血を引くスリラン・コーデイムがいった。

「タツオ、それにみんなもよく無事で」

東島進駐官養成高校一年三組七班はウルルク出身者で固められていた。スリランに、リー・ソムラーク、カイ・チャッタニン、ジャン・ピエール・スクラポンだ。

柳瀬波光がいった。

「この四人がきみたちに話があるそうだ。わたしはこれで席をはずそう」

情報保全部の背中を敬礼で送ると、士官用食堂のテーブルに喜びが爆発した。ひとしきり肩を叩きあった後、全員がテーブルを囲んだ。身長一九〇センチはある巨漢カイが、テルの右腕を見ていった。

「もうおまえとの腕相撲は勝負にならないな」

カッターの刃をおいてこのふたりが腕相撲をしたのが遥《はる》かな昔のようだ。テルがにやりと笑っていう。

「あのときは勝負がつかなかったから、今度は左腕でもいいぜ」

クニが口をはさんだ。

「それより急にどうしたんだ？　だいたいカイとジャンは国家反逆罪で訴えられたんじゃないのか」

カイがいった。

「ああ、そうだ。おれたちははめられたんだ。身に覚えのない罪のために、働かされることになった。命がけでな」

小柄なジャンが口を開いた。

「あの営倉のなかで一生過ごすよりはましだよ」

ジャンはクニの皿から子牛のカツをひと切れつまむと口に放りこんだ。

「やっぱり士官用食堂は違うな。独房の飯はひどいもんだったから。麦飯《むぎめし》なんて砂が混ざってるんだぞ」

タツオはリーダーのスリランに聞いた。

「カイがいったのはどういうことなんだ？」

「ぼくたちは明日、ウルルクに発つことになった」

「なんだって！」

声を裏返したのはクニだった。

「だってウルルクは氾とエウロペの共同統治下だろう」

「そうだよ。正確には氾とエウロペが南北にウルルクを分割統治している。そこに旧ウルルク王国の独立派が勢力を伸ばし、三つ巴《どもえ》の戦いになっているんだ」

ジョージが興味深い様子で質問した。

「氾とエウロペは連合軍を組んでいるくせに、うまくいってないのか」

「ああウルルク中央山岳地帯に眠る天然ガスを巡って争ってるんだ。資源はどちらも喉から手が出るほど欲しいから。その山岳地帯にウルルク王国軍の残党が集結してゲリラ戦を展開している。ぼくたち四人はその激戦区に送りこまれる」

カイがいう。

「最初からこの絵にはめるために、おれたちを国家反逆罪で訴えたんじゃないかって気がするんだよ。おれはさ」

ジャンが続けた。

「だってそうだよね。ぼくとカイに有罪を証明するような物的証拠はなにも見つからなかった。ウルルクで親戚が当局に拘束されたという話だけで、有罪だっていうんだ。親戚をかばうためにスパイになったって」

カイが分厚い胸を叩いた。進駐軍の制服の胸を見ると、タツオと同じ少尉の階級章が縫《ぬ》いつけてある。

「最初から犯してもいない罪の無罪を証明するために最前線にいくんだ。先遣隊としてな」

クニが気安い調子でいった。

「そうか、それは災難だったな」

なにか気にかかる言葉を、カイが口にした気がする。タツオはもう一度カイの台詞《せりふ》を頭のなかで繰り返した。ジョージがこちらを見ている。気がついているようだ。

タツオは手をあげて雑音を制した。

「ちょっと待って。今、カイは先遣隊といわなかったか」

ウルルクの巨漢が微笑んでうなずいた。

「やっと気づいたか。いったよ」

「なんの先遣隊なんだ？」

巨漢は同情をこめて深くうなずいた。

「おまえたち『須佐乃男』操縦者候補たちのだ」

クニがたべていたシュニッツェルをフォークごと落とした。食器の音が食堂に鳴る。

「じゃあ、おれたちもウルルクの激戦区にいかされるのか」

カイが分厚いてのひらをクニの肩においた。

「まあ、そういうことだ。ウルルクで会おうぜ。鳥居少尉」

ジョージが真剣な顔つきになった。

「その話もうすこしくわしく聞かせてくれないか」

カイが浅黒い顔で片方の眉を吊り上げていった。

「心配ないだろ。きみたちは貴重な『須佐乃男』操縦者候補なんだから。進駐軍も肝心の本土決戦前に命の危険にさらすようなことはしない」

タツオは昼食の手を休めてつぶやいた。

「確かにぼくの聞いているところでは、操縦者候補にスペアはない。上はウルルクでなにをさせる気なのかな」

王族の血を引くスリランが上品に小首を傾《かし》げた。

「詳しい説明はぼくたちも受けていない。けれど、氾＝エウロペの進駐軍とどこかで実戦を体験させたいというところなんじゃないか。いきなり本土防衛戦というのは荷が重すぎる」

テルが新しいフォークで子牛のカツを口に運んだ。目も上げずにいう。

「ああ、勝ち癖をつけるためにもな。実戦か……腕が鳴るな」

クニが舌打ちした。顔が青ざめている。

「ウルルクなんて、おれは絶対嫌だ」

進駐軍退役後は地方公務員を夢見るクニには、海外での実戦は想定外かもしれない。テルがぼそりという。

「いけといわれりゃ、どこへでもいく。それが進駐軍だろ。今この瞬間も日乃元から数十万の軍人が海を渡っているんだ」

「くそ、昼飯なんてのんびりくっていられるか」

クニが食器を放りだして席を立った。背中を見送るテルがいった。

「あいつは本気で本土を守るつもりがあるのか」

タツオはなにもいえなかった。日乃元は守りたい。だが同時に氾やエウロペの若者を無用に殺したくもない。世界はすでに戦争と殺傷に満ちあふれていた。もし「須佐乃男」の実力が評判どおりのものなら、自分たちはすくなからざる数をさらに上乗せすることだろう。

華々しいはずの日乃元本土防衛決戦が、タツオの胸の底に重苦しく沈んでいった。

14

その日から一週間、午前中は最新兵器や新戦術の座学、午後からは圧倒的な戦力相手の模擬戦という過酷なスケジュールが続いた。

タツオにもっとも疲労感を与えたのは、前日の夕方になるまで翌日のスケジュールがわからないことだった。休日も不規則で六勤一休といった規則性もない。というより北不二総合演習場にきてから、まともな休日は最初の数日だけだった。戦闘訓練と座学が始まってからは、半休が二日ほどあっただけだ。

だが「須佐乃男」操縦者候補たちは奮闘していた。蓄積した疲労をとるため休み時間のほとんどは横になり睡眠をとっていた。一五分の休憩があればその時間だけ死んだように眠り、つぎの課題にそなえる。気がつけば二八人の候補者たちは誰もがそんな芸当を身に着けていた。

訓練と学習の総合順位は毎日更新され発表されていた。トップの四人の成績が他を引き離していたので、自然に逆島断雄、菱川浄児、東園寺彩子、天童寂矢は「優4」と呼ばれ、周囲から正操縦者候補と目されるようになった。

その時点で優4の間の点差はごくわずかで、日替わりで首位を競っていた。ただし不思議なことにタツオはジャクヤ、ジョージとは同じチームを組んだことがあったが、まだ一度もサイコと同じ班になったことはなかった。サイコのほうで兄の死の経過もあり、タツオと同組になるのを拒否しているのではないか。タツオは口には出さなかったが、そう心の中で考えていた。サイコの頑なさを思うと、そちらのほうがおたがいのためにもいいのかもしれない。ウルルク派遣などなにも知らされぬまま、タツオたち新任少尉はこれ以上ないほど濃厚な訓練をひたすら北不二演習場で積んでいた。

真夜中、緊急警報で目が覚めた。室内は赤色灯で照らされている。手元にある情報端末からもアラームが流れていた。心臓がどくどくと鼓動を刻んでいるのがわかる。心拍が上昇しているのだ。

「フタマルサンマルより、戦闘訓練を開始する。訓練生は準備を完了して、甲3区訓練場に集合せよ」

タツオは完全に目覚めた。腕時計を見る。あと一七分で訓練開始だ。ジョージが隣のベッドからいった。

「人づかいが荒いな。タツオ、見たか」

タツオはベッドを跳ね起きて、着替えているところだった。軍パンは防刃性能が高い合成繊維でできているが、妙に分厚くはきにくい。

「いいや、なにを」

ジョージはベッドから出ると洗面台に向かった。なにがあっても目覚めたら最初に歯を磨くのがジョージの習慣だった。真夜中に始まる抜き打ちの戦闘訓練でもそれは変わらない。

「命令文の最後のほうに訓練の組み分けがあったよ。タツオはサイコと同じチームだ」

「あっ……そうか。わかった」

声で動揺は悟られなかっただろうか。タツオは留めにくいパンツの前立てのボタンを留めていった。

二時半の数分前には、甲3区に到着していた。照明車両のサーチライトで照らされたごつごつとした人工の岩場が、この訓練場の特徴だ。人の背ほどある巨岩が巨大な迷路のように並んでいる。テントの脇にはほとんどの訓練生が顔を揃えていた。

光の届かないどこかでまた一〇倍を超えるベテラン兵士が、訓練生を叩き潰そうと控えていることだろう。これまでの三〇回を超える戦闘訓練で殲滅をまぬかれたチームはいなかった。遅かれ早かれ圧倒的な兵力を誇る敵にタツオたち操縦者候補は敗れ去っている。だが、同時にじりじりと全滅までの生存時間が伸びているのは確かだった。

これまでの記録は二時間四分。記念碑的なレコードを出したのはジョージが率いたチームで、罰として敵方の進駐官は高気密性のレーザー感知式訓練服を着たままフル装備で一〇キロの駆け足を命じられた。それ以来、訓練生のあいだでは、「やつらに一〇キロ走らせろ」が合言葉になっている。

「逆島、菱川、遅い！」

腰に両手をあてて、そう叱責したのはサイコだった。ショートボブにした黒髪に黒い制服が似あっている。体重は五〜六キロ落ちているのではないか。きりりとしまったウエストも、肉の落ちた頬も剃刀のような鋭さだ。

ジョージがぼそりといった。

「このチームは豪華キャストだな」

成績トップの「優4」がすべて顔を揃えていた。さらに上位一〇人に入っている佐竹宗八、テルとふたりの武闘派もいる。残るひとりはサイコの班の秀才・幸野丸美だった。

テルがにやりと笑って、右腕をあげた。モーターの音が低く訓練場に響く。

「まったくな。最強チームを組んできやがった。おれたち訓練生がどれだけやれるのか、本気で探ってきたようだな」

腕時計を確認した。あと九〇秒。サイコが冷たい秋の夜風に負けない冷たい声でいう。

「誰が指揮をとるか決めなければいけない。昨夜の時点で、成績トップはわたしだ。東園寺彩子がリーダーで異存はないか」

男たちが顔を見あわせた。ジョージがいう。

「いや、いいんじゃないか。でも、それならば成績順位で次点のタツオが副官になるのも、みんな文句はないはずだな」

ジャクヤとテルがうなずいた。折れた鼻に添え木を当てたソウヤは誰が指揮官でも気にしていないようだ。

「じゃあ、決まりだ。指揮官はサイコ、副官はタツオ。それでぼくたちは初めての勝利を目指そう」

勝利？　これまで全滅以外の形で戦闘訓練を終えたチームは存在しなかった。圧倒的に不利なこの対殲滅戦訓練を勝利で終える。ジョージにはなにか秘策があるのだろうか。

タツオが手をあげた。

「東園寺指揮官、発言を求めます」

「許す、逆島」

タツオはジョージの目を見つめていった。

「副官に異存はありませんが、今回は作戦担当の補佐官を特別にひとり欲しいのですが」

サイコが射貫くような目でタツオをにらんできた。

「菱川か」

「そうです」

「許可する。菱川、我々が勝つ手があるというなら、その作戦を提出してくれ。期待している」

「わかりました」

冷たい風の吹く秋の夜、東園寺班の七名の周囲だけ青白い鬼火が燃え上がるようだった。ススキの銀の波が甲3区訓練場の周囲を嵐の海のようにうねりながら囲んでいる。

朝までに自分たちはこの演習場で初めての勝利を飾ることができるのか。タツオは編み上げのコンバットブーツのなか、足を踏みしめていた。

「候補生集合！」

号令がかかって二八名の新任少尉が真夜中のテント前に集合した。サーチライトが十字砲火のようにフル装備で立つ十代の候補生を照らしている。秋だが夜の風はかなり肌寒かった。タツオのところからはまぶしくて壇上の兄・逆島継雄少佐の顔が見えない。逆光のシルエットがわかるだけだ。

「きみたち完全に目覚めているか。本土防衛決戦は昼間におこなわれるとは決まっていない。本番も真夜中の可能性もある。訓練開始までに身も心も覚醒させておけ」

「はい」

二八名の声がそろう。

「きみたちにはこの演習場にきてから、休日を与えていなかった。今回は深夜の戦闘訓練なので、明日は完全休養をくれてやる」

誰も歓声をあげるものはいなかったが、喜びの低いため息が何人かから漏れた。

「ただしそれは敵の猛攻に夜明けまで耐えられたらだ。できなければ、明日は座学八時間の通常授業だ。夜明けはマルゴーヨンサンである。その時間まで戦えるという者、手をあげよ」

これまでの記録を大幅に上回る三時間超も戦い続け生き延びなければならない。実際に可能だろうか。タツオが頭のなかで考えていると、サイコは誰とも目をあわせずまっすぐに右手をあげた。

「わが東園寺班におまかせください」

サイコと兄の視線が一瞬交差したようだった。

「いいだろう。東園寺班が夜明けまで生き延びれば、その後の戦闘訓練は免除してやる」

クニが後方でいった。

「明日も完全休養で、ですか」

「そうだ。演習場からの外出も許可する」

二八名の訓練生から声が飛ぶ。

「サイコ、頼むぞ」

「優4、訓練生の底力見せてやれ」

「街に出て、自由になりたいな」

逆島少佐が無表情のまま最後にいった。

「訓練開始はマルフタヨンサン。東園寺班準備しろ」

「はい！」

サイコの班七名が腹の底から声をしぼった。

レーザー受光で硬直する模擬訓練服を着こんだ全員がサイコの元に集まった。サイコが情報端末に目をやっていう。

「訓練開始まであと六分だ。作戦のアイディアがある者？　菱川、いい考えは浮かんだか」

この七名では断トツで机上演習においてトップのジョージだった。サイコは賢い指揮官で、自分の作戦に固執するつもりはないのだろう。

「この甲3区は平地の岩場で、見通しが利きません。ゲリラ戦を展開するには格好の地形です。ぼくたち東園寺班の目的は、夜明けまで生き延びること。今回は七名をいくつかの班に分けるのがいいと思います」

七名しかいない戦力を分散する？　通常なら上策とはいえない。テルがいった。

「弾幕も薄くなるし、あっという間にすり潰されるんじゃないか」

「確かにうまく戦わないと瞬殺されるだろう。だけど、今回の戦闘は将棋のような形になる。どこまでも王を逃がして三時間ちょうど逃げ切れれば、こちらの勝ちだ」

テルが口をとがらせた。

「そんなにうまくいくもんか。敵も一〇キロ走りたくないから、必死だぞ」

サイコが片手をあげた。

「待て、時間がない。菱川の話を聞こう」

タツオはサイコの横顔をちらりと見た。いい判断だ。迷いと不協和音が戦闘訓練を前にして、もっとも損害がおおきい。ときには作戦ミスよりも高くつくことがあるのだ。

ジョージがサイコにいった。

「ありがとう。ぼくたちの目標は最後までサイコを生かすことにある。サイコはボディガードのテルを連れて、この演習区域を絶えず移動してもらいたい」

「この暗闇のなかで移動か。敵と遭遇したら、どうする？」

地図を広げながらジョージが指さした。

「この首吊り岩が甲3区ではもっとも高さがある。ここに観測兵をひとりおく。サイコは観測兵の指示に従って移動してくれ」

ジョージが地図から顔をあげた。

「この役は目がよくて、冷静に敵の動きを判断できるやつがふさわしい」

タツオは誰が適任か考えていた。自分か、あるいはジョージだろうか。作戦担当は思わぬ名前をあげた。

「ジャクヤ、きみに頼む。きみの魔眼をフルにつかって、敵からうちの指揮官を見えにくくしてくれ」

ジャクヤの銀を練りこんだ瞳が夜の演習場で光った。

「了解。できることはやる。明日、不二宮の街でハンバーガーでもくいたいからな」

ソウヤがぼそりといった。

「おれたちはどうなる？」

「迷ってる。おとりになって、偽の本陣をつくるか。地形の利を生かして、ゲリラ戦にもちこむか。どうかな、サイコ」

ここまでのところ、ジョージは指揮官に決定を任せていなかった。わずかでも作戦の決断に巻きこめば、責任感のもちかたが変わってくる。

ジョージの頭のなかではどちらの作戦でも展開できるアイディアがあるのだろう。さすがに東島進駐官養成高校でトップだったことはある。サイコが腕組みをしていった。

「王将を逃がすというのが作戦の核なら、偽の本陣をつくって敵の戦力を集中させたほうが効果的だろう」

ずっと黙っていた副官のタツオが口を開いた。

「本陣はぼくとジョージ、それにソウヤさんとマルミちゃんだ。ソウヤさんは軽機関銃、マルミちゃんは狙撃銃を用意してくれ」

タツオはサイコの厳しい顔を見た。副官の仕事をきちんとしなければならない。作戦前に最後の言葉で兵の英気をあげるのは指揮官の役割だった。

「東園寺少尉、お願いします」

サイコがうなずくとショートボブの黒髪が揺れて唇にかかった。濡れたように光っているのは、リップクリームだろう。女性訓練生の間では、カラーリップが流行だった。唇に貼りつく毛先を気にもせずに指揮官がいった。

「わたしたちの目標は、夜明けまで生き延びること。最優秀のこの七名で不可能なら、可能性はゼロだ。他の候補生も進駐軍のお偉がたも見ている。明日の完全休養、絶対に勝ちとるぞ」

男たちの声が揃った。

「おーっ！」

タツオたち東園寺班の七名は真夜中の戦闘訓練の準備にとりかかった。

15

夜明けまでちょうど三時間の二時四三分に、東園寺班の戦闘訓練がサイレンの音とともに開始された。甲3区訓練場は長さ六〇〇メートル幅四〇〇メートルの平場に、人の背丈《せたけ》よりも高い岩を無数に搬入し、迷路のような地形をつくりだしている。迷彩服を着たジャクヤが家の屋根ほどの高さがあるハンギングロック、とある進駐官訓練生が自殺したというので有名な首吊り岩にのぼっていく。テーブルほどの広さの突端にとりつくと、暗視双眼鏡をのぞきこんだ。

指揮官のサイコが声をかけた。

「敵の動きは？」

「まだありません」

タツオが低い声で命令する。

「よし、ぼくの分隊の四名は移動を開始する。ついてきてくれ」

ソウヤが重い分隊支援用の軽機関銃を抱えていった。

「どこへ？」

タツオの代わりに作戦担当のジョージがいう。

「今回の戦闘区域はこの甲3区だ。域外からの攻撃は禁止されている。守りに優位な地点に移動しよう。オセロと同じだ。四隅はひっくり返されにくい」

「了解」

タツオはサイコといっしょに行動するテルの肩をたたいた。

「うちの班の指揮官を頼む。なんとか夜明けまで逃げ延びて、明日の全体を勝ちとろう」

テルは軍用義手で自動小銃を軽々とつまみ、弾倉が詰まったバックパックを背負った。義手を装着してから、身体全体がひと回りおおきくなったようだ。義手の圧倒的な性能を活かすには、生身の肉体のパワーが欠かせないという。

「まかせておけ。東園寺の姫の盾くらいにはなれる。サイコがおれより先に撃たれることはない。それよりタツオたちもあっさりすり潰されないようにな」

サイコはそれを聞いても涼しい顔をしていた。タツオとの会話に加わろうともしない。兄・カザンを試合の上の事故とはいえ殺してしまってから、ひと言も言葉を交わしていないのだ。

近衛四家第一席・天童の家に流れる血継の呪力「魔眼」をもつジャクヤが、首吊り岩の上で鋭く叫んだ。

「敵に動きがありそうだ」

ほぼ同時に甲3区敵側のエンドから、照明弾が打ち上げられた。一列に空にのぼった照明弾は光の滝のように広大な演習場を照らしている。物量と兵力にものをいわせたオープンな大攻勢だった。

「波が岩場を呑みこむみたいだ。指揮官を残して一〇〇名以上の敵が一気にこちらに向かって駆けてくる」

タツオは首吊り岩のジャクヤを見あげた。すぐ頭上にいるはずなのに、目に入らないのはもう自分の身体を見えにくくする力をつかっているのだろうか。

「よし、ぼくたちもいこう。ジョージ、ソウヤさん、マルミちゃん。東南の角にいって、本陣をつくるぞ。敵がくるまで何分かはある」

第一陣の照明弾が消えかかると、つぎの照明弾がまとめて打ち上げられた。昼のような明かりは消えることがない。タツオは闇を求めて逃げ惑うネズミのような気がした。安全な隅まで岩陰を選んで駆けていく。まだ銃声はしなかった。

ジョージが本陣に選んだ甲3区東南の角地はかすかに盛り上がった小高い丘だった。ソウヤがマルミの腰に手をかけると、軽々と三角の岩の上に押しあげた。

「この明るさじゃ、暗視スコープはいらないかな」

72式狙撃銃に通常のスコープを装着し直した。タツオはいった。

「すこしでも敵の足を遅くしたい。準備ができしだい攻撃を開始してくれ」

「はい」

ほぼ同時に野太い狙撃銃の轟音が鳴った。弱レーザー式の模擬戦用だが、音声は本物そっくりだった。二〇〇メートルほど離れたところから、男の悲鳴が聞こえる。通常訓練より何倍も上げられた電撃で全身を硬直させていることだろう。頭上をヒュンヒュンと銃声が抜けていく。この訓練場には三次元の立体的な音場が形成されていて、弱レーザーを発射しても発射地点や方角、着弾が耳でわかるのだ。

ソウヤが手近な岩に軽機関銃の銃口を支える足を据えた。岩場にいくつもの弾薬箱を弾除けに積んでいく。

「むこうも焦っているな。おれたちに夜明けまで粘られるようなら、公休を消されるんじゃないか。気合は入っているが、はやり過ぎだ。無駄弾が多い」

ジョージがいった。

「そろそろいいだろう。タツオつけてくれ」

タツオは戦闘情報端末のタッチパネルを押した。東南の角の本陣から一〇〇メートルほど離れた円周四分の一にはライトボールがばらまかれている。中央に超強力な軍用LEDライトが仕こまれたアクリルボールで、360°に光を放射することができた。岩場がステージのように丸く照らしだされた。動いている人影にむかってマルミが狙撃銃を放った。轟音とともにまた一名戦闘不能になる。

「このライトボールはいいね。照明弾のようにすぐ消えないし、なにより光のカーテンになる」

敵からはこちらが見えにくいことだろう。強力な光のカーテンの向こう側の暗がりはほとんど目視不可能だ。暗視スコープもこの光でやられて性能を発揮できない。

「さて、粘るぞ。作戦はジョージにまかせる。ぼくは狙撃銃でマルミちゃんの応援にまわらせてもらう」

そういうとタツオはソウヤが軽機関銃を据えたおおきな岩にとりついた。ソウヤのとなりに毛布を敷き、72式狙撃銃をおいた。スナイパーとしてのタツオの成績は中の上くらいだったが、今はひとりでも多くの狙撃手が必要だった。ここはオープンフィールドでないので、弾をばらまくだけでは敵への抑止力にならなかった。

頭上を抜けていく銃声が低い。敵はこちらの位置を確認せずに援護射撃をしているようだ。

ソウヤが軽機関銃を三点バーストに切り替え、光のカーテンを抜けてくる敵を狙った。岩陰から飛びだしてきたのは突撃銃を胸に抱えた若い兵士だった。胸にきれいに赤い花が咲いて、透明な訓練服が硬直していく。歯を食いしばって若い兵士は電撃に耐えているのだろう。苦痛の叫びはこちらに届かなかった。

「ソウヤさん、さすがです。機関銃をスナイパーライフルみたいに正確につかうんですね」

岩の上に伏せて狙撃銃のスコープをのぞきながら、タツオはそういった。ソウヤが倒した敵兵から、右手に一〇メートルほど離れた位置で黒い影が動いた。タツオはしっかりと狙い引き金をそっと押しこんだ。弾は低くそれ、銃撃は外れてしまった。ところが敵は足のつけ根を押さえて転げまわっている。

マルミがとなりの岩場で右手をあげた。親指を立てている。ほぼ同時にタツオと銃撃して、彼女のほうが敵を倒したのだろう。タツオは苦い顔でいった。

「やっぱりぼくは銃のあつかいは上手くならないみたいだ。マルミちゃんには遠くおよばない」

ソウヤが顔をあげた。

「代わろうか、逆島少尉」

「そうですか」

「ああ、敵がもっと近づくまでは、分隊支援兵器はあまり用がない。そうなったら、またおれがこいつを動かす。それまで狙撃銃はおれにまかせろ」

タツオは折れた鼻に黒いカーボンファイバー製のギプスをかぶせたソウヤに聞いた。

「ソウヤさんの狙撃成績は？」

「幸野にはかなわないが、今回の二八人ならベスト5には入っている。きみは適当に弾をばらまき敵の足を止めてくれればいい。あとは幸野とおれで倒していく」

「了解です」

タツオはちいさな家ほどある岩の上で姿勢を低くしたまま、ソウヤと位置を入れ替えた。LEDの光のカーテンでいっせいに動きがあった。ソウヤが低く叫ぶ。

「逆島、ばらまけ！」

透明な訓練用の軍服を装着した兵士たちが三人ずつ三組になって突撃してきた。こちらの周辺にも着弾する援護の声が聞こえてくる。まだ正確には自分たちの位置を捉えているようではなかった。

タツオはソウヤに命じられた通り、三点バーストからフルオートに軽機関銃を切り替え、光のカーテンを抜けてくる敵めがけて掃射した。

最初は兵士の頭上を越えていた射線が、銃口をわずかに下げるとしだいに兵士の胸のあたりまでおりてくる。自分も狙撃銃で狙いをつけながらソウヤがいった。

「その高さで横に薙《な》げ!」

九名いた横一列の突撃隊の左端三人が胸と腹にレーザーを受け、その場に倒れた。タツオには命中の感触がまったくなかった。銃弾は七〇～八〇メートルは優に離れた敵を、ゼロ距離で結ぶのだ。高性能炸薬で金属の弾を発射する銃という武器の不思議を感じない訳にはいかなかった。これが一丁あれば、誰でもさして良心をとがめることなく、人を殺せるだろう。人差し指をほんの数ミリ動かすだけなのだ。

それが重大にして致命的な結果を生むとは、銃の威力を知り尽くした者にしか想像ができないだろう。対して「須佐乃男」はどうだろうか。あのロボット兵器はさらに戦場での殺人を軽いものにするのではないか。ひとつのクリック、ひとつの命令が数百数千という敵の命を奪う。そこに広がるのは戦闘ゲームより軽い人の死かもしれない。

再びタツオは照準をつけ直した。軽機関銃には狙撃銃のようなスコープはない。銃口のうえについた照星があるだけだ。この銃の場合、蛍光塗料の塗られた白い点の先に、敵を捉え引き金を落とすだけである。

「よく狙え。あせるな」

ソウヤがそういって、スコープから目を離した。マルミとソウヤはこの間に、二名ずつ敵を倒している。ステージのように戦闘用のＬＥＤボールで照らされた地帯には敵の姿は見えなかった。突撃銃をかまえたジョージが叫んだ。

「幸野少尉、敵の姿が見えるか」

「はい、はっきり」

「わかった。タツオ、提案だ。ここからは見えなくても、角度を変えれば射線が通る場所があるはずだ。ぼくがひとりで移動して、別な拠点をつくろうと思うんだけど、どうかな」

タツオはソウヤの顔を見た。大男がうなずく。

「わかった。十字砲火だな」

「ああ、角度的には45°くらいだろうが、隠れている敵をあぶりだすには、もう一カ所ポイントが欲しい」

「了解した。ジョージ頼む」

ジョージは中腰で自動小銃とたくさんの弾薬をいれたバックパックを担いで、夜の演習場に消えていく。タツオはあらためて、前方を観察した。制服を赤く染めて倒れている敵の姿は七名確認できた。背中に寒気を感じながらいった。

「マルミちゃん、突破されたか？」

こちらの守備は薄い。敵が近くにくれば一気に落とされる可能性が高かった。ソウヤがいう。

「いや残りのふたりはあの地帯の岩陰に隠れているはずだ。その場ですぐに隠れた臆病者が生き残った。タツオ、幸野、よく見ておけ」

タツオは白い照星を左右させながら、無人になった秋の荒れ地を眺めていた。動くものがあれば、すぐに撃つつもりだった。

ソウヤがいった。

「どんな形であれ生き延びさえすれば、敵へプレッシャーを与えられる。ここでは卑怯も無様《ぶざま》もない。生き残って、ひとりでも多くの敵を倒す。それ以外は考えても無駄なことだ」

確かに歴戦の兵士・佐竹宗八のいう通りかもしれない。だが、それは同時に戦場の現場に立つ兵士の理論だった。例えば自分が文化進駐官として、外地に派遣された場合、理屈はまったく異なってくるだろう。占領地の人心を安定させ、慰撫《いぶ》する。日乃元の文化と占領地の文化を最小限の摩擦でなじませていくのが仕事である。戦いにも様々な手法と目的があるのだ。

ソウヤがつぎの弾薬を準備しながらいった。

「弾はいくらでもある。たまに機銃掃射しておけ。敵をあの場に釘づけにできるなら、おれたちの勝利だ。今回の目的は勝つことでなく、夜明けまで粘ることだからな」

ソウヤは兵士と士官の両者の理屈がわかっているのだ。得難い人材だ。この男から最上の忠誠心を引きだすには、どうしたらいいのだろうか。あのカザンには成功したようには見えなかった。

タツオは光のカーテンの手前に三点バーストで、四回の銃撃をおこなった。敵も動くことはできないだろう。腕時計を確認する。戦闘開始から二〇分が経とうとしていた。あと二時間四〇分、生き残ればこちらの勝ちだ。

16

それから十数分間隔の時間をはさんで、二回の突撃が繰り返された。二回目は一二名、三回目は一五名の敵が確認されている。

ジョージがいう通り、ふたつの角度からの砲火は効果的だった。敵にはジョージの角度からの攻撃が想定外だったらしい。自動小銃一丁での火力はたいしたことはないのだが、安全を確保しようと位置を変えると、今度は狙撃銃や軽機関銃が待っている。

ジョージはその点でもセンスがよかった。自分で仕留めようとはせずに、こちらの攻撃が止んだときを狙って、銃撃を加えていく。敵を休ませず、戦闘地帯には安全などないことを知らせるのだ。敵が焦って動けば、そこをマルミとソウヤの狙撃銃が狙っていく。

三度目の突撃の際には完璧に自分たちの仕事の分担が決まっていた。ジョージが自動小銃であぶりだし、タツオが軽機関銃で足止めし、ソウヤとマルミが一撃必殺の狙撃銃で倒していく。光のカーテンには敵兵の死体が奇妙な現代彫刻のように折り重なっていった。

タツオの耳元でヘッドセットからジョージの声が聞こえる。

「そちらから二五メートルほど離れた演習場の端に陣をとっている。見えるか」

タツオはそちらのほうに目を向けたが、別な岩の陰になっていて目視できなかった。

「見えない」

「それはよかった。そっちが落とされても、ぼくが落ちても、射線が通らないほうがいいからな。この調子であと二時間か。案外いけそうな気がしてきた」

同じ岩の上に寝そべるマルミが顔をあげて聞いてくる。

「ジョージさん、なんですって？」

「案外いけそうな気がしてきたって」

ソウヤが低く笑った。

「おまえたちはなぜ全力で敵が攻めてこないか不思議だろう。やつらはあんなへっぴり腰の突撃でお茶を濁《にご》している」

タツオも知らない話だった。

「どうしてですか、ソウヤさん」

「成績が残るんだそうだ。今回からな。おれたちに殺されたやつには赤点がついて、その分給料から罰金が引かれるらしい。昔の戦友が向こうにいてな、世知辛いと嘆いていた」

ソウヤの話をヘッドセット越しに聞いたのだろう。ジョージが笑い声をあげた。タツオは笑いながら考えた。多くの進駐軍兵士は職業軍人だ。給料をもらうために働いている。家族を養う者も多いだろう。給料からの天引きは死活問題のはずだった。自分のように落ちぶれたとはいえ名門の出身だったり、独身のエリートである操縦者候補生とは違うのだ。

ジョージの涼しい声が聞こえる。

「どんな理由があるにせよ、夜明けまで生き延びて、明日の全体を勝ちとれれば、それで十分だ。訓練相手の古参兵がみんなケチなお陰で、勝ちが拾えそうだね」

タツオがヘッドセットの音声をスピーカーで流したので、甲3区演習場の角地にある岩の上は笑い声で包まれた。

そこにいきなりテルの緊迫した声が割りこんできた。

「すまん。指揮官がやられた」

タツオは戦闘情報端末を確認した。サイコを示す青い点が黄色に変わり、それから死亡を示す赤に変色した。三回点滅して、赤で固定される。

ＫＩＡ。戦闘中死亡のフラッグだ。

「うちの指揮官が撃たれた」

タツオがヘッドセットに向かって叫ぶと同時に、全員が自分の端末を確認した。サイコの赤い死亡サインは、こちらの東南の角とは反対側の東北の角近くに灯《とも》っている。その近くを素早く動く青い点はテルだった。

「谷少尉、状況を報告してくれ」

全力疾走中の荒い息が何度か耳元で暴風のように鳴って、テルの声が聞こえた。

「敵の偵察小隊とたまたま遭遇した。偶然だ。おれはサイコをおいて離脱中だ」

「東園寺少尉の死亡は確認した。敵の状況はどうだ？」

テルは息を切らしていう。

「六人のうち二人をサイコが倒した。おれは一人だ。残り三人は援軍を呼んでいるようだ。おれはこれからどうしたらいい？　サイコが死ねばつぎの指揮官はおまえだろ。いちおうそちらの拠点に向かって移動中だ」

東園寺彩子の副官はタツオだった。作戦担当のジョージとは周波数を共有し、テルの音声は流していた。タツオは決断を迷っていた。自分で考えてわからないときは、より優秀な部下に聞けばいい。勝つためには自分のプライドなど無用な荷物だ。

「ジョージ、指揮権はぼくに移った。テルは敵の偵察小隊との遭遇現場から離脱中。今後の展開を考え、作戦はないか」

「この戦闘訓練の目標は？」

それはサイコが死んでも変わらなかった。

「夜明けまでひとりでも多く生存することだ」

ジョージは自動小銃の先、野戦用ＬＥＤボールで照らしだされた敵のデスゾーンを無表情に見つめながらいった。

「最初の作戦がベストだったはずだ。ここの指揮を誰かにまかせ、タツオがテルと合流しこの演習場を逃げ回ればいい。今はいいけど、この拠点は敵の総攻撃を受けたら、長くはもたない」

圧倒的に劣る兵力と火力では確かにジョージのいうとおりだろう。

「だけど、テルと合流するにはあの戦闘区域を抜けなければならないんだぞ」

甲3区演習場の東南角地を半円形に結ぶLEDの光のステージだった。タツオはひとりでそこを潜り抜け、テルが待つ敵の占領区域に入らなければならない。

ソウヤが岩陰に隠れた敵を慎重に狙撃銃のスコープで狙っていた。岩がちいさく右肩の端が覗《のぞ》いている。頭隠して。どこにでも粗忽《そこつ》な兵はいるものだ。戦場では雑な神経では生き残れない。ソウヤが照準をつけながらいう。

「LEDボールは照明のオンオフができるな？」

そっと引き金を絞った。人さし指の第一関節だけをそっと動かす。指のつけ根の関節を動かしてはいけない。銃身が左にぶれてしまう。狙撃銃の轟音が鳴り、肩を撃たれた敵兵が叫び声をあげた。銃弾は当たっていないが、弱レーザー光に反応して、あの兵士の肩には強烈な電撃が送りこまれているのだ。暴徒鎮圧用のスタンガンより若干弱い程度だと聞いている。タツオは快哉《かいさい》を叫んだ。

「ナイスショット！　オンオフは可能だ」

ソウヤはつぎの獲物を探している。スコープから目を離し、双眼鏡で一〇〇メートルほど先の戦闘地帯を観測していた。今回は守備隊の人数がすくないせいで、狙撃手が観測手を兼ねている。ソウヤがいう。

「陽動をかけるか」

ジョージがうなずいた。

「いいと思う。ソウヤさんの案は？」

「敵も膠着状態で動けない。思っていたより、こちらの狙撃手の腕がいいと焦っていることだろう。まだ時間はあるが、あまり焦らせたくはない。総員突撃を受けたら、こちらはまずやられる。できることなら、敵を少数ずつおびきだし殲滅していきたい」

タツオも反対はなかった。

「どんな陽動をつかうのか？」

初めてソウヤがちいさな家ほどもある岩のうえで、隣に寝そべるタツオを見た。

「短い間隔でLEDボールをオンオフする。暗闇になれば敵はあのデスゾーンを突破しようと、兵を送ってくるだろう。おれたちはそいつを叩く。それを何度か繰り返し、敵兵力の弱体化と逆島少尉の脱出を狙う」

ジョージが低く口笛を吹いた。

「素晴らしい。佐竹さんはなるべくして士官になった人だ。現場をまかせておくだけではもったいない」

ソウヤは目をそらし、戦闘地帯の観測に戻っている。ぽつりといった。

「現場の歩兵を悪くいうな。どんなに作戦がよくともあいつらがいなければ、成功も勝利もないぞ」

ジョージが笑ってうなずいて、タツオにいった。

「佐竹さんの作戦はぼくのとほぼ同じだ。だけど、もうひとつひねろうか。それはあとで相談しよう。タツオ、全員の情報端末を結んでくれ」

タツオは腕につけられた四インチほどの柔軟性のあるディスプレイで、一斉通信のボタンを押した。

「新しい作戦があるから、みんなに伝えたい。説明は作戦担当の菱川少尉だ」

ジョージがヘルメットからさがる自分のヘッドセットに話しかけた。

「東園寺少尉が戦闘中に死亡し、指揮権は逆島少尉に移った。副官はぼく菱川だ。先ほどの隊をふたつに割る作戦を引き続き進行させる。そのためには逆島少尉がこの拠点を抜けだし、敵の支配地域に潜入しなければならない。これから戦闘地域のＬＥＤボールを消す。消灯時間は三分、二分、一分。再点灯後は二分間全火力を戦闘地域に叩きこめ」

敵をおびきだし、兵力を削りとる。ジョージがタツオにうなずきかけた。

「タツオは三回目のブラックアウトで、戦闘地帯を抜けてくれ。そこで発見されないでくれよ。タツオが撃たれたら作戦は台無しだから」

「わかってる」

タツオは腕時計を見た。戦闘訓練開始から四五分が経過していた。

「今から九〇秒後、最初の消灯を開始する。三分たってLEDが点いたら全力で撃て」

タツオは自動小銃を背中に回し、弾倉を背嚢に放りこんでいった。実際には敵に発見され、銃撃戦になるようでは、この訓練の敗北は必至だろう。身軽なほうがいい。予備弾倉はガムテープで上下逆さに張りつけた二個だけにしておく。

「この拠点はジョージに指揮をまかせるよ。ぼくは離脱地点を探しにいく」

「わかった、武運を」

「そっちこそ武運をね」

自分の身長ほどある狙撃銃から顔をあげて、マルミが女の子らしい声でいう。

「タツオさん、サイコの分までがんばって。絶対夜明けを見てくださいね」

ソウヤがぼそりとつけたした。

「ときに勇気よりも臆病さが大事なことがある。逃げろ、逆島」

タツオはそっと岩を滑りおりると、夜の闇に隠れて岩陰を伝って、戦闘地域ぎりぎりまで近づいていった。

九〇秒後、拠点を半円形に囲む光のゾーンで、ばらまかれたＬＥＤボールがいっせいに消灯した。甲3区訓練場は暗闇に包まれる。岩場を夜風が抜ける音だけが響いた。

タツオは戦場用の情報端末をつけ、拠点になったおおきな岩から離れ、物陰に隠れていた。

「こちら、逆島。そっちに動きは？」

ジョージの声が耳元のスピーカーから聞こえた。

「敵もいきなり暗くなって困惑しているようだ。動きはない。罠だと思って慎重になっているのかもしれない。タツオはそのまま待機してくれ」

「了解」

ひとりで隊から離れるのはひどく恐ろしかった。タツオは暗闇のなか腕のなかの自動小銃を握り締めた。これをつかうときは最後の瞬間だろう。敵と遭遇したらまず助からない。こちらの何倍もの兵力が投入されているのだ。

現在装着されたものと予備の弾倉がふたつ。フルオートで引き金を落とせば、一五秒とはもたずに弾切れになる。アクション映画などを観ていると果てしなく弾をばらまくが、実際には自分で運んだ分しか兵士は撃つことはできないのだ。

マルミの囁くような声が耳元で鳴る。

「敵を目視、戦闘区域に侵入を開始しています。三名を確認しました」

かぶせるようにソウヤがいう。

「四人目を確認。幸野、照準をあわせろ。どうする、菱川。三分は待てない。まだ一〇〇秒以上ある」

マルミの緊張した声がスピーカーから流れた。

「後続の三名を確認。敵は移動中」

ジョージが聞いてきた。

「タツオは安全な場所にいるな？」

「だいじょうぶ」

「これから二〇秒だけ点灯する」

マルミが叫ぶようにいう。

「さらに後続が侵入。新たに三名」

ジョージの声が引き締まった。

「各自射撃準備。いくぞ、点灯」

　半円形の戦闘区域が軍用のLEDボールによって照らし出された。分厚いアクリル製のボールは軍靴《ぐんか》で踏んだくらいでは壊れなかった。タツオは東側に数十メートル離れた戦闘区域を岩陰からのぞきこんだ。

　いきなりの光の洪水で、暗視スコープをつけた兵士が凍りつき立ち尽くしている。今はほとんど目が見えないことだろう。あわてている。なにも見えないまま必死で援護物に身を隠すか、その場に伏せるか考えている。タツオには兵士の心の動きが手にとるようにわかった。

　狙撃銃の腹に響く発砲音が鳴って、兵士の訓練服が赤く染まった。実際の血液よりは鮮やかな赤になるのは、電圧の変化で色を変える訓練用制服だった。電撃を受けた兵士は倒れこむと全身を震わせた。

　マルミとソウヤの狙撃銃とジョージの軽機関銃がいっせいにうなりをあげた。戦闘区域を侵攻中の敵が何人も倒れていく。敵は岩陰に身を縮めるか、戦闘区域から退却していく。

　タツオの位置からは三名の敵兵が射撃可能だった。今ここで撃てば、動かない標的なみに簡単に仕留められるだろう。タツオはぐっとこらえた。三人の戦闘不能者と引き換えに、自分の位置を敵に知られてしまうのだ。愚かな勇気は避けなければならない。

点灯したときと同じように、ＬＥＤボールが再び消えた。被弾して電撃を受けている兵士たちの苦痛のうめき声が夜の訓練場のあちこちに流れている。戦闘区域は完全な暗闇に沈んだ。

ジョージが低い声でいった。

「各自、被害はないな。タツオはどうだ？」

全員から笑い声をふくんだ返事がもどる。タツオはいった。

「こちらの角度から射線が通って、三人倒せそうだったけど、なんとか我慢した。問題はない」

「それでいい。タツオは生き延びるのが使命だからな。テル、きこえるか。きみは今どこだ」

テルの声が耳元で聞こえた。

「訓練場の東辺、戦闘区域の手前まできてる。おまえたちの銃声がよく聞こえたよ。マルミもソウヤさんもなかなかの腕だな」

タツオがいった。

「そこにいてくれ。ぼくも東に移動する。敵も何度かこの陽動を受ければ慣れてくるだろう。腹を立てて、総員突撃が早まるかもしれない。ジョージ、さっきは三度目のブラックアウトでいくといったけど、つぎの回で戦闘区域を抜けるつもりだ」

ジョージとテルの声がそろった。

「わかった」

マルミが報告した。

「敵、戦闘区域に再び侵入。今度は三方向から三名ずつです」

ジョージが静かな声でいう。

「点灯は一五秒後、各自十分に引きつけてから撃て。タツオは自分のタイミングでいってくれ」

「了解」

タツオは自動小銃を胸に立ち上がった。訓練場の東辺は、ここから二〇メートルほどだった。岩陰を縫いながら走り、東の端についたところでジョージの叫びが聞こえる。

「点灯、撃て！」

訓練場の東の端でも戦闘区域がＬＥＤボールで光の帯のように照らしだされた。同時に遠くの銃声が聞こえる。

タツオは驚きのあまり硬直した。ほんの一〇数メートルほど先に二名の兵士が立っていた。前後に並んでいる。先頭にいる男の顔は表情まで見えた。自分と同じように驚愕の顔だ。

「田島、なにをしている。撃て!」

そう叫んだのは後方に立つ兵士だった。女の声だ。進駐軍の三割以上が女性で、歩兵にも配置されている。

弾かれたように先頭の兵士が自動小銃をあげる。タツオは一瞬遅れた。ダメだ、やられる。そう覚悟したとき、トラックのエアブレーキのような圧縮された空気の音が鳴った。三発ずつ二回。戦闘区域にいる敵が前のめりに倒れていく。電撃で身体を震わせながら、女性兵士が振り向いた。

「貴様……」

タツオは戦闘区域の向こうを見た。消音器をつけた自動小銃を膝立ちでかまえたテルが、ハンドサインを送ってくる。その場を動くな。

タツオはうなずいて、ゆっくりと後ずさりし、岩陰に身を隠した。耳元でテルの声が聞こえた。

「危ないところだったな。冷や汗をかいた。おまえは発射まで時間がかかり過ぎだぞ」

ひどく心臓が跳ねていた。鼓動は不規則だ。まだ息も荒い。撃たれる直前、人はこんなふうに感じるものか。タツオはようやくいった。

「……ああ、ありがとう」

「おれはおまえの護衛だ。その場に隠れて、つぎのブラックアウトで、こっちに合流してくれ。そのあとの作戦は考えてあるんだろうな。頼むぞ、タツオ」

タツオは五王重工製の腕時計に目をやった。まだ夜明けまでは二時間近くある。ほんとうに自分たちは生きたまま、東の空を染める曙光を見られるのだろうか。タツオは頭のなかでもう一度、作戦を練り直し始めた。

17

ブラックアウトはすぐにやってきた。敵の硬直した身体を越えて、タツオはテルと合流した。倒れた先輩兵士と目があう。血走った瞳。電撃の痛みと訓練用制服の硬直で身動きもとれないようだが、しっかりと憎しみだけは伝わってきた。岩陰に隠れるとテルが囁きかけてきた。

「だいじょうぶか、タツオ。拠点の状況はどうなってる?」

「向こうは問題ない。ジョージも、ソウヤさんも、マルミちゃんも、よくやってくれている。想定外はマルミちゃんの狙撃の腕だ」

「さて、あと二時間か。どうする?」

耳元でジョージの声がした。作戦担当のジョージとは通話の回線はつねにオープンになっている。

「全力で抵抗すれば、あとなんとか一時間くらいは耐えられそうだ。残り時間はタツオのほうで稼いでくれ」

「了解」

タツオはテルの肩をぽんと叩いた。

「LEDが点く前に移動しよう」

「どこにいくんだ」

「ジャクヤのところ。作戦を立て直そう」

ふたりは背の高さほどの岩を縫いながら、敵戦力の薄いところをすすんだ。不思議なことに戦闘区域でも無人の場所が存在するのだ。それは刻々と変化するので神経をつかう移動だったが、それでも戦闘よりはずいぶんましだ。

情報端末に指示されたジャクヤが隠れる岩までやってきた。確かにこの岩の形に見覚えはあるが、ぱっと見ただけではジャクヤの姿は見えなかった。テルが首を傾げる。

「ほんとにここだったのか。ジャクヤはどこにいった？」

タツオにも不思議だった。味方からも見えなくなるのだろうか。近衛四家筆頭である天童家の特殊能力は底が知れない。頭上から声が降ってくる。

「タツオ、ここだ」

目の前の岩の上にジャクヤが座っていた。テルはあわてて消音器をつけた自動小銃をジャクヤに向けた。

「驚かすな。ずっとそこにいたのか」

岩と同化したように見える黒い影がいった。

「ああ、いたよ」

タツオは驚いていう。

「きみは自分にどんな術をつかってるんだ」

かすかに笑って、ジャクヤがいった。

「自分にはなにもしていない。ただぼく自身の存在を見る人間の意識からはずしている。もちろん完璧にという訳じゃないが、ぼんやりしてる相手ならほぼ気づかれないだろう」

タツオは厳しい声で質問した。

「だったら、なぜサイコは撃たれたんだ？」

この作戦の指揮官を最初に失ったのだ。大失敗である。

「ぼくの作戦に彼女が乗らなかった。移動してはいけないという忠告を無視して、彼女は動いた。それで偶然の会敵が発生した。どうにもならない」

タツオは暗闇のなか顔を斑《まだら》に汚したテルを正面から見た。

「ほんとうか、テル」

「ああ、じっとしていろといったんだが、サイコは一定の時間ごとに移動すると命令した。おれは上官に従っただけだ」

「ジャクヤ、きみの力はどれくらい自分以外の人間に効果があるんだ？」

ジャクヤの人間カモフラージュ能力が完璧なら、このまま隠れ続ければいいだろう。無駄な戦闘はしたくなかった。

「人の意識や戦場の運の流れに干渉する力で、ときに一〇〇パーセントだが、つねに揺らいでいる。悪いときには二〇パーセントくらいかな。微妙な力で、自分でもよくわからない」

テルがいった。

「おれたち三人が合流して、なにか変わったのか」

ジャクヤがくすりと笑った。

「ああ、変わった。彼女からタツオに指揮官が代わって、こちらのほうに運が傾いた。幸運の女神が振り向いたというかな」

タツオは意を決していった。

「よし、ここで緊急の作戦会議だ。ジョージは向こうの拠点で一時間もつといっている」

テルがいう。

「やつのいうことだから、三分とは狂わないだろう」

「ぼくもそう思う。残り一時間をどう生き延びるかが、作戦成功の鍵だ」

タツオは岩陰の暗闇に身を隠していった。

「現在、敵はこちらの拠点に集中攻撃をかけている。指揮官は倒した。残るのはあそこだけだと思っているだろう。一時間後拠点が落ちれば、徹底した索敵《さくてき》行動をとるだろう」

ジャクヤが皮肉にいった。

「そうだろうね。拠点を中心にネズミ一匹漏らさない態勢で、ぼくたち三人を探すことだろう。ぞっとするような展開だ」

テルが唾《つば》を吐いていった。

「どうする、指揮官。おれはどんな命令でも従うぜ」

タツオは岩を背に考えた。作戦ミスを犯せば、ここにいる三人は死ぬだろう。ジョージたちの奮闘も無駄になる。指揮官は孤独だった。同時に迷っている時間もない。間違った命令よりもよくないのは、遅すぎる命令だった。部下には迷っている姿を見せてはいけない。

さあ、さっさと命令しろ。タツオは自分に命じて語り始めた。

「一分でも長く生き延びるには、拠点を離れたほうがいい。できるなら敵の陣地の奥深くで、ジャクヤの力をつかおう。テルはぼくとジャクヤと離れた位置に隠れ、もしこちらが発見されそうになったら、全力で敵陣地を攻撃して欲しい。タイミングは指示する」

テルが軍用義手でぽんっと肩を叩いてきた。

「そうか、敵陣がよく見えるところで待機か。ある意味、待ち伏せみたいなもんだな」

「こんな感じでいいかな、ジャクヤ」

岩の上で黒い影が動きだした。するすると背よりも高い大岩から下りてくる。

「了解だ。となると最も危険なのは、移動中だな。この演習場には敵がうじゃうじゃいる」

テルは立ち上がるといった。

「作戦変更で、どれくらいおれたちが勝つ確率は上がったんだよ」

ジャクヤが吐き捨てるようにいった。

「そんなことはぼくにはわからない。たぶん四〜五パーセントくらいはましになったんじゃないか。一〇パーセントが一五になったくらいのものだ」

タツオは無言だったが、心のなかでは感心していた。敵はこちらの一〇倍はいるのだ。一五パーセントの勝率なら、決して悪くないかもしれない。ここにいる三人のうち誰かが、生きて夜明けを見ればいいのだ。全滅でなければ、こちらの勝ちである。

タツオは振り向いて東の空を見た。夜明けの二時間前、夜空は暗さの頂点に達しようとしていた。

タツオとテルとジャクヤの三人はなるべく音を立てずに、ジョージたちが拠点にしている東南の端の反対側、西南の方向へ移動した。先頭がテルだ。安全を確認したテルが無音のままハンドサインを送り、それを見てからタツオが移動する。最後がジャクヤで、このおかしな能力者は効果がどのくらいあるのかわからないが、ここにいる三人に戦場での「不可視化」の呪をかけているという。

もっともジャクヤの能力はＳＦに出てくるような透明マントの類ではなかった。タツオにははっきりとテルの背中やジャクヤの軍服が見えている。敵からは見えにくくなる。あるいは敵は発見しても、それが須佐乃男操縦者の候補生だと気づかないという形の効果なのだろう。

移動は恐ろしくスローペースだった。拠点の逆側の端にきたときには一〇数分が過ぎていた。岩陰にもたれて三人がひと息ついていると、明るい照明を浴びた甲３区演習場を観察するテントが見えた。士官や教官がテーブルに向かい、ディスプレイを注視している。この演習場にいるすべての兵士のヘッドセットには暗視機能つきのカメラが装着され、全映像が記録されている。

テルがつぶやいた。

「やつらにはおれたちが今いる場所も、これから移動する目的地もわかる。どう闘い、どう撃たれるかもな」

ジャクヤが軍服の襟元《えりもと》をゆるめた。視線は明るいテントに向いている。テーブルでディスプレイを見ている技術者が気づいたのだろう。こちらに無表情な視線を送ってくる。近衛四家筆頭・天童家の分家筋の少年がいった。

「なにもかも記録されている。当然だな。彼らはあとで採点をしなければならない」

タツオは黙っていた。そういう意味では進駐官の評価は恐ろしく公平だった。同時にプライバシーも存在しない。

秋の夜風が吹いて、高原地帯の森のように背の高い岩が林立する甲3区演習場を抜けていった。ジャクヤが風に乗せるようにそっという。

「始まる……」

なにが始まるのか、タツオにはわからなかった。この少年には数百メートル離れた場所でこれから発生するなにかがわかるのだろうか。

「なにをいっているんだ、ジャクヤ」

銀を練りこんだ底光りする瞳でタツオを見つめ返すと、ジャクヤは指を唇にあてほぼ同時につい先ほど脱出した東南角の拠点の方角から、一斉射撃の音が響いた。

「待て」

テルがいった。

「いよいよだな。やつらも本気で潰しにかかってきた」

応射する銃声も聞こえてくる。ジョージからの通話が耳元で鳴った。

「敵、総攻撃。こちらの周囲にすべての兵力を結集しているかもしれない」

「なんとか拠点を死守してくれ。時間を稼ぐんだ」

「了解。ただ今回はちょっときつい」

タツオは目に浮かぶようだった。制圧戦のセオリーだった。二段に分けた兵力で、全力の援護射撃と前進をおこなう。つぎは前進と援護を交代して、後ろの兵が前にすすむ。キャタピラーで小石を踏み潰していくようにじりじりと距離を詰め、制圧地区を拡大していく。敵より優位な火力とマンパワーがある場合にとる基本戦術だ。ただし、このやりかたには相当のダメージを覚悟しなければならない。それでこの時間まで最後の手を打ってこなかったのだろう。

銃声が一瞬止んだ。続いてまた援護射撃が始まる。

「今の攻撃でやつらは何メートルくらいすすんだんだろうな」

テルがそういって、自分の自動小銃を点検している。タツオは銃声のみで銃撃のフラッシュが見えない拠点の方向に目をやった。

「わからない。五メートルか一五メートルか。やつらがジョージたちに近づいたのは間違いない」

圧倒的な敵にじりじりとすり潰されるように接近されるときの気分はいかなるものか。タツオは想像するのを止められなかった。先ほどまでいっしょにいた友はこれから襲撃されようとしている。

ジャクヤと目があった。銀の目は底知れない輝きで、感情をまったく読ませなかった。タツオはうなずくといった。

「ぼくたちも敵陣の奥深く潜入しよう。拠点に敵はほぼ全兵力を集中させているようだ。今がチャンスだ。出発しよう、谷少尉、天童少尉」

テルが無言でハンドサインを返してきた。先頭に立って岩陰を縫っていく。タツオは安全を確認すると、テルに続いた。夜明けまではもう二時間もない。タツオは足音を殺し、岩場をすり足で駆けた。

甲3区演習場の西側の端に沿って、じりじりと移動していく。タツオたちはまったく敵と遭遇することはなかった。敵である先輩進駐官は兵力を集中させ、全力で拠点を潰そうとしているのだろう。

短いが圧倒的な援護射撃と休止。それが四回繰り返されたときだった。ジョージから通話がはいる。

「限界だ。一時間ももたなかった。すまない」

途切れることのない銃声で声もよく聞きとれない。タツオは返す言葉がなかった。ジョージは軽口でも叩くように気軽な調子でいう。

「いや絶望っていうのは、こんな感じなんだな。実戦でなくてほんとによかった。そちらのほうはどうだい」

こちらに心配をかけたくないのだろう。ジョージの心づかいが逆に苦しかった。タツオは先をゆくテルの周辺に気を配っていた。意外なところから敵があらわれる可能性はいつでもある。

偶然にしろ会敵してしまえば、ジョージたちの粘りも無駄になってしまうのだ。

「幸野少尉がやられた」

今度はソウヤの声だった。機関銃の掃射音が続く。

「ここはもうダメだ。おまえたちにすべて託す」

突撃してくる敵兵の勝どきの声が聞こえる。

「わかりました。こちらも全力で生き残りを図ります」

ジョージの声が割りこんできた。

「もう周囲は敵だらけだ。危ない！」

ソウヤの苦痛の叫び声が響いた。情報端末のヘッドセットからだけでなく、直接耳に遠くから風に乗って届いてくる。レーザー光を受けて、電撃が身体を流れているのだ。

「ソウヤさんもやられた。ぼくは生き残って敵の尋問を受けるのを避けなければならない。きみたちの行方と陽動作戦について根ほり葉ほり聞かれるだろうからね」

タツオは作戦担当の副官にひと言返事を絞りだすことしかできなかった。

「そうだな、ジョージ」

天才児の異様に静かな声が銃声を圧する重みで、タツオの耳にはいってくる。

「あとのことは頼んだよ、タツオ。ぼくは先にいく」

「ああ、まかせてくれ」

それから一発の銃声がヘッドセットから爆発的に流れだし、ジョージからの回線は不通になった。情報端末のディスプレイを確かめる。

幸野丸美少尉、佐竹宗八少尉、菱川浄児少尉。三人のライフステイタスを示す青い点が、すべて赤く変色している。

タツオはため息を胸のなかで極力押し殺していった。

「拠点が落ちた。三人は戦闘中死亡」

ジャクヤが無造作に繰り返す。

「K・I・A・三名。前線拠点陥落」

テルは生身のほうの左手で手近な岩を殴りつけるとちいさく吼えるようにひと言だけ叫んだ。

「くそっ！」

敵は拠点を制圧して気がゆるんでいるようだった。不思議なことに戦闘の大勢は決したという空気が流れている。テルが小隊をやり過ごすと囁いた。

「やつらは戦闘中って感じじゃないな。戦勝パレードでもしてるみたいにでかい音を立てて歩いてくる」

「ああ、ほんものの戦闘なら、勝負はついた。だけどこっちは誰かが夜明けまで生き延びれば勝ちだ」

タツオがそういって身を隠していた岩陰から立ち上がると、ジャクヤがいった。

「また敵の気が変わった」

テルがいう。

「どういうことだ」

「ぼくたちのことがバレたんだろう。死体は四つしかない。逃走中の候補生があと三名はいる。簡単な引き算だ」

「どうする、タツオ」

自分の決断に三名の命がかかっていた。残り時間は八〇分。戦闘中は頻繁に状況が変わり、そのたびに新たな決断を下さなければならない。タツオは迷いを見せずにいった。

「やつらはローラー作戦で、ネズミ一匹見逃さない索敵をおこなうだろう」

テルが周囲を警戒しながらいう。

「どんなふうにくると思う？」

タツオは顔をあげて、広大な演習場を眺めた。確かに空気が変わっているようだ。ジャクヤにきいた。

「なにか感じるか」

「そうだな、この演習場の両端で荒ぶる気がふくれあがってる。狩りをする獣の気だ」

「そうか、さっき制圧した拠点と敵陣の両方から一列にローラーをかけて挟み撃ちを狙ってるんだな。ぼくたちを罠にかかった獲物だと思ってる」

テルが自動小銃をもちあげていう。

「そいつをやられたら、三〇分とはもたないぞ」

タツオはうなずくしかなかった。

「そうだね。なんとか敵のローラーの向こう側に逃げないと」

タツオは戦闘で砂まみれの紙の地図を広げた。敵陣と陥落した拠点の中央あたりまで移動していた。タツオは数十メートルほど離れた地点を指さした。そこは岩が密集して視界が通りにくい地区だった。

タツオは悩んだ。いくつかある作戦のなかでも、これが最も生存率が高いような気がする。もちろん確率だから、どちらに転ぶかはわからない。それでも三人で固まったまま、敵のローラーを待つよりはましだ。だが、この作戦を遂行するには誰かを犠牲にしなければならない。

ジャクヤが銀の目でタツオを興味深い生きものでも見るように観察している。

「なにを迷っているんだ。タツオはおかしな人間だな」

テルにもジャクヤの雰囲気でなにかが伝わったようだ。いらついたようにいう。

「なんだよ。考えがあるならいえ」

タツオは地図を指さして、しぶしぶいった。

「わかった。この岩の密集地帯で、敵の索敵をかわす。岩伝いに敵のローラーの頭上を越える」

テルが笑った。

「むちゃくちゃだな。だが、おもしろい」

タツオは笑わなかった。テルを見ていう。

「だけど、それには陽動が欠かせない」

戦闘用の義手をつけたがっしりとした体格のテルと細身のタツオの視線がからんだ。テルの目の色が静かに暗く沈んでいく。

「ああ、おまえのいいたいことはわかった。おれが陽動をかけろっていうんだろ」

圧倒的に多数の兵力にひとりで向かうのだ。間違いなく殺されることになるだろう。訓練服に仕こまれたスタンガンの電撃をたっぷり受けることになる。テルは硬い義手でタツオの肩をぽんっと叩いた。

「おれのことは気にするな。ジョージもマルミもソウヤさんも討ち死にした。勝つためにもうひとりくらい犠牲を出してもどうってことはない。さっさと作戦を伝えろ」

タツオはうなずいた。この訓練には勝たなければならない。これまで繰り返された訓練は連戦連敗で、須佐乃男操縦者候補生の士気はしだいに低下していた。先輩進駐官に一矢《いっし》を報いなければ、我慢ならなかった。敵は倒れた候補生に面白半分で弱レーザー銃を撃ちまくるようなやつらだ。戦闘不能で死亡判定が出たまだ十代の少尉を気絶するまで銃撃する残忍なやつもいる。

「ぼくとジャクヤはこれから密集地区の岩にのぼる。ジャクヤには不可視化の呪をかけてもらう。敵のローラー部隊が近づいてきたら、ヘッドセットで合図をいれるから、テルは可能な限りの火力で攻撃をかけてくれ」

テルの目のなかに炎がともったのがわかった。義手をさしだす。

「その銃をよこせ」

タツオは自分の74式自動小銃をテルに渡した。残りの弾倉もすべて出す。残りは拳銃が一丁とマガジンがふたつ。戦場では最低限の武装で、丸腰になったように感じる。

テルはジャクヤにいった。

「例のLEDボールあるか」

「ああ、これで最後だ」

テニスボールほどの高照度の戦闘用LEDボールを三つ、ジャクヤは背嚢からとりだした。

「こっちも身軽になりたい。こいつを半分やるよ」

74式の弾倉をふたつ渡した。

「おお、サンキュー。無事に夜明けまで生き延びたら、どうやって奇跡を起こしたのか、あとできかせてくれよ」

手をさしだす。テルの義手とジャクヤの白い手ががっしりと結ばれた。つぎはタツオに義手が回ってくる。おかしなことに、テルの義手には体温があるようだった。テルはにやりと笑っていった。

「この義手は最新型だからな。体温センサーもあるし、感圧センサーもある。さわってるのが冷たいゼリーか女のおっぱいか、ちゃんとわかるんだ」

タツオはなんとか笑ってみせた。これからたったひとりで死ににいく仲間の冗談だった。笑えなくとも笑うしかない。

「さあ、いけ。おれも待ち伏せをかける地点に移動する。絶対にやつらに見つかるなよ」

タツオはひと言返すのが精いっぱいだった。

「ああ、そっちもがんばれ」

テルは二丁の自動小銃を両手にかまえて不敵に笑った。

「思い切り派手に散ってみせるぜ」

三名の候補生はうなずきあうと、二手に分かれた。一方は逃れようのない死地へ、もう一方は意表をつく敵部隊突破を狙って。

その先に生き残りへの希望がほんとうにあるのか、タツオにはわからなかった。

19

タツオとジャクヤは石柱の密集地帯に到着した。高さは二〜二・五メートルほどでシロウサギの童話ではないが、なんとか飛び石のように渡って、移動できそうな間隔でつながっている。

ジャクヤが石柱の肌にふれた。

「このあたりの岩はみんな人の手が加わってるみたいだな」

タツオも目の前の石柱にふれた。これまでのごつごつとした岩肌とは違い、なめらかで墓石のような手触りである。

「なんでこんなものをつくったのかな」

タツオは不思議に思って誰にともなくいったが、ジャクヤは聞いていないようだった。つぎつぎと石柱に手を触れていく。

「なにをしているんだ」

ジャクヤは半眼で石柱を見つめ、白っぽい花崗岩の石柱に触れると、表面をなでた。

「ぼくの気と相性がいい石を探していた。これがいいみたいだ」

「相性がいい石？」

「ああ、どの石だって何十万年とか何百万年の歴史をもっている。人と同じように固有の性格や気を帯びているんだ。敵から身を隠す呪をよくまとってくれる石のほうが、何倍も効果的なんだ」

タツオは白い石柱を見あげた。高さは二メートルと二〇センチほどだろうか。つるつるで表面に手がかりはない。

「驚いた。石にも個性があるんだ」

「ああ、そうだ。日乃元の古代宗教ではあらゆるものに神が宿る。天童の家は戦争専門の宗教家で、戦場の土地の気、樹木の気、山や岩や川の気をつかって、味方に有利な状況をつくりだしたんだ。今回は準備時間もなかったし、たいしたことはできなかったけど」

タツオは軽くジャンプしてみた。石柱のてっぺんに手は届くが、身体を押し上げるのは難しそうだ。ジャクヤが肩から自動小銃をおろした。今はもう懐かしい東島進駐官養成高校で習ったことがある。ジャクヤは74式を石柱にななめにもたせかけると、何度か体重をかけて安定させた。

「のぼってくれ。後ろから押す」

タツオは左手用のハンドルに足をかけて、伸びあがった。目の高さに石柱のてっぺんがかろうじて見える。このてっぺんのおおきさは大型のオットマン程度だった。一メートル二〇センチ四方はあるだろうか。身体を縮めなければ、足が出てしまう。ジャクヤは声をかけてきた。

「いくぞ、イチ、ニ、サン」

タツオは一気に身体を引き上げた。石柱の上で座りこむと、ジャクヤが自動小銃を踏んで、顔を覗かせた。

「その恰好はよくないな」

「見つかりにくい座りかたとかあるのか」

「いや、呪でタツオの身体をこの岩と同化させるような見えかたにする。体育座りの形で横になってくれないか。ひざを抱えて」

タツオは石柱の上で横になり胎児のようにひざを抱えた。

「そんな形でいいだろう。なるべく身動きはしないでくれ。自分もこの石の一部になったつもりでいてほしい」

石になったつもり？　意味はわからないがジャクヤには重要なことなのだろう。

「わかった。できるだけやってみる」

近衛四家筆頭・天童家の分家の少年が見たことのない印を両手で結び、口のなかでつぶやいた。

「逆島少尉をこの石の柱の一部としたまえ」

「ずいぶんとわかりやすいんだな」

「日乃元の呪法だからね。中国語やパーリ語ではないんだ。わからないほうがみんなありがたがるんだけどね。ぼくはとなりの石柱にいく」

二メートルと離れていないやはり白い石に74式をもたせかけ、ジャクヤがするするとのぼっていった。タツオと同じように横たわり、ひざを抱えて胎児のように身体を丸める。印を結び、自分に呪をかけた。

すると不思議なことに、すぐとなりにいるタツオの目には数十センチほど、白い石柱の背が高くなったように感じられた。そこにジャクヤがいるはずなのに、人がいるようには思えない。

「驚いたかい？」

いたずらっぽいジャクヤの声が石柱のなかからする。

「ほんとに驚いた。なにをしたんだ」

「天童家に伝わる呪法をつかった。忍法なら変わり身の術とでもいうのかな」

低い笑い声が続く。

「敵がくるまで、まだ二〇分近くはあるだろう」

そのときは確実に陽動作戦が始まり、テルは死ぬだろう。自分たちを索敵のローラーの向こう側に渡すために。たくさんの兵士が死んでいく戦場でなにもせずにいること。戦いのなかにはいくらでも真空になった場所と時間がある。

「いい機会だから、すこしぼくの話を聞いてくれないか」

白い石柱から聞こえるジャクヤの声は人のものとは思われなかった。世界各地に残る巨大な石柱遺跡は、こんなふうに神の声を聞く装置だったのだろうか。タツオはいう。

「かまわないよ。なんでも話してくれ」

「京都《きょうと》の山のなかに住んでいた貧乏な貧乏な家の男の子の話だ。そのあたりの山はみな天童家のもちもので、修験道《しゅげんどう》の道場となっていた。シカやイノシシ、イタチやタヌキもいた。ときにはツキノワグマなんかも」

この少尉はもっと都会の育ちだと、タツオは漠然と考えていた。身のこなしが優雅で、洗練されているせいかもしれない。

「ジャクヤは山のなかで育ったんだ」

皮肉げに低く笑うとジャクヤはいった。

「今でもたべられる野草、キノコ、虫なんかはすぐにわかるよ。それに木の実と魚を足せば、わが家の食卓の九割だからね」

タツオは驚いていった。

「ごはんはたべなかったのか」

「ほとんどたべさせてもらえなかった。年に何度かある儀式のときだけや。白いごはんをたべさせてもらえるのは。白米はほんとにおいしいよな。今でも感動するよ」

それから天童家の少年の同世代を生きているとは思えない奇妙な話が始まった。

「白米がたべられなかったのか」

タツオはぽつりと漏らした。現代の日乃元ではまず考えられないことだった。となりの白い石柱からジャクヤの声が聞こえる。

「ああ。白いごはんはおいしすぎて、人の感覚を鈍らせ、呪法の力を弱くするといわれているんや。天童の家ではね」

「ならぼくは逆島家の生まれでよかったな」

ジャクヤは低く笑った。

「その通り。白米の代わりに木の実や山に生えている草をたべるんや。修験道の木食《もくじき》なんかと同じだよ。子どもの頃からずっと。ぼくは胃が縮んでしまって、今ではなにをたべても太れない」

女皇を守る近衛四家はみなどこか普通の家とは異なる異質なところがあったが、筆頭の天童家は一段と変わっているようだ。ジャクヤは懐かしそうにいう。

「たまにおにぎりなんかを村の人にもらうと、涙がでるほどうれしかった。あれはおいしかったなあ。まあ、子どもなんかは天狗《てんぐ》の子だといって、石をぶつけてきたんやけど」

タツオは自分の幼少時と比べてみた。池のある庭があり、別荘があり、ときに女皇に近しく謁見することもあった。学校も女皇家や貴族や高級軍属の子弟専用のところに通っていた。

「ぜんぜん豊かじゃないんだな」

「ああ、近くの山はすべて天童家のものだといったやろ。そこに遠い親戚をふくめた分家が数十軒も住まわされていた。村をつくるんじゃなく、ばらばらに孤立してな。年に一度、呪法くらべをやらされる。一二歳以上のすべての子どもが山のなかに放りだされ、最後のひとりになるまで戦わせられるんや。食料もなにももたずに。みな、ただ『祭り』と呼んでいたよ」

一二歳で山のなかで戦いながら、ひとりで生きる。タツオの想像を超えていた。自然と声が低くなった。

「凍えたりしないのか」

「夏の夜だからだいじょうぶや。明け方はそれなりに冷えたけどね。毎年のように天童家の子どもが何人か、山のなかで死んだよ。谷に落ちることもあれば、仲間に殺されることもあった。死ぬのはたいていいちいさな子だったな。一二歳から一八歳まで参加するんや。夏休みはいつも地獄やった」

遠くで銃声が聞こえた。テルはうまく位置についただろうか。ジャクヤはいう。

「敵の気を読むのは、でたらめに鋭くなった。今もほら索敵のローラーがじりじりとこちらに近づいている。だいぶ気がゆるんでるみたいやな。あとはネズミを三匹捜しだして、仕留めれば演習も終わり。みんなベッドが恋しくなっているようや」

タツオは質問した。困惑と怒りが胸の奥にある。

「なぜ、子どもを戦わせる？」

「天童家最強の武器をつくるため。ただ修行をするだけでは駄目なんや。死線を越えなければ、呪法は伸びない。才能のある子どもを見つける試験みたいなもんやね」

「ワタルくんがいっていたよね。ジャクヤは天童家の長い歴史で見ても、一〇〇年にひとりの才能があるって」

ジャクヤはため息をつくように笑った。遠くで兵士が波のように動く気配が、タツオにも感じられた。ジャクヤにはもっと見えているのだろうか。

「あんなものはあてにならない。ぼくよりふたつ下にも抜群の才能をもつ女の子がいたよ。あの子も一〇〇年にひとりといわれていた。隠密行と暗殺の達人だった。一六歳までに一二人の子どもを殺している。幼馴染みだった」

となりで寝そべっているはずなのに、ただの背の高い石柱にしか見えない。

「驚いたな。その子ジャクヤよりもすごいのか」

「ああ、圧倒的だった。気がつけば幽霊のように背中に張りつき、喉をかき切るか、延髄に針を打ちこまれる」

「その子は今どうしてる?」

「死んだよ。いや、ぼくが殺した。罠にはめて。あれ以上、人を殺させるわけにはいかなかったんや。天童分家の子どもが根絶やしにされそうだったから。あの子、ぼくの初恋の相手やったんだけど」

タツオは言葉を失った。自分などはまだまだ甘いものだった。ジャクヤは確かに地獄を見たのだ。

「一八歳で祭りを卒業すると、どうなるんだ」

「天童本家の人間がやってきた。親から引き離され、こっちにこいってな。最高の環境で呪法の才能を伸ばしてやろう。うちの親は喜んでたよ。山ではそれがただひとつのサクセスストーリーだから。山からおりるには、それしかない。呪法の才能がなければ、才能がある子を生むために、天童分家のなかで結婚させられるんや。さっきの女の子はぼくの許嫁《いいなずけ》でもあった。ときどき思ったよ。天童分家なんて人間の家系じゃない。闘犬なんかと同じなんやな。人を殺すための呪法だけ磨いて、もう二〇〇年以上生きてきた。なにが天の子だ。呪われているのは天童家なんや」

うっすらととなりの白い石柱にジャクヤの姿が透けて見えた。感情が不安定になると、呪法の効果も揺らぐらしい。

「タツオ、きみのほうこそどうするつもりや。一生、逆島家の次男坊として進駐軍のなかで生きていくのか」

タツオはこの「須佐乃男」作戦が終わった後のことなど考えたことはなかった。生死の確率は半々だろう。仮に本土防衛決戦で勝利を収めても、「須佐乃男」の老化作用で爆発的に加齢は進行し「須佐乃男」を降りるときには老人となっている。自分に未来はないと思っていた。

だが確かに肉体的には老人となっていても、その後も人生は続くのだった。最後をどう締めくくるか、その後のことも重要な課題かもしれない。

「ジャクヤはどうするんだ」

深く息を吸って天童分家の異才はいった。

「ぼくは天童家を壊したい。あの山からぼくのような子どもたちを解放したい。この夏も『祭り』で四人の死者がでているんや。みな一四歳以下の子どもだよ。女皇の鉾《ほこ》と盾《たて》だか知らないが、近衛四家などこの世界から消え失せればいい」

胸のすくような宣言だった。近衛四家を解体し、自分も普通の人間に戻る。そうすれば、ジャクヤのように十代で幼馴染みを殺すことも、カザンのように幼馴染みに殺されることもなかっただろう。進駐軍などどうなってもかまわなかった。タツオは晴ればれといった。

「近衛四家をぶっ壊すのは賛成だ。ぼくも協力するよ。こんなに人を幸せにしない呪縛はない。ぼくも逆島の家から自由になりたい」

ジャクヤがとなりの石柱から手を伸ばしてきた。白い石から生えだしたように見える。タツオも手をだして、ほっそりとした白い手をしっかりと握った。ジャクヤがいった。

「演習場の空気が変わった。タツオにもわかるかい？」

なにかが変わったのは感じられるが、確かではなかった。北不二演習場を吹き抜ける夜明け前の風はひどく冷たく乾いている。ジャクヤが低くいった。

「もうすぐ始まる。敵がくるぞ」

タツオは一丁だけ残されたオートマチック拳銃をしっかりと握った。裸で猛獣の檻に残された気がする。ジャクヤが囁いた。

「ここから呪法の力を最大に引き上げる。タツオも自分は石だと思ってくれ」

タツオは石柱の上で胎児のように丸まり、ひざを抱えた。喜びも悲しみもない。希望も恐怖もない。不確かな感情をすべて洗い流し、ひとつの白い石の塊になるのだ。

タツオはゆるゆると息をつないで、始まりの時を待った。

敵の最初の兆しは、足音と石柱にあたる装具の金属音だった。それが波のように平行に近づいてくる。自動小銃やハーネスが岩とぶつかり澄んだ音があちこちで無数に鳴っている。

進駐軍の精鋭なので無音での索敵はお手のもののはずだった。それがこうしてにぎやかに接近してくるというのは、明らかに心理的な効果を狙った作戦なのだろう。

　圧倒的な戦力を背景に圧力をかけ、こちらの心を折るつもりなのだ。タツオ側に残されたのはたった三名。敵はまだ一〇〇名近い兵士が残っているだろう。通常の戦闘訓練なら敵の勝利は動かしようがない。タツオは心のなかで考えた。

（夜明けまで、あと一時間だ。誰かひとりでも生き残れば、ぼくたちは勝てる）

　音の波が近づいてきた。薄眼を開けると、石柱の隙間からちらりと敵兵の姿が覗くことがあった。胎児のように身体を丸め、自分は石柱の一部になったのだといいきかせる。

「まったく、ふざけんなよ。なにが『須佐乃男』候補生だよ。まだガキじゃねえか。さっさと見つけてしょんべん漏らすほど電撃くらわせてやろうぜ」

　若い兵士がぼやいていた。このあたりの敵は統制がとれていないようだ。

「まったくな。この訓練に勝って、明日は絶対休みにするぞ。香住町《かすみちよう》の『ジュリア』のカノンちゃん、おれにまた会いたいってメールをくれたんだ」

　別な兵士がいった。

「馬鹿か、一斉送信の営業メールだ。おまえがもてるはずないだろ」

　笑い声が石柱に乱反射して、さまざまな角度から聞こえてくる。もう敵との距離は五〜六メートルしかなかった。間もなく足元を通るだろう。この場面を天童家一〇〇年にひとりの天才と呼ばれるジャクヤはどう見ているのだろうか。ひとりひとりの敵の姿が高性能レーダーのように映っているのか。

ヘルメットをかぶった敵の頭部が石柱の真下に見える。スナックがどうとかいっていた二〇歳くらいの若い兵士だ。額から頬に垂れた汗の滴《しずく》と荒々しく息をする胸の動きまで見える。タツオが緊張で手のなかの拳銃を握り直したときだった。一〇数メートルほど離れた場所で閃光がひらめいた。フラッシュのように二分の一秒間隔でLEDボールが光っている。

その合間を銃声が縫った。三点バーストの連続発射音だ。

(テルが動いた。死ぬ覚悟で援護射撃を開始したんだ)

このあたりの指揮官だろうか。三〇手前の兵士が低く叫んだ。

「二番、三番、五番、六番、援護にむかえ。それ以外はこの地区の索敵を続行」

敵兵の数は半分に削られた。兵士が自動小銃を胸に抱えてテルが銃撃を始めた地点に駆けていく。

「往生際《おうじょうぎわ》の悪いやつらだ」

若い下士官がいうと、残された兵がいった。

「やつらは本気で勝てると思ってるんですかね」

「わからん。だがひとりひとりがバケモノみたいな技をもった頭の切れる子どもらしい。油断するなよ。一対一だと殺《や》られるぞ」

銃撃は断続的に続いていた。降伏しろと敵が叫んでいる。テルの返事は74式の連射だった。男の叫びが聞こえて、誰かが撃たれたのがわかった。足元の敵兵がいった。

「くそ、やられたな」

左右を確認しながら手薄になった索敵のローラーがタツオとジャクヤが隠れた石柱を過ぎていく。数メートルほど離れたときだった。となりの白い石柱から手が伸びてきた。

親指が上に向けられる。立ての合図だ。タツオはゆっくり石柱の屋根で立ち上がった。LEDボールが全開になって、光の奔流《ほんりゅう》があたりを照らしだす。テルの射撃音が一層激しくなった。敵の応射はその数十倍の勢いだ。友はいつまでもつのだろうか。

「跳ぶんだ、タツオ」

ジャクヤが叫びながら、敵の本陣がある北の方向にそびえる隣の石柱に向かって跳んだ。タツオも後に続く。そのまま止まることなく、石柱の林を跳ねていく。

三つ目の飛び石に足をかけたときだった。銃撃戦の音がひときわ激しくなった。予感ではなく直観が身体のなかを貫いた。

(今、テルが撃たれた!)

「撃ちかた、止め」

下士官の命令が響く。その後、銃声は静まり、あたりは夜明け前の耳が痛くなるような静寂に戻った。

タツオはつぎの石に跳びついたとき、足元をふらつかせた。ジョージに続いて、テルまで失ってしまった。三組一班で生き残りは自分ひとりだ。バランスを崩し、石柱から落ちそうになる。落ちれば独力でのぼるのは無理だろう。

そのとき不思議なことが起こった。背中になにか分厚いクッションがあてられたような力を感じた。タツオはバランスをとり戻し、石柱のうえでひざをついた。

思わず低く叫んでしまう。

「今のはジャクヤか」

針金のように細い身体で振りむいて、ジャクヤが不思議な表情をしていた。

「きみに見せるつもりはなかった。いつかタツオと闘うときの切り札として、とっておくつもりだったんだ」

「……ありがとう。今のはいったいなんなんだ」

「暗手。たいした力は出せないが、この身体を離れ、空間を超える。きみこそなんなんだ。どうしてこんなふうに、ぼくに力をつかわせる？」

底の見えない少年だった。さすがに近衛四家筆頭・天童家の秘密兵器だ。もしかすると東園寺家の「呑龍」やタツオの「止水」よりも、ジャクヤの呪法のほうが「須佐乃男」主操縦者としては有効かもしれない。

「もしジャクヤが『須佐乃男』のメインになるなら、ぼくが副パイロットになってもいいよ。きみの力はすごい」

タツオの素直な感想だった。たった一度の本土防衛戦をなんとか切り抜けることができれば、それでいい。その後の人生に期待することなどなかった。

ジャクヤが軽蔑したように笑う。

「馬鹿をいえ。ぼくが天童本家から受けている使命は、あの鈍くさいワタルを主操縦者にすることなんや。天童本家はいかれてるから、本土防衛よりも自分たちの家の名誉と栄光がなにより大切なんや」

タツオもつぎの石柱に跳び、ジャクヤに追いついた。父はそうでもなかったが、多くの親族はみな異常なほど近衛四家の序列には執着していた。たった四家しかないのに、一位でも順位を上げるためなら、命などいくら失くしてもかまわない。それがあたりまえの日常だった。

ジャクヤがさらにつぎの石柱に跳んでいった。

「テルもきちんと使命を果たした。つぎはこちらの番だ。さあ、いこう」

白い手をさしだす。タツオはジャクヤのいる狭い石柱に跳び、呪法の達人の手をつかんだ。ジャクヤが耳元で囁いた。

「ぼくがきみの副官になってもかまわない。まだまだ見せていない力がある。本家さえ知らない呪法だ。だが、そのためにはひとつ約束してもらいたい」

近衛四家筆頭の天才がじっと銀を練りこんだような光る眼で見つめてくる。この力があれば本土防衛決戦にどれだけ有利かわからない。サイコの「呑龍」とジョージの戦略眼、それにジャクヤの呪法。自分がメインを張る場合の副操縦士のメンツが、タツオのなかで固まりつつあった。タツオは息をのんでいった。

「ほんとにすべてをかけて、戦ってくれるんだな」

ジャクヤは半眼で静かにうなずいてみせた。

「ああ、二言はない」

「約束ってなんだ?」

銀の目をした少年はにやりと笑って見せた。銀の瞳が夜明け前の暗闇に沈みこむほど暗くなっていく。こともなげに口にする。

「ぼくの代わりに、天童本家のワタルを殺してくれ」

タツオは白い石柱の上で硬直した。全身が答えることを拒否している。近衛四家筆頭の次期当主を殺害する？　東園寺崋山を殺した自分が？　タツオのなかでさまざまな感情が嵐のように渦巻いていた。

20

タツオとジャクヤは石柱の林を抜け、敵陣奥深くへと潜入していった。索敵のローラーの向こう側なので、敵兵の姿はほとんどなかった。タツオは拳銃を右手に握り締め、ジャクヤの後を追いながら同じことを考え続けていた。

ジャクヤは本気なのだろうか。本気で自分の一族本家の次期当主を殺してほしいといったのか。胸騒ぎが収まらない。

甲3区訓練場の北端が見えてきた。敵の本陣は空に漏れだす明かりでわかった。そのあたりの上空だけ、鈍く空が流血したように赤黒く染まっている。

「このあたりがいいみたいだ」

ジャクヤが何度かおかしな形に指先を交差させていう。これが密教や忍術でおこなわれる印を結ぶという動作だろうか。

一見したところなにも変わらない岩塊《がんかい》がごろごろと転がる、この演習場ではあたりまえの景色だった。

「隠れるのに、いい場所、悪い場所があるのか」

「ああ、ある。土地の気というのは、どんな場所にも必ずあるんや」

ジャクヤは小型自動車ほどある石に手をあてていった。

「この石だって、何億年という時間を生きてきている。そのあいだにいろんな気や歪みを受けている。性格のいい石もあれば、さわるだけで病気になるような悪性の石もあるもんや。ぼくはこいつに決めた」

横じまの走るおおきな岩塊だった。ジャクヤは目を細めていった。

「この石はぼくによく似ている。もとは砂だったのにマグマの熱を近くに浴び続けて変成し、ひどく硬く頑固になった。割れば鋭い武器としてもつかえる。金属みたいに比重が重い」

戦場の気どころか、石ころにさえ、よい悪いと人との相性があるという。タツオはジャクヤという人間の奥の深さに目がくらむ思いだった。

「きてくれ、タツオ」

ジャクヤは自動小銃をかまえたまま、小走りでさらに十数メートルほど敵陣に近づいた。そのあたりにある岩につぎつぎと手をふれていく。

「タツオはこれがいい。この石も穏やかで気性が素直だ。なにかを守りたいという気を放っているよ」

「これはどういう石なんだ」

「元は泥だよ。マグマの熱を受けたのは同じだけど、こちらのほうが軽くて、なめらかだ。タツオはこの岩陰に身体を隠してくれ」

ジャクヤが選んだ岩は、ひさしのように張りだした部分があった。ちょうど人ひとりが膝を抱えて雨宿りできるほどの空間である。

「こんなところに座りこんでいたら、すぐ敵に発見される」

ジャクヤはにやりと笑った。銀の目が底光りする。

「いいから、座って。またさっきみたいに自分は石だと思うんだ。今回は川の底の泥でもいい」

タツオは拳銃を胸に抱えて、岩のひさしの下に身体を押しこめた。

「それでいい」

ジャクヤはおかしな印を結びながら周辺の砂を拾い、呪文をとなえながらタツオの頭から振りかけていった。この者を石となし……悪逆なる敵の手から守りたまえ……御石の意思のまま数億年のうちの刹那、御手を貸したまえ。

最後に印を結び、ジャクヤは立ち上がった。

「これでいい」

「ほんとうに?」

そう口にしたタツオだったが、自分が不可視の薄い皮膜により、元は泥だったという岩といっしょに包まれているような気がするのが不思議でしかたなかった。SF映画によくあるようなバリアーというのはこんな感じなのだろうか。

「タツオの仕事はこれで終わった。ぼくはさっきの石にもどる。そうだ、これをもっていてくれ」

白いちいさな紙片を渡された。よくわからない文字と赤い朱肉が見える。ジャクヤは遠くを見ていった。

「向こうの石の上にぼくは隠れる。テルのつぎはぼくの番だ」

タツオを最後まで生き延びさせるため、テルと同じように陽動をおこなうといっているのだ。電撃覚悟の最後の作戦だった。

タツオは顔をあげて、長身でやせ細った少年を見つめた。死ぬなとはいえない。ジャクヤも自分の仕事はわかっている。サイコが倒れた今、この隊の指揮官は自分だ。

「夜が明けたら、会おう。回線は開いておいてくれ」

「わかった。タツオも気をつけて。きみは川底の泥だ」

思わず笑いが漏れた。ジャクヤは走り去っていく。タツオは腕時計を確かめた。

夜明けまであと四二分。なんとしても生き延びて、やつらを打ち負かしてやる。


「聞こえるか、ジャクヤ。そちらの状況はどうだ？」

実際の戦場とは異なり、この演習場には電波の発信源を特定するシステムは導入されていなかった。タツオの腕につけられたディスプレイにちいさくジャクヤの顔が浮かんでいる。

「今のところ問題なし。敵はかなり混乱しているみたいだ。ローラーにもなにも引っかからないまま南端までいったから」

「焦っているだろうな。もう夜明けまで一時間もない。反転してもう一度ローラーをかけてくるはずだ」

作戦の変更は下策だった。一〇〇人近い人間を動かすには時間と手間をくう。命令を改めていたら、すぐに空が明るくなるだろう。同じ作戦をさらに密度と精度を高めて展開する。それしか敵に残された手段はない。

「ああ、だんだんとこちらに勝利の目が出てきた」

ジャクヤはほくそえむように低く笑った。なぜかキツネの笑みを思い浮かべた。タツオは意を決して質問した。

「さっきの話だけど、天童本家のワタルをどうするとかいう」

ジャクヤは明るく返してきた。

「その話だね。待ってくれ。無線で話せるようなものじゃない。タツオ、今から念を送る。さっきあげた紙を出してくれ」

ディスプレイからジャクヤが消えた。タツオは息をのんだ。てのひらに乗せた白い紙片から、軍服ではなく白い羽織袴《はおりはかま》を身に着けたジャクヤがぼんやりと数センチのおおきさであらわれたからだ。

「きみは普通に話してくれればいい。これは昔の修験道の通信手段だ」

「じゃあ、聞こう。なぜワタルを自分でやらないんだ」

近衛四家筆頭、天童本家の次期当主への暗殺依頼というのは、通常なら計画が露見したただけで軍法会議ものだった。

「ぼくにはできないんだ」

「どうして。ジャクヤのほうが技はあるんだろ」

天童家でも一〇〇年にひとりの才能と謳《うた》われた呪法を、この少年はもっている。ジャクヤはあっさりといった。

「呪術ではこちらのほうが圧倒的に上や。だけど天童本家も代々謀反の危険は承知なので、手を打っている。子どもの頃から心のなかに植えつけられた呪文がある。絶対に本家に逆らえないように」

不気味な話だった。呪法をよくする天童の家では、分家は絶対に本家に逆らえないようにできているのか。

「ジャクヤくらいすごい力があってもか」

「そうだ。ワタルはその呪文をとなえるだけで、ぼくの呪法をすべて封じられるんや。正面からやりあったら、こちらに勝ち目はない。天童本家はほんまにずる賢いんだ」

ジャクヤが自嘲するようにちいさく笑った。

一族の子どもを殺しあわせることで呪法の才能を伸ばし、生き残った者を手足のように使用して、天童本家の血筋を守り、盛り立てていく。それが近衛四家筆頭である天童家の秘密だった。

「ジャクヤはさっきいっていたな。天童家を壊して、祭りに参加している子どもたちを解放するって。ワタルを殺したとして、その先どうなるんだ」

天童家の次期当主が死んでも、また別な跡継ぎが出てくるだけだろう。第一ジャクヤ本人が疑われる可能性もある。タツオは白い紙片に浮かぶ白装束のジャクヤを見つめた。この新任少尉の真意がわからなかった。

「天童家は長く続いた近親婚のせいで繁殖力が弱い。ワタルは本家のひとりっ子だ」

「ジャクヤにも次期当主の目はあるのか」

それなら話が違ってくる。考え深げに数センチほどのおおきさしかない少年がいった。

「いくつかの条件が重ならないと、分家から本家の当主にあがるのは困難だ。まずワタルが訓練中の不幸な事故で死ぬ。その場合、ぼくは決定的に身の潔白を証明できなければならない。そのうえで『須佐乃男』作戦で成功を収め、誰の目にもわかる輝かしい軍功をあげる必要がある。さらに本土防衛決戦を終えて、急激に加齢した後でもまだ強力な呪法をつかえたとすると……」

　いくつもの難関が控えていた。すべては仮定のうえに成り立つ話である。ジャクヤは息を引きとるように、最後のひと言をいった。

「……ぼくが天童家当主になることができるかもしらん」

　タツオは一瞬、天童航殺害について考えてみた。自分で手を下す必要はないだろう。テルに話せば、暗殺をためらうとも思えなかった。ジャクヤはたたみかけるようにいった。

「その暁《あかつき》には、タツオに約束しよう。近衛四家筆頭の当主として、逆島家の復興に全力で手を貸す。池神家を追い落とし、逆島家を戻し、当主にはタツオを指名させる。そのために力を尽くす。ぼくは本気なんや。そのあとでぼくのような人間をもうひとりも増やさないために、この代で天童家を滅ぼす。それができるなら、ぼくはいつ死んでもかまわない」

　タツオは衝撃を受けていた。だが逆島家再興はタツオの望みではない。「須佐乃男」作戦さえ終えたら、もう進駐軍とはさよならだ。それに比べこんなに思いつめるほどジャクヤは凄絶《せいぜつ》な経験を積んできたのだろう。自然に声が低くなった。

「ジャクヤは今まで何人殺した？」

「許嫁《いいなずけ》をふくめて二人」

息をのんだ。言葉が続かない。

「殺さざるを得なかった。祭りではいくつかの分家同士が協力して生き残りのために死闘を繰り広げる。ぼくを潰せば、勝てると踏んだ敵は最初から執拗に狙ってきた。頭を潰せば、蛇は死ぬ。こんな訓練など甘いもんや。おれでは命の獲りあいだから。呪法、凶器、毒、罠……火器以外はなんでもありだった」

「ジャクヤの隠密行《おんみつぎょう》がすごいのも、そのときのせいなんだな」

石と同化し、岩に化け、身を隠す。抜群のカモフラージュ能力は、一族一〇〇年にひとりという才能と決死の戦闘経験から生まれたのだろう。そのときジャクヤの声の調子が変わった。地の底から響くような笑い声が響く。

「ああ、そうだ。ほんの六歳から殺しあいは始まった。毎年夏になると血がうずくんだよ。誰かを殺さなきゃ、こっちがやられる。やつらにはこっちを恐れさせなきゃならならへん。ぼくとやるなら、死ぬより怖い目に遭《あ》うぞ。それはそれは恐ろしい目に……」

白装束のジャクヤが和紙の小片のうえで身をよじっていた。

「だいじょうぶか、まだ戦闘訓練の最中だぞ。ジャクヤ、気をしっかりもってくれ」

「あー、やつらを殺したい、誰でもいいから殺したい」

自分のような子どもをこれ以上ひとりもつくりたくない。ジャクヤの言葉はタツオの胸を打ったが、この状態になってしまうのでは当たり前のことかもしれない。

「ジャクヤ、落ち着け」

「ねえ、タツオ。きみのところの隠密行はしっかりとかけておくから、ぼくはやつらと戦いにいってもいいかな」

紙片の上で白装束の少年がくるくると回転して、踊りまわっていた。

「誰でもいい、殺したい。敵を殺したい。ぼくを殺そうとするやつを殺したいんや」

ジャクヤは歌うように囁《ささや》いていた。この男は強力無比の戦力にもなるが、とり扱いに細心の注意を要する。タツオはしかたなくいった。

「とめることはできないんだな。わかった。陽動作戦として、敵への攻撃を許可する。ただし、ほんとうに殺すのはダメだ。ここは天童家の山じゃない。北不二演習場だ」

「ありがとう、タツオ。さすがにぼくが見こんだ指揮官だけある。せいぜいやつらを怖がらせてくる。ぼくたちに手を出せば、ただではすまない。今後の戦闘訓練を楽にするためにもな」

タツオはこの呪法の天才がなにをするのか、想像もつかなかった。ただとんでもない方法で、敵の指揮系統をめちゃくちゃにすることだろう。タツオは泥の変成岩のひさしの下で、身体を丸めて自分にいいきかせた。ぼくは岩だ。ぼくは岩だ。動かず息もせず何億年も生きる岩だ。

最初に銃声が聞こえてきたのは、先ほど索敵のローラーを抜けた石柱地帯からだった。

夜明け前の空に敵兵の叫びが轟《とどろ》く。

「目標発見」

続いて、自動小銃の発射音が幾重にも折れ曲がって耳に届いた。見通しの悪い石柱地帯で何人もの敵兵が自動小銃を乱射しているようだ。

「こいつは目標じゃない」

「幽霊だ」

「おれが殺した氾の少年兵がいる」

「どうして演習場に女がいるんだ」

叫び声の合間を縫って、自動小銃の掃射音があちこちで連続して鳴る。なにが起きているのかわからないが、敵は混乱状態に陥っているようだ。タツオは白い紙片に向かって囁いた。

「ジャクヤ、なにをした？　撃ったのか」

ふふふと低く含み笑いが聞こえた。白装束のちいさなジャクヤが紙の上で跳ねている。

「あんな重いものは捨てた。ぼくは射撃が下手くそやしね。やつらは味方同士で、殺しあっているんよ。間抜けども」

ジャクヤの低い笑いは背筋が凍るほど怖かった。タツオは平静を装っていった。

「報告してくれ。なにをしたんだ？」

「ああ、簡単だ。幻を見せた。最初はタツオやぼくやテルを。兵士は銃声に敏感だから、あの音を聞くとすぐに興奮して、わけがわからなくなる。それで、やつらの頭のなかを探って、昔戦場で殺した敵のイメージを呼びだして、見せてやったんや」

そういうことか。あの射撃音はかつて殺した敵の幽霊に囲まれた兵士が、恐怖に駆られて自動小銃を撃ちまくる音だったのだ。

「どうや、タツオ。ぼくは敵を誰ひとり殺していないやろ。味方同士で撃ちあって、電撃を浴びせているだけだ」

タツオの口のなかはからからに渇いていた。確かに敵は死んではいない。だが、そんな幽霊を戦場で見て、味方を乱射した兵士はもう二度と進駐軍としてはつかいものにならないかもしれない。心が徹底的に壊れてしまうことだろう。そこまで敵に同情することはないのだろうか。タツオももし敵に発見されれば、気を失うか小便を漏らすまで、面白半分で電撃を受けることになる。

タツオは銃声のなか戦闘用ディスプレイに目をやった。

夜明けまで、あと二七分だ。

21

石柱地帯からの敵兵の悲鳴は途絶えることがなかった。ジャクヤは敵につぎつぎと戦場で殺した相手を見せているようだ。死んでも死んでもよみがえる兵士。それではゾンビそのものだった。

「須佐乃男」の操縦者候補を狩る訓練も最後のふたりを残すだけになった。もう楽勝だとベテランの兵士たちは油断していたことだろう。そこにジャクヤのような恐るべき呪法使いがあらわれて、心底恐怖に震え、混乱をきたしているはずだ。

　夜明けまで三〇分を切り、タツオは必死にひざを抱えて、岩と同化するしかなかった。ジャクヤの呪法は敵が少年を倒すまで猛威を振るうことだろう。同じ山に住む子どもたち一一人をすでに殺戮してきたジャクヤが容易に倒されるとは思えなかった。まだまだ敵の損害は増える。そうなれば、夜明けまで生き延びるチャンスがおおきくなる。タツオには敵への同情などなかった。

　永遠に続くかと思われた大混乱も腕時計を確認すると、まだ一〇分足らずだった。ひときわおおきな声が響く。

「敵、発見！」

　ジャクヤの声ではなかった。

「不思議な技を使う餓鬼《がき》め、投降しろ」

　別な兵士が叫んだ。

「したくなければすることないぞ。その代わり小便漏らすまで電撃をくらわせてやる」

　やるといったら、ほんとうにやるだろう。あの電撃は同じ箇所に何度もくらうと火傷したように肌が腫れあがる。何日も風呂にはいれないくらいだ。

そのとき紙片がぼんやりと光った。白装束のジャクヤが浮き上がる。笑っていった。

「残念だが、あまり時間は稼げなかった。敵がうようよいるよ。ここが片づいたら、そっちに向かうだろう。あとは健闘を祈る」

タツオは和紙に呼びかけた。

「投降するんだ、ジャクヤ。きみはもう十分に闘った」

「嫌だ。投降したところで、やつらがぼくを撃たないはずがないやろ。こちらは死んだ戦友や肉親まで呼びだして、やつらを揺さぶったんだ。ほんものの戦場なら、捕虜になるどころか八つ裂きにされてるところや。ふふふ、それも悪くないか」

「止めろ、ジャクヤ」

低い笑い声が聞こえてくる。

よくない予感がした。背筋が寒くなる。ジャクヤはまだなにかを隠している。

「こちらはまだ余力がある。最後にこのあたりの敵に思い知らせてやる。タツオ、きみには見せておきたいんや。ぼくの精神攻撃を。さよなら、またあとでな」

修験道の念話が切れた。ジャクヤが最後になにをするつもりなのか予想もつかなかった。タツオが身を固くしていると、あたりの景色が透明な波でも浴びたようにぐらりと揺らいだ。音はしない。身体に感じる衝撃もない。視界だけが一瞬ゆがみ、気がつくと元に戻っている。

(今のはなんだ?)

タツオはあせった。吐き気と悪寒《おかん》がする。なにかよくないことが起きる。その予感だけがひたひたと迫ってくる。

「やあ、タツオ、久しぶりだな」

おおきな岩の陰を回って、東園寺崋山がふらりとやってきた。最期の戦いのときの羽織袴姿で、テルの血が袖や胸に残っている。現実と同じくらいリアルだ。

「……カザン」

言葉が続かなかった。これはジャクヤの精神攻撃だ。そうわかっていても、衝撃は弱まらなかった。

「死んだはずじゃないのか」

カザンは青白い顔で笑っている。

「それは見方によるな。死んでもまだ恨みをひきずり、生でも死でもない場所をさまよってる。今はおまえが呼び戻してくれたから、こうしてこの世の甘い空気を吸っているんだ」

これはジャクヤの呪法のせいで生まれた幻影だ。カザンのいうとおり自分でつくりだした幻だ。死んだ少年の目が岩陰に隠れるタツオを憐れむように見た。

「そんなところに隠れて、石になったつもりか。近衛四家でもっとも優秀といわれた貴様が。恥ずかしくないのか。おまえはこのおれを殺したほどの男なんだぞ」

タツオは幻のあまりのリアルさに吐き気がした。カザンは和服の襟元に手をかけた。

「こいつを見るがいい」

胸をはだける。タツオは息をのんだ。ざっくりと肌が裂けて、心臓がむきだしになっている。カザンの血まみれの肋骨《ろっこつ》のあいだで、心臓が脈打っていた。しかし心臓は縦に二つに裂け、裂け目から鼓動を刻むたびに、血潮が噴きだしている。

「どうだ、よく見ろ。これがおまえが幼馴染みのおれにやったことだ」

タツオは血を流す心臓を見ていられなくなって、思わず目を閉じた。

「この人殺し」

目を閉じたままなんとか絞りだす。

「すまない。殺すつもりはなかった」

こんな精神攻撃をくらい続けたら、戦う前にこちらの心がずたずたになってしまう。ジャクヤの呪法の恐ろしさに身がすくむ。

「この人殺しが。おれを殺して、どんな気分だ」

目の前にいるカザンは、ジャクヤの呪法によって自分の心の闇が生んだ幻だ。必死でそういい聞かせる。

そのとき声が変わった。

「この人殺し。わたしの兄を殺したな」

東園寺彩子の声だった。見てはいけない。そう思ったが、目を開いてしまう。黒い喪服を着たサイコが岩の転がる演習場に立っていた。黒髪が夜風になびいて、煙のように整った顔を隠す。

「人殺し。あなたはいつかわたしも殺すことになる。見なさい」

サイコは冷たい顔で微笑《ほほえ》んでいた。指先が喪服の胸元にかかる。薄い生地をつかむと、両手で一気に引き裂いた。裸の胸が見える。形のいい乳房が一度だけ揺れて元の形に復元した。タツオは息をのみ、サイコの身体から目を離せなくなった。

「人の兄を殺しておいて、わたしの純潔まで欲しがるの？　タツオはとんだ人非人ね」

「……違う」

力なく返事をするのが精一杯だった。

「でも無駄よ。ご覧なさい」

サイコは狂気の笑みを浮かべたまま、左の乳房に爪を立てた。指先が刺さる。布でもはぐように一気に形のいい乳房をちぎりとる。

「見なさい。タツオ、全部あなたのせいよ」

肋骨のしたに小振りな心臓が脈打っていた。兄・カザンと同じように縦に裂けている。鼓動のたびに噴きだす血は、こちらのほうが一段と赤い。

「ほら、よく見なさい。あなたがこれから殺す相手を。子どもの頃からよくしってる幼馴染みを殺すのは、どんな気分?」

裂けた心臓から血を飛ばしながら、もう片方の手で右の乳房をつかんでいた。全体を揺さぶるように優しく撫でている。

「ほんとうはこうしたいんでしょう、タツオ。あなたは死んだわたしとでも、やりたくてたまらない。頭のおかしな変態の人殺し。それがあなたよ、逆島断雄」

もうこれ以上耐えられなかった。この幻は拳銃で撃てば消えるのだろうか。タツオはゆっくりと両手をあげ、裸の胸をさらすサイコに拳銃の狙いをつけた。

左前腕についた戦闘用ディスプレイが目にはいる。夜明けまであと三分? おかしい。まだ二〇分以上はあったはずだ。カザンがいきなり登場してから、主観的な時間ではほんの数分しかたっていないはずだ。

（この幻影だけでなく、体内時間も狂わされ、もっと長時間の精神攻撃を受けていたとするとどうなる？）

タツオは必死になった。この精神攻撃により二度と元に戻らない兵士も何人もいることだろう。こんな幻を見せられたら、心の枠組みが壊れてしまう。

そのとき先ほどと同じ透明な波が視界を揺るがせてとおり過ぎた。念話が届く。

「囲まれた。終わりや。後は頼む、タツオ」

あとに続いたのはジャクヤの絶叫だった。精神の錯乱した敵にでたらめな一斉射撃を受けているのだろう。電撃でのたうち回る銀の瞳をした少年を思い、タツオはしっかりと目を閉じた。

ジャクヤがやられた。

つぎはこちらの番だ。

覚悟を固めてタツオは目を開いた。目の前にはまっすぐに伸びる拳銃の銃身が見えた。先端には白い照星が夜明け前の闇のなかぼんやりと光っている。

タツオは目を疑った。ほんの五メートルほど前方、先ほどまで受けていたジャクヤの爆発的な精神攻撃により出現したサイコが立っていた場所に、軍服に透明な模擬戦用カバーオールを着用した女性兵士がひとり立っていた。年はタツオたちとさして変わらない。十代後半だろうか。

顔の造りは素朴で、頬にはそばかすが散っている。その目は驚きに見開かれていた。無理もない。つい今までただの岩だと思っていた場所に、捜し求めていた敵の姿を発見したのだ。ジャクヤが電撃を受け、タツオにかけられていた石化の呪法が解けたのだ。

そこからはまるでスローモーションのようだった。なにかを叫ぼうとして、敵の女兵士は口を開き、自動小銃をあげようとした。タツオは拳銃を同年代の兵士の胸に向けた。自分の手なのにひどくゆっくりとしか動かない。

問題はこの女兵士がタツオの存在を他の兵士に知らせることだった。一刻も早く撃たなければならない。気は焦るが、手はゆっくりとしか動かない。女兵士の自動小銃がこちらの胸に向けて上がろうとしている。

先に倒すには、狙いをつける前に引き金を落とすしかなかった。敵は長物の自動小銃で正確な照準をつけようとしている。タツオは敵の少女の胸元まで銃身が上がる前に射撃を開始した。

最初の一発が膝《ひざ》に命中し、つぎは太腿《ふともも》、そして下腹部に連続して命中した。

透明な模擬戦カバーオールに命中した部分が赤く染まっていく。女兵士は自動小銃を落としながら引き金をひいた。銃声とともに左腕の外側を弾がかすめたのが、弱い電撃でわかった。この上着は命中の判断が正確で、かすり傷でも相当の電撃を送ってくるのだ。

「ぐあーっ！」

止まらない電撃を受けながら、硬直した透明カバーオールによりおかしな形で横たわる女兵士が絶叫していた。タツオは岩の下から這《は》いだした。拳銃だけでは心細かった。

まだ叫んでいる女兵士から自動小銃を奪い、マガジンを腰のクリップからもぎとる。自動小銃には自国兵士でなければ射撃を許可しない認証システムがついているが、この演習場では問題なかった。

タツオは戦闘用ディスプレイを確認した。さっきは残り三分強。この銃撃戦で夜明けの設定時間まで、一〇〇秒を切っていた。銃声と女兵士の叫びにより、敵がここに殺到するのは時間の問題だ。

タツオは自動小銃を抱えて走りだした。姿は見えないが、敵が駆けてくる足音が岩に反響しながら迫ってくる。敵の拠点がある東の方にむかっていく。ここまでチームの全員が犠牲になって、つないできた最後のカードがタツオだった。

ここでやられる訳にはいかない。石にかじりついても夜明けまで生き延びるのだ。全身にアドレナリンの嵐が吹き荒れているのがわかった。息は乱れ、胸は激しく上下しているが、徹夜の疲労はほとんど感じなかった。眠気などまったくない。

数十メートルを一気に駆けて、タツオは背の高さほどある岩にもたれて、様子をうかがった。先ほど女兵士を倒したあたりには敵が密集している。一分を切って残り時間のカウントが左腕にある戦闘ディスプレイで開始された。

(残り四六秒……四五秒……四四秒)

あと四〇秒ほど逃げ延びれば、この圧倒的に不利な深夜の戦闘訓練に勝利できる。しかも、それは「須佐乃男」操縦者候補の初勝利だった。

ここでじっとしている訳にはいかない。

動き続けるのだ。

タツオは足音を殺して、ちいさな家ほどある巨大な岩の陰を回った。正面に三人の兵士の姿が見えた。息を吞む。敵もタツオの存在を予期していなかったようだ。拠点に帰還する途中だったのかもしれない。

「敵、発見！　報告だ、山崎」

右端の男が叫んでいた。男たちが自動小銃の銃口をあげた。もう残りは三〇秒もない。投降を呼びかけることもなかった。

タツオはこのときに備えていた。敵に出くわしたときから、「止水」の発動を準備していた。最期の切り札は、ここまで使用せずに温存していたのだ。

(時よ、止まれ)

心のなかで静かに逆島家の秘伝のスイッチを入れる。銃口を上げる三人の敵兵の姿が凍りついた。銃撃がかすめた左腕が痛むが、気にしていられなかった。

三点バーストの掃射を開始する。左端の男を撃ち倒す。続いて中央の敵に銃口を向け、三連射で胴体中央を撃ち抜く。

だが、そのときには三人目の山崎と呼ばれた男の銃口が上がっていた。先ほどとは逆だった。照準をつける前に敵兵が発砲を開始したのだ。

同時にタツオも最後の兵士に発砲を始めた。三点バーストの銃弾がきれいに胸に着弾した。赤い三つの点が広がっていく。

一瞬遅れて、足に衝撃がきた。左右の太腿に一発ずつ。そこから激しい電撃が襲ってきた。敵の三人も倒れたまま電撃を浴びている。模擬戦用カバーオールは全面深紅に染まって、敵の死亡を告げていた。

倒れこんだタツオの透明なカバーオールは脚部だけが赤くなっていた。負傷はしているが、生存している。まだ戦闘も可能だろう。きちんと生者としてカウントされるはずだ。タツオは左腕を上げ、両足を襲う電撃の痛みに耐えながら、戦闘用ディスプレイを目視した。

（残り時間四秒……三秒……二秒）

東の空を見上げた。夜明け前の透明な明るい青が広がり始めている。足の電撃は傷口に指を突っこまれるようだが、それでもタツオは笑っていた。というより笑いが止まらない。

（残り時間二秒……一秒）

タツオが見つめる目前で、戦闘用ディスプレイが一面青く染まった。白い文字が浮き上がっている。

（模擬戦闘訓練、終了）

夜明けの北不二演習場にサイレンが鳴り始めた。両足を苦しめていた電撃が止んだ。タツオは手をつき立ち上がった。自動小銃をその場に放りだし、甲3区の集合場所に向かって歩きだそうとした。

「ちょっと待て。貴様はさっきなにをした」

電撃が解けた敵の士官が声をかけてきた。アドレナリンの切れたタツオは疲労感で一杯だった。口を開くのも面倒だ。黙っていると叩き上げの士官がいった。

「それと幽霊を見たというやつも大勢いる。貴様たちは、いったいなにをしたんだ」

タツオはちらりと三〇代の士官に目をやった。ふたりの部下は恐怖に目を見開いて、タツオを見つめている。なんとか声を絞りだした。

「怪しい技をつかったんですよ。なにせ……ぼくたちはバケモノですから」

タツオは足を引きずるところを見られないようにしっかりと演習場を踏み締めて、夜明けの明るい空の下、仲間たちが待つ集合場所にゆっくりと歩いていった。

22

「『須佐乃男』候補生チーム、生存者・逆島断雄一名。よってこの模擬戦闘訓練の勝利は、候補生チームとする」

にこりともせずにタツオの兄・逆島継雄少佐が宣言した。それでもタツオにはひそかに兄が喜んでいるのがわかった。弟の活躍と候補生の初勝利がうれしいのだろうか。

一列に並んだ候補生の間で歓声が爆発した。進駐軍のテントのむこうには夜明けの空が広がっている。ジョージとハイタッチをして、テルが叫んだ。

「やったぞ。おれたちがやつらをやっつけた」

ジョージがいった。

「やったね、これで明日は休みだ」

タツオはその場にいるメンバーの顔を順番に眺めた。ジャクヤとマルミはにこにことしている。ソウヤとサイコだけが喜びを外にあらわさないよう自制していた。ソウヤがもう大人で敗れた敵に敬意を払っているのは理解できたが、サイコはまったくうれしくなさそうだった。タツオと目があうと、さっとそっぽを向いてしまう。

無理もない。いいところなく鉢あわせした敵に射殺されたのだ。指揮官としてもなんの仕事もできなかった。ライバルのタツオに後れをとって、腹立たしいに違いない。

タツオたちの右隣りには、一〇〇名を超える訓練相手が整列していた。半数以上は無傷だ。これだけ多数の相手からよく逃げ切れたものだ。タツオは自分の幸運に感謝せざるを得なかった。敵に見つかるのが数秒早ければ、ジャクヤの呪法がもうすこし早く切れていれば、敵の総攻撃が最初からあれば、全滅させられたのは自分たちだったろう。

逆島継雄少佐が命令した。

「これより帰還する。『須佐乃男』候補生は二四時間の休息にはいれ。負けたおまえたちは……」

そこで言葉を切り、逆島少佐は一〇〇名の進駐軍を見わたした。

「フル装備で一〇キロの行軍をしたのち、宿舎に帰還せよ。こんな新米兵士をとり逃がし、恥を知れ」

徹夜で戦闘訓練をおこなったのちに、三〇キロ近くあるフル装備で一〇キロの行軍はたいへんな罰ゲームだった。今の時点で体力はすでに限界だろう。これで訓練相手の先輩進駐軍は目の色を変えて、今後候補生を潰しにくるだろう。

敵の指揮官がちらりとタツオをにらんできた。目の色を隠し無視する。

「総員、行軍開始」

ザッザッと軍靴《ぐんか》の響きが甲3区訓練場に響いた。演習場を速足で出ていく。タツオは自分のチームを見てからサイコにいった。

「東園寺少尉、解散命令をお願いします」

模擬戦で最初に倒されたとはいえ、この作戦の指揮官はサイコだった。規律は守らなければならない。サイコは目に怒りの色を一瞬浮かべたが、すぐに訓練生の前に胸を張り立った。

「みんな、よくやってくれた。とくに最後まで粘り抜いた谷少尉、天童少尉、それに逆島少尉の3名は見事だった。ひとつ聞きたいことがある、逆島少尉」

タツオは直立不動でいった。

「はい」

「おまえは逆島家の秘伝を使用したのか」

「最後に、すこしだけ」

ジャクヤが銀の目を細めて、口を開いた。

「それなら、ぼくもいくつか天童家の呪法を使用していますよ」

テルが軍用義手をあげて、握り拳をつくった。

「おれもモーターの力を借りてる。なあ、サイコも最初から全力でよかったんじゃないか」

　その通りだった。東園寺家の秘伝「呑龍」は強制催眠で、敵の体内時計を極限まで遅くする技だ。それを模擬戦の初期に敵に向かって解放していれば、戦局はまったく異なったものになっていただろう。もっともサイコとしては、自分の手の内を他の候補生に見せるのは気がすすまなかったのかもしれない。

　唇をかんで、サイコがいった。

「つぎからはそうする。敵に目にもの見せてくれる」

　ジョージがいう。

「そうだね。そろそろぼくたちは自分たちの得意技をどう融合させるか、真剣に考えなければいけない時期だ。全滅寸前まで切り札を温存しておくなんて愚の骨頂だ」

　長身のソウヤが頭をかいていった。

「やっと気がついたか」

　テルが見あげるようにベテラン兵士をにらんだ。

「なにがだよ」

「最初から逆島少佐はそれを狙っていた。今回は戦闘訓練もふくめた成績トップの七名というだけのチーム編成ではない。そのうち天童、東園寺、逆島の三名に特殊能力がある。それがどう融合され新たな威力を発揮するか。そこに今回の模擬戦の評価基準はあったはずだ。すくなくともおれが作戦部ならそう考える」

ジョージが腕を組んでいった。

「そういうことか。だけど、その基準だと評価は零点に近いね。『呑龍』は最後まで発動せず、『止水』とジャクヤの呪法も連携は部分的にとどまった」

ソウヤは重々しくうなずくという。

「そういうことだ。作戦部はさぞ喜んでいることだろう」

マルミがメガネの下の目をくりくりと光らせていった。

「どういうことですか、佐竹さん」

「おれたち七人は特殊能力を部分的にしか使用しなくとも兵力にして十数倍の敵と互角に戦うことができた。『須佐乃男』の実戦を考えると、おおきな成果じゃないか」

テルが拾い上げた石を軍用義手でつかんだ。ビシッと硬いものが砕ける音がして、小石は粉々になる。

「そうだな。つぎからはもうおれたちに簡単に勝つことはやつらもできなくなる」

テルは順番にジャクヤとサイコとタツオを見た。目を細め獰猛《どうもう》な表情になる。

ジョージが軽い調子でいう。

「もともとサイコの『呑龍』とタツオの『止水』は噛みあわせのいい秘伝のはずだ。近衛四家のなかで、東園寺家と逆島家の関係がとくに深かったのは、戦場で力をあわせて闘い、猛烈な戦果をあげたからだろう」

ジョージがタツオの肩に手をぽんとおいた。

「ふたりはもっと仲よくしなくちゃダメだ。『呑龍』で極限まで動きを遅延された敵に、これ以上はない神速の『止水』で攻撃を仕掛ける。それが『須佐乃男』の究極の戦闘方法のはずだ」

タツオは「呑龍」の術下にあるエウロペ＝氾帝国の連合軍を想像した。指揮系統が完全に麻痺《まひ》し、動きの止まった敵戦力に超高速の無人兵器群が襲いかかるのだ。一方的な破壊と殺戮になるだろう。ジョージは笑顔だった。

「さあ、手を出して、タツオ」

夜明けの空の下、タツオの手をつかむ。

「サイコもだ。すべてを水に流すことはできなくとも、本土防衛決戦のために、ここは握手だ」

夜明けの東風が吹いて、サイコの黒髪を乱した。唇にひと筋の乱れ髪をくわえて、サイコは幼馴染みのタツオをにらみつけた。美少女は怖いほどの迫力がある。

つぎの瞬間、サイコの手が払うようにタツオの手に叩きつけられた。ぱしんっと頬を打つような音がする。マルミが驚いてその場でちいさくジャンプした。

「本土防衛のために、わたしは協力は惜しまない。だが、そいつと握手をする必要などない。東園寺チームは解散だ。先に帰る」

サイコは後も見ずにさっさと宿舎に向かって歩きだした。

ジョージが肩をすくめていう。

「サイコとの連携は前途多難だな。ぼくたちもいこう。そうだ、これから仮眠をとって昼に街に繰りださないか。祝勝会をやろう」

「男子だけでどうぞ。わたしはサイコをフォローしておくね」

マルミが東園寺家のお嬢様の背中を追って走りだした。七名はばらばらに朝焼けの空を背に、宿舎に移動していく。

ジャクヤがやってくるとタツオに耳打ちした。

「祝勝会はいいね。タツオはよほどひどいことをあのお嬢様にしたんやな」

西日乃元にはあまり東島進駐官養成高校での事件は知られていないようだった。にやりと笑ってつけ足した。

「本家暗殺の件も力を貸してくれよ。きみの「止水」は気にいった。あれなら呪法にはめられる前に、やつをやれそうや」

銀の瞳が底光りした。ジャクヤは鼻歌をうたいながら、軽い足どりで帰還していく。サイコの厳しい背中と、ジャクヤの浮きうきと弾むような背中。両者を交互に見やって、タツオは深くため息をついた。

23

演習場から巡回バスで二〇分ほど離れた場所に、北不二市があった。目抜き通りから一本奥にはいった路地に、進駐官が集まる飲み屋街があった。日中で閑散としている。ネオンサインの明かりは消え、店を開いているのは三分の一くらいだった。

歩道にはみだしてテーブルを並べたバーのテラスに、タツオの班の三人とジャクヤが腰かけていた。未成年でまだアルコールは禁止なので、みなノンアルコールのカクテルを頼んでいる。

お調子者のクニがグラスをあげていった。

「とにかく初勝利に乾杯！」

テルが軍用義手でグラスをつまんだ。静かなモーター音が鳴った。新型は細いカクテルグラスのガラスのステムでも、繊細につかむことができる。

「おまえはなんの活躍もしてないだろ。宿舎で寝てたくせに」

クニはにやにやしながらいった。

「まあ、いいじゃん。そっちのおかげで訓練生全員が二四時間の休暇をもらったんだから。感謝してるぜ、テル、タツオ」

そこでクニはもうひとりの新任少尉に目をやった。

「ところで、なんで天童家のやつがここにいるんだ」

銀の目をした少年は無表情にいった。

「ぼくは天童家の人間ではあるけれど、逆島断雄派になったんや。今回の模擬戦でタツオとある約束をしてね」

本家のワタルを殺してほしいという暗殺依頼だった。訓練中に事故でも起こせということだろうか。タツオは釘を刺した。

「返事はしてないだろ」

ジャクヤがにこりと笑った。

「本土防衛決戦には、ぼくの力が必要やろ。というより欠かすことができない特記戦力のはずだ。よく考えれば、タツオにほかの選択肢はないんやよ」

テルがグラスをおいて、正面からジャクヤの銀の目をにらんだ。

「おい、本土防衛決戦は遊びじゃないぞ。私怨でこの国の将来を傷つけるような真似はするなよ。おまえは日乃元をどう思ってるんだ」

テルににらみつけられても、ジャクヤは飄々《ひょうひょう》としていた。

「こっちはきみのように単純に愛国心がもてるような甘い環境に育ってないんや。あの子たちのためなら、日乃元が滅んでしまおうが、ぼくはぜんぜんかまわない」

あの子たちが誰なのか、タツオ以外には想像もつかないだろう。天童家の血に伝わる呪法を研ぎ澄ますために、幼少時から夏がくるたびに殺しあいをさせられる天童分家筋の子どもたちだ。ジャクヤはそこで一〇名以上の親戚の子どもを殺して生き延び、一〇〇年にひとりの才能として、この北不二演習場にいる。

天童家の秘密をジョージやテルやクニに明かすことはできなかった。それでもタツオはひと言だけ聞かずにいられなくなって質問した。

「ジャクヤ、今年の祭りは終わったのか」

呪法の天才はまったく顔色を変えずにいった。

「ああ、二月ばかり前にね。贄《にえ》は五人だったそうだ」

事件にもならずに五人の子どもが殺された。天童家が所有する山中で発生した殺人は、ひそかに葬り去られるのだろう。近衛四家筆頭・天童家の力は警察よりも強い。この日乃元でそんな蛮行が許されるのか。痺《しび》れるようにタツオは漏らした。

「式は？」

葬式という言葉はつかえなかった。ジャクヤは青いカクテルをするといった。

「そんなものはない。壊れたら、新しいのをつくれといわれるだけや」

ジャクヤは目をそらし、白茶けた白昼の飲食街を眺めた。これ以上こんな話をしていたら、せっかくの休日の気分が台無しだ。空気を読んで、クニがとりなすようにいった。

「さあさあ、乾杯の途中だ。なんだかいろいろありそうだけど、とにかく乾杯しよう。『須佐乃男』候補生の初勝利に乾杯」

ジャクヤだけ乾杯に参加しなかった。銀の目でなにを見ているのだろうか。自分が殺した子どもの姿でも見えているのか。タツオにはジャクヤの銀の目の底深さが読めなかった。

クニが破れかぶれの調子でいった。

「いよいよきてるらしいな」

テルが聞く。

「なにがだよ」

「氾とエウロペの連合軍。日乃元上陸作戦のための大軍だよ」

単一の作戦のために一二〇万人の兵を、ユーラシア鉄道と軍用船で、アジアの果て極東の日乃元近くまで送りこむ。準備だけで何ヵ月もかかる大作戦だった。

クニは世界中の軍の情報に詳しかった。テルのような実戦派の愛国兵士ではない。どう自分がこの戦争を生き延びるか、いつも真剣に考えている。そのための戦力分析だ。夢は進駐官を引退して、地方で名誉職の公務員になることだ。

タツオはいった。

「クニの予想では、どうなる?」

「これはいろんな参謀がいってるけど、上陸作戦が始まる確率が一番高いのは来春じゃないかな。決め手は気候だ」

ジョージがうなずいていった。

「レニングラード、コンスタンチノープル、対馬《つしま》。作戦の規模がおおきくなるほど、天候が決め手になるからね。冬の寒さや台風には大軍ほど弱い」

その通りだった。決戦の世界史が勝敗に占める天候のおおきさを証明している。真冬の上陸作戦は海に浸《つ》かる兵士への負担がおおきすぎる。同様に氾やエウロペの兵士には、日乃元の夏の蒸し暑さは殺人的だろう。

クニがいった。

「ああ、そうなると秋か春。この秋はもう間にあわない。そうなると最短は来年の春」

テルの軍用義手がテーブルを叩く音がした。あまりの勢いにカクテルグラスが跳ねあがる。

「あと半年か……それなのにおれたちはいまだに模擬戦で敵と追い駆けっこをしてる。まだ『須佐乃男』本体にふれてもいないんだぞ」

ジョージが涼しい顔でいった。

「まあ、あせるな。作戦部にはそれなりの考えと勝算があるはずだ」

テルはタツオをちらりと見るという。

「さあ、どうだかな。おれははっきりいって、タツオの兄貴・逆島少佐のことが信用できないんだ。おまえから見て、あの人はどうなんだ」

タツオは目を伏せるしかなかった。

「そんなことをいわれても、あの人はわからないから」

兄は頭脳明晰で優秀だったが、幼い頃から心の内側を他人に明かさない人だった。タツオもほんとうのところでは、兄がなにを考えているのかわからない。

クニが目を細めて声を低くした。

「やばいのは作戦部じゃないだろ。外国のスパイにも『須佐乃男』作戦は漏れだしている。これだけの起死回生の秘密兵器だ。向こうのスパイも必死になって探っているぞ。このへんのバーや演習場のなかにも、氾やエウロペのスパイがうようよしているはずだ。気をつけないとな」

スパイも大物になると機密費を月に数億円単位でつかえるという。それだけの大金を積まれたら、敗色の濃い祖国を裏切る者を買うのは容易だろう。

「スパイには気をつけなければいけないのは確かだ。でも、ぼくにはやはり作戦部、というより進駐軍全体に不安があるね」

ジョージが緑のカクテルをすするとそう口を開いた。

テルが怒りをあらわにした。

「お国のために毎日血を流してる進駐軍を馬鹿にするのは、おまえでも許さんぞ、ジョージ」

軍用義手のモーターがうなり、テルの機械の手のなかでカクテルグラスが粉々になった。ジョージはにこやかにいう。

「ぼくがいいたいのは、ごく普通のことだよ。本土防衛決戦に勝利して、進駐軍はどうするつもりなんだろう？　きみに答えはあるのかい」

テルの顔が真っ赤になった。アルミのテーブルの端を義手がつかんだ。ギチギチと音がして、指の形に金属の天板がへこんでいく。

「そんなことはわからん。目の前の決戦に勝利するのが先だ」

ジョージは顔色を変えずにいった。

「これは思考実験だと思って欲しい。まず決戦に『須佐乃男』で勝利したとする。その場合、日乃元近海はすべて我が軍の支配下に復旧する。ウルルクを始めいくつかの植民国も、こちらに戻る可能性が高い」

テルはうなるようにいった。

「それだけで、日乃元の寿命は何十年も延びるだろう。それで十分じゃないのか」

繁華街の路地裏にも秋風が吹いてくる。クニが腕組みをしていった。

「カザンがいってたよな。進駐軍の開発部はつぎの新兵器、攻撃型『須佐乃男』を試作していると。そいつをつかえば氾やエウロペ本土を直接攻撃できるって」

ジョージはうなずくと、ブドウのカクテルをひと口飲んだ。

「美味しいな。さすが日乃元の果物はレベルが違う。では攻撃型『須佐乃男』で氾とエウロペに勝利してどうする？　あれだけ広大な地域を日乃元一億で支配できるのか。氾には二億人が、エウロペには六億の民がいる」

テルは腹を立てて叫んだ。

「極東の植民国をいくつかと、巨額の賠償金を払わせて、許してやるさ」

ジョージが明かりの消えている昼のネオンサインを眺めた。横顔が淋しげだ。

「それではつぎの大戦を生むだけだ」

「待てよ。日乃元には『須佐乃男』があるだろ」

テルがどしんとテーブルを叩いた。ジョージは冷静に反論する。

「『須佐乃男』を可能にするのは、三種の神器だろう。宇宙から墜《お》ちてきた資源には限りがある。『須佐乃男』はこのマスカットと違う。毎年つくり続けることなどできないんだ。クロガネが尽きるまで、徹底した消耗戦にもちこまれるかもしれない」

無人ロボット機甲師団「須佐乃男」を可能にするのは、無時間無距離の通信を可能にする三種の神器「クロガネ」でつくられたワイヤーだった。「須佐乃男」の真の威力は攻撃ではなく、転送ロスとタイムラグのまったくない神経系にある。

いつかクロガネが尽きたら、それを敵に察知されたら……。想像するだけで、背筋が冷たくなる。攻撃型「須佐乃男」で自国を侵略された氾やエウロペの軍が、復讐を誓って日乃元を襲う光景を脳裏に描いた。地獄絵図だ。

ジョージは淡々といった。

「いつかは氾とエウロペの巨大戦力に抗し切れないときがくる。そのときの被害を最小限に抑えるために、ぼくたちができることはないだろうか。作戦部のいいなりになって、決戦に勝利を収めるだけでなく、その先を考えるべきじゃないのか」

テルが歯ぎしりをしている。義手のモーターは虫の音のような高周波を発していた。摑んだテーブルの端がメリメリと折れ曲がっていく。

「そいつは敗北主義だ。現場の下士官が考えるべき問題じゃない。それ以上ジョージが思考実験とやらを口にするなら、貴様のことを作戦部か情報保全部に報告しなけりゃならない」

日乃元への愛国心が強いテルの言葉は、そのまま多くの国民の意見と同一だった。二七〇〇年以上続く神の国は決して、戦いに負けることは許されない。敵がどれほど強大でも、敗北を認めず、玉砕と名誉の死を選ぶ。世界に恐れられるが、タツオには蛮勇としか思えなかった。生き延びればまた戦える。名誉の死を選ぶのは、自己満足に過ぎないのではないか。進駐軍ではそんなことを口にすれば、死を恐れる臆病者と蔑《さげす》まれるだけだ。

「『須佐乃男』のあとの日乃元か……」

タツオはぽつりと漏らした。最終本土防衛戦に日乃元が勝つか負けるかはわからなかった。だからこそこの戦争の勝敗を左右する決戦なのだ。だが、決戦の先にあるものも決戦当事者は見なければならないはずだった。

限界を超えた残酷さは、限界を超えた残酷な報復を生む。それでは勝利ではなく、未来の国家的な残虐行為を予約するようなものだった。

「テル、もうすこしジョージの話を聞かせてもらいたい。どうしても許せないなら、耳をふさいでもらってもかまわない。でも、『須佐乃男』操縦者は確かに決戦の先にある日乃元の未来について考える義務がある」

「そいつは作戦部や将軍、政治家の仕事だろうが」

タツオは毅然としていった。

「ぼくたちが自分で考えず、日乃元の運命を上の老人たちに丸投げしてきたから、こんな敗北直前の決戦を強いられてるんだ。すくなくともぼくが操縦する『須佐乃男』には、自分の頭で考えないやつは必要ない」

いい過ぎだっただろうか。そんなことをいえば、進駐軍のほとんどと候補生の過半数が落第することになる。

クニがふざけていった。

「おもしろいじゃん。おまえももうすこし頭やわらかにしろよ、テル。ジョージ、その先もっと話してくれ。いいだろ、ジャクヤもさ」

天童家の分家はそっぽを向いていう。

「好きにしてええよ。日乃元とか進駐軍とか、ぼくにはあんまり関係あらへん」

テルは軍用義手の指を一本ずつ歪《ゆが》んだテーブルから引き離した。

「いいだろう。だが女皇と日乃元の国体をお守りするために、赤心をひとつにして戦うのが、臣民の義務じゃないのか。ひとつにならねば、強く戦い抜くことなどできないぞ」

そうだろうか。スポーツでもビジネスでも戦争でも、日乃元の民はとかくひとつになりたがる。心をひとつにすること以外に選択肢がないと、頭から決めつける。それが視野を狭くし、上手に勝つことも負けることも苦手にしているのではないか。敵の立場も考えず圧倒的に勝とうとしたり、勝者の余裕をもって植民地を運営したり、今回の決戦なら本土防衛だけでなく、攻撃型「須佐乃男」で世界の半分を蹂躙しようとしたり。

「ぼくは『須佐乃男』は究極の兵器だと思っている。これから先、未来の戦争の在りかたをすべて書き換えてしまうようなね。だとしたら、ここでそのつかいかたを誤る訳には絶対にいかない。作戦部や将軍たちが未来を描けないなら、ぼくたちが『須佐乃男』をつかって世界の未来を描こう」

タツオがそう口にしたとき、日乃元流の革命思想が始まったのだが、そのときはそこにいる誰もが、このときの言葉が世界の未来を左右するものになるとは思ってもみなかった。

タツオの目は北不二市の路地裏でようやく灯り始めたネオンサインに負けずに光っていた。

ジョージの思考の射程は、どこまで届くのだろう。本土防衛決戦のあとの日乃元と世界の在りかた、タツオにはそんなことを考えるゆとりはなかった。第一仮に勝利を収めたところで「須佐乃男」を降りるときには、自分は一日で老人になっているだろう。だが自分が死んだ後にも世界は続いていく。その世界の在りかたに生きていないからといって責任がないといえるだろうか。もっと早くから考えるべきだったのだ。

タツオが衝撃を受けていると、クニが急に手を振って叫んだ。

「おー、どうしたんだ？　マルミちゃん」

タツオも振りむいた。飲食街の路地の奥、マルミが手を振っていた。訓練生の制服ではなく、フレアスカートに白い提灯袖《ちょうちんそで》のブラウスを着ている。

「いや、やっぱりスカートはいいねえ」

その後ろに、こちらへ視線をむけないようにして、サイコの長身の影が見えた。こちらも私服だが、全身黒ずくめの細身のパンツスーツだった。サイコはまだ兄・カザンの喪に服しているのだ。タツオはカザンの胸を打った手ごたえのまるでない右正拳を思いださないわけにはいかなかった。ひとりの人間の命を奪う力は、あれほどスムーズで確かな手ごたえがないのだ。

マルミがテーブルまでやってくると、ぺこりと頭をさげた。

「おたのしみのところ悪いけど、ちょっとサイコちゃんから話があるんです」

クニはこと女性相手だと腰が軽かった。

「おーそうかそうか。理由なんてなんでもいいから座ってくれ」

さっと立ちあがり、となりのテーブルからつかっていない椅子を二脚もってくるといった。

「おいテル、ちょっと気を利かせて詰めろよ」

五人分の椅子でいっぱいの丸テーブルの周囲に無理やり割りこませる。

「さあさあ、どうぞ。東園寺家のお嬢さま」

「ありがとう」

低い声で礼をいうと、サイコがタツオからひとつ離れた椅子に座った。マルミはクニのとなりだ。ジョージが興味深そうにサイコを見つめ、ジャクヤは旧敵でもあらわれたかのように、カザンが亡くなってから東園寺家の次期当主となった娘をにらんだ。

天童家で一〇〇年にひとりという呪法の天才が口を開いた。

「ふーん、東園寺さんから話があるんだ。当然、タツオになにかいいたいことがあるんやよね」

サイコは挑発に乗らなかった。じっとジャクヤの銀の目を見つめ返し、ひと呼吸おいていった。

「いいえ、ここにいる全員にいっておきたいことがあるの」

サイコは順番にそこにいる訓練生の顔を見つめていく。最後はタツオだった。目があっても暗い水のようになんの感情も浮かんでいない。サイコのあの目にはどんな意味があるんだろう。

いきなりサイコがテーブルにむかって頭をさげた。黒い滝のように髪が降り落ちる。顔をあげると、黒ずくめのお嬢さまがいった。

「みんなに謝っておきたい。わたしは逆島くんに対抗意識をもち過ぎるあまり、チーム全体を危険にさらしてしまった。リーダーとしての能力を証明したくて、誰のことも信用していなかった。申し訳ありません」

また黒髪を落として、テーブルに額がつくほど頭をさげる。かろうじて勝利を収めた夜明けの模擬戦闘訓練で、指揮官でありながら最初に戦闘中死亡のフラッグが立てられたサイコからの謝罪の言葉だった。

クニが軽い調子でいった。

「あれはしかたないって。いきなり組まされたチームだし、いろんなものがかかってただろう。二四時間の休養日とかさ、ほかにも……」

テルがさえぎった。

「おまえは黙ってろ、クニ。あのチームのメンバーじゃなかっただろ」

「はいはい。おれはトップチームに呼ばれるほど、成績よくなかったですよ」

グラスをもって、クニが横をむいた。テルが真剣にいった。

「おれは昔から考えていた。東園寺家と逆島家、近衛四家のなかでも武闘派で名高い両家が秘術を尽くし、力をあわせて戦ったらどれだけの力が得られるか」

テルは軍用義手を開いたり閉じたりした。かすかなモーター音が秋の虫のようにうなる。

「なあ、おまえたちだって想像したことがあるよな。タツオ、東園寺と逆島は戦場でならんで戦ったことがいくらでもあるんだろ」

二〇〇〇年を超える女皇に仕える歴史のなかで、両家がともに戦場に出たことが二三回あった。すべて歴史書に書き残されている。

タツオは息をのんでこたえた。

「ああ、二三回ある」

クニがまんできずにきいた。

「結果は？」

「二三戦無敗」

その戦功が両家を一介の武士から近衛四家に押しあげたのだ。ジャクヤが片方の眉《まゆ》を吊《つ》りあげていった。

「おやおや、日乃元では無敵だな」

テルが軽く軍用義手でテーブルをたたいた。それだけでカクテルグラスがそろって宙に浮く。

「その力をなぜ、日乃元のためにつかわない」

「きみは単純な男だな」

ジャクヤが平然とテルの目を見つめていった。

「近衛四家の関係というのは、そんなに簡単なものやない。『須佐乃男』のチーフパイロットはどの家でも狙っている。天童家でもワタルにはその指令が出ているんよ。まあ、あいつにはそんな才能はないけど。それは東園寺家だって同じじゃろ」

ジャクヤがちらりと視線を流すと、サイコがうなずいた。

「ええ、確かにチーフをとるようにいわれている。でも、わたしがそうなりたいのは、東園寺家の方針だからじゃない」

サイコがタツオをにらみつけていた。黒い瞳の底には燃えるように怒りの炎が沈んでいる。これが進駐官養成高校の夜、口づけを交わした少女だろうか。

「兄を殺されて、わたしには一族から血の復讐を求められている」

テーブルをかこむ訓練生が静まり返った。血の復讐。日乃元ではまだ復讐法が生きていた。名誉を傷つけられた、家族の命を奪われた、財産を違法に奪取された。怨恨《えんこん》の種類はさまざまだが、正規の法的手続きをおこなえば、復讐相手との一対一の闘いが正式な報復手段として認められているのだ。敵を殺しても名をあげこそすれ、法には問われない。

マルミが恐るおそるいった。顔は泣きそうだ。

「それってサイコちゃんがタツオくんと決闘をするっていうこと？」

サイコは涼しい笑顔で親友の顔を見た。

「ええ、東園寺本家はそういっているわ。次期当主を殺されたら、仇を倒して汚名をそそがなければ、わたしは当主にはなれないって」

タツオはとめていた息をようやく吐いた。サイコはそこまで追いつめられていたのか。もう近衛四家ではない逆島家では、タツオになんの指示もなかった。母からは主操縦者になれともいわれていない。

「ただし、今は本土防衛決戦を控えて、そんなことをしている時期じゃない。わたしは全力を尽くして、この国を守る」

黒ずくめの喪服を着たサイコが晴れやかな表情でいった。

「けれど……」

じっとタツオの目を見つめる。黒い雲が晴れて、昔のカザンが生きていたころのような輝きが一瞬サイコの目に復活した。

クニが待ち切れないようにいった。

「けれど、なんだよ。美人が口ごもるっていいねえ。雰囲気があってさ」

微笑を浮かべたままサイコは軟派な訓練生を無視した。

「本土防衛決戦が終わったら、逆島断雄少尉、あなたに血の復讐による決闘を申しこみます」

マルミが口元を押さえて叫んだ。

「サイコちゃん、あなた……」

くすんだ北不二市の歓楽街、点々と前夜のゴミが落ちている歩道のテーブル席が静まり返った。通りの向かいのネオンサインに青い灯がはいった。サイコの顔が青く染まる。

その場にいる全員は息をのんで、視線をタツオに集中させた。タツオは一瞬で多くのことを回想していた。人は死ぬ前に一生のすべてを思いだすというけれど、こんな感覚なのだろうか。ただタツオの場合はもの心ついたときから、兄妹のようにともに育ったサイコの姿が奔流《ほんりゅう》のようにフラッシュバックしていた。

幼稚園で最初にひらがなカタカナを覚えたのは、サイコとタツオがほぼ同時でひまわり組の断トツのトップだった。もっとも手書きの文字はサイコのほうが遥かに美しかったけれど。小学生では日乃元拳法の修行に、カザン、サイコ、タツオがいかされていた。ここでも羽織袴のサイコが一番上達が早く、タツオは二番目だった。小学校の高学年になると、児童会の議長をタツオとサイコは交互に務めた。タツオが議長のときはサイコが副議長で、つぎの選挙では自然にこの順番が逆になるのだった。

中学にはいり、タツオの背が初めてサイコを抜いたとき、期末試験で初めてタツオがサイコを押さえ学年トップになった。あのときサイコは学校帰りに悔し涙を流し、二週間口をきいてくれなかった。そのころから、タツオは格闘技や射撃、銃剣術の試合でサイコ相手に全力を出さなくなった。ぎりぎりまで闘い敗れる。それが幼馴染みの少女を笑顔でいさせるには、一番いい方法だったのだ。

サイコは全国大会女子の部で日乃元一になるよりも、道場でタツオに勝つことのほうを喜んだ。試験では自分が勝つが、体技ではサイコのほうが上。いつの間にかふたりのあいだでは、そんな雰囲気ができあがっていた。

そして進駐官養成高校の日々を懐かしく思いだした。逆島派と東園寺派の争いのなかで、だんだんと距離が縮まり、おたがいに心を寄せるようになったこと。もの干し台の上で口づけを交わしたときの唇のやわらかさ。あのときサイコの目には、夏の終わりの星空が映っていたのではないか。至近距離で見たサイコの瞳の輝きは、それほどのきらめきを放っていた。

最後にタツオは深呼吸をしていった。

「わかった、サイコ。その決闘受けるよ」

衝撃がその場の七名を駆け抜けた。マルミが叫ぶ。

「ダメだよ、そんなの。サイコの気もち、わたしは知ってるんだよ」

クニが暮れかかる夕空を仰いでいった。

「なんで訓練生同士で殺しあわなきゃいけないんだよ」

テルはちいさく顎を沈めうなずくだけだった。だが軍用義手は高周波のうなりを発し、握り締められた拳からかすかな煙があがっている。

「ほう、おもしろいもんやね。東園寺家と逆島家の潰しあいか」

そういって銀の目で覗きこんでくるのは、天童ジャクヤだった。

最後にジョージが真顔でいった。

「タツオ、今の言葉がどういう意味かわかっているんだな」

タツオは笑ってうなずき返した。

「ああ、わかってる。そのときにはジョージ、きみに立会人を頼んでもいいかな」

ジョージは悲し気な目で唇を曲げた。なんとか笑おうとしているのだろうか。

「タツオ、きみってやつは……わかった。決闘の立会人、ぼくが引き受けよう」

サイコがすかさず口を開いた。

「ありがとう、菱川浄児。わたしの立会人はあなたにお願いできるかな、マルミちゃん」

マルミは眼鏡の下の目を白黒させている。口を開いても言葉が出てこないようだった。

サイコは小柄なマルミの肩に手をおいていった。

「わたしはこういう性格だから、女友達ってほとんどいないんだ。こんなこと頼めるのは、マルミだけだから、お願い」

マルミが声をあげて泣きだした。親友のサイコとタツオのどちらかが死ぬのを見届けなければならないのだ。決闘に不正はなかったこと、法律に定められた条件のもとで闘ったこと、そして敗者の死の確認。法務省に提出する何枚かの文書に、自分の名でサインをするのだ。

クニがマルミにハンカチを渡した。しゃくりあげながら、マルミはいった。

「わかった……最後まで……いっしょに……いるのが……友達だもんね……わたしも……立会人……お引き受けします」

「ありがとう。ごめんね、マルミ」

サイコがそういってマルミのちいさな肩を軽く叩くと、マルミはまた声をあげて泣きだした。

ジャクヤが皮肉にいった。

「汎とエウロペ連合軍相手の本土防衛決戦の後は、タツオとサイコの決闘か。ぼくが呪法をつかわなくても、ぼくたちはみんな呪われているみたいやな」

天童分家の少年が悪魔のような笑い声をあげた。テーブルをかこむ七名の新任少尉は誰も目をあわせず、ジャクヤと声をあわせて笑う者もいなかった。クニが手をあげてウエイトレスを呼んだ。

「なんで、おれたちはいつもこうなるんだろうな。酒がのめたら、どんなにいいか」

クニはノンアルコールのカクテルをもう一杯頼んだが、空のグラスを前に続いて注文する者はいなかった。

日が暮れて、ネオンサインが輝いていた。「須佐乃男」操縦者候補は黙っていつまでも色鮮やかで空虚な街の明かりを見つめていた。

24

口数もすくなくタツオたちが北不二演習場に帰還したのは、休日の門限一九時の一五分前だった。目をあわせることもなく各自が宿舎に散っていく。タツオは大浴場にはいかずに部屋のシャワーで済ませた。

ベッドに転がり戦略の参考書を広げたが、頭のなかに繰り返し鳴り響くのはサイコの声だった。ページをめくっても文字がさらさらと目から滑り落ちていくだけだ。

（あなたに血の復讐による決闘を申しこみます）

タツオは熱をもった心で考えた。サイコにならこの命を奪われてもいいのではないか。どうせ「須佐乃男」を降りるときには、余命は一〇年かそこらなのだ。過酷な操縦で半日にして四〇～五〇歳も年をとっているという。それならサイコの満足のためだけに、この命を投げだすのも悪くない。不慮の過失とはいえ自分はサイコの兄・カザンを手にかけているのだ。復讐の権利は当然、サイコにある。それにしてもあの子の声は氷のように冷たかった。彼女はどうしてあんなふうに……。

そのとき、ノックもなく爆発するようにふたり部屋の扉が開いた。クニが駆けこんできて叫んだ。

「おい、候補生が殺されたぞ」

タツオはベッドから跳ね起きた。いったいどういうことだ？　壁の時計を確認する。門限をとうに過ぎた午後九時一〇分だった。

ジョージが冷静に質問した。

「誰だ？　名前は」

「辰巳《たつみ》修吾《しゅうご》。東園寺派の操縦者候補だ。門限を過ぎても帰らないから、捜索隊が出されたらしい」

タツオもようやく衝撃から復旧した。

「発見時の様子は？」

「北不二市の繁華街。おれたちがいたバーから、ほんの二〇〇メートルばかり離れた路地裏に倒れていた」

自分がサイコの言葉に打ちのめされていたとき、誰かがすぐ近くで命を落としていたのだ。タツオは身震いした。

「外傷はどうだった？」

「銃傷《じゅうしょう》も刀傷《とうしょう》も扼殺《やくさつ》の跡もなかった。どうやら毒らしいという噂だ。いったい誰がおれたちのこと狙ってるんだ？」

クニは自分の身体を抱いて震えている。日乃元の国のなかでも警備の厳重な北不二演習場近くの街でさえ安全ではないのだ。

耳障《みみざわ》りな和音が三度繰り返し鳴った。ひと呼吸おいてまた三度金属をこすりあわせるような音が宿舎中を満たした。緊急放送のジングルだった。

「こちらは情報保全部・柳瀬波光である。『須佐乃男雄』操縦者候補は全員、乙1会議室に緊急集合せよ。五分後より申し渡しを開始する」

タツオは跳ねるようにベッドから立ち上がり、ジョージとクニとともに会議室にむかった。戦争でも始まったかのように廊下をいく進駐官が緊張していた。これはただごとではない。タツオは心と身体を引き締めた。

柳瀬波光は朝一番のように整った身なりと髪型で、会議室前方に立っていた。普段は人を馬鹿にしたような冷たい笑みを浮かべていることが多いのだが、そのときは緊張で顔面がこわばっていた。

候補生は夕食後の自由時間で入浴中の者も多かった。三分の一ほどが髪を濡らしたまま集合している。寝間着代わりのジャージも多い。

全二八名で始められた訓練がまだ実戦も経ていないのに、一名減ってしまったのだ。仲間が殺される。恐怖は底知れないものだった。誰もが不安げにちいさな声で隣の仲間と話している。

柳瀬のとなりに立つ若い士官がいった。

「敬礼。よく聞け。作戦部から命令がある」

柳瀬が敬礼をした左手をさっとディスプレイのほうに向けると、辰巳修吾のID写真が浮かび上がった。まだ童顔であどけない表情をしている。髪は五分刈りで、得意だったのは数学と物理だったはずだ。運動はそれほどでもなく成績は中の上というあたりだろうか。訓練生の成績と各種スペックは、すべて共有されている。

「今から五〇分前、北不二市の歓楽街・美航門《びこうもん》で遺体で発見されたきみたちの仲間だ。致命傷となるような目立った外傷はなかった。肩に針で突いたようなちいさな傷が残っていただけである」

ジョージが挙手をしていった。

「肩のどこですか。前面ですか、背面ですか」

クニがつぶやいた。

「それがどう違うんだよ」

タツオはジョージにうなずいた。前と後ろではまったく違うはずだ。

ため息をついて、柳瀬がいった。

「左肩の前面だ。傷の角度から見て、ほぼ正面から刺されたと思われる。もみあったり、防御をした形跡もない。ということは……」

柳瀬はゆっくりと言葉の意味が浸透するのを待った。

「顔見知りによる犯行の可能性が高い。もちろん未知の襲撃者によるすれ違いざまのひと刺しという線もあるが」

顔見知りという言葉で、候補生がざわつき始めた。おたがいの顔を不安げに見る。

柳瀬が叫んだ。この男は声をおおきく張ると、甲高《かんだか》くなる癖がある。

「静粛に。外国勢力のスパイは日乃元中に潜伏している。やつらも最終決戦兵器『須佐乃男』についても必死で情報を集めていることだろう。『須佐乃男』の破壊、あるいは操縦者候補の抹殺は、最上位の作戦目標になっているはずだ。辰巳修吾が暗殺されたのも、偶然とは考えにくい。きみたちの家族にも『須佐乃男』操縦者候補であることは秘密にしている。諸君の存在自体が最重要の軍事機密なのだ」

重苦しい沈黙が会議室を支配する。候補生は誰ひとり声をあげず、呼吸をするのもはばかられるように息を殺している。

「だが、辰巳は襲撃され一命を落とした。敵には誰が候補生か筒抜けになっている可能性が高い。きみたち全員が暗殺のリストに載っている可能性がある。我々はきみたちを守るのが最優先の課題になる」

そこで柳瀬は咳ばらいをひとつした。じっくりとその場を見わたしていく。タツオは光のない蛇の目から視線をそらせた。

「今後、演習場から外出するときは、必ず三名以上で行動すること。それから演習場内でも、つねに敵スパイを警戒すること。よいな？」

ジョージが挙手した。

「ひとつお伺いしたいことがあります」

柳瀬がにやりと唇をゆがめた。この男はジョージに獲物を愛する冷血動物のように好意に似たものをもっているのだろうか。

「許す、菱川」

「顔見知りによる犯行とのお言葉がありましたが、それはここにいる『須佐乃男』候補者のなかに敵国のスパイがいるという意味でしょうか」

金髪に近い明るい茶色の豊かな髪をしたジョージに、訓練生の視線が集中した。

「まだなんともいえない。だが、諸君のなかにスパイが存在する可能性を、わたしは排除しない」

タツオは思わず口にしていた。

「だから三人での行動なのですね。一対一では片方がスパイなら、簡単に目標を達成されてしまう」

あえて暗殺という言葉はつかわなかった。それでも恐怖は存分に二七名の候補生に染み渡っていく。

柳瀬が最後にいった。

「身辺に細心の警戒をおこない、各自自身を守れ。明日からはそれが訓練と同じくらい重要な課題となる。解散」

十数秒のあいだ、誰もその会議室を動けなかった。足にも頭にも身体にも心にも、重い鉛の球でも縛りつけられたようだ。

「いこうぜ」

タツオはジョージとクニに肩を抱かれ、どん底に暗い気分で乙1会議室を後にした。

四人はそれぞれのふたり部屋に向かった。候補生は仲のよい者同士で集まり通路を移動しながら、自分たち以外のグループを恐怖と憎悪の目で見つめている。

ジョージがつぶやいた。

「これじゃダメだ。敵もうまいところを突いてきたな」

タツオにもジョージがいいたいことがわかった。「須佐乃男」候補生のあいだにあった同期の信頼関係がすっかり崩れていたのだ。

「ああ、訓練はこれまでみたいにうまくはすすまなくなるだろうな」

クニが両手を頭の後ろで組んでいった。

「そりゃあ、敵だって必死だもんな。日乃元がなにか隠し玉をもってて、やすやすとやられるなんて考えてないだろ。おれたち候補生のなかに氾やエウロペのスパイがいるのかよ。とんでもないよな」

「くそーっ！」

テルが軍用義手で通路の壁を叩いた。石灰性の硬質ボードの壁に拳の跡が残った。そこに音もなく天童分家のジャクヤがやってきた。囁くようにタツオにいった。

「ラッキーだったね。これでタツオもやりやすくなったやろ」

天童本家のワタルへの暗殺依頼のことをいっているのだ。タツオは厳しくジャクヤをにらみつけた。

「同期の候補生が殺されて、なにがラッキーだ。ふざけるな」

ジャクヤはまったくひるまなかった。

「ぼくたちはみんな殺人兵器として、ここで訓練されているんや。日乃元を守るというけど、それは敵を殺すことと同じや。ひとりでも多く殺す人間が英雄だろ。タツオはいい子の振りをし過ぎや」

テルがジャクヤの顔の前に金属の輝きがむきだしになった軍用義手をあげてみせた。

「人を殺すのが仕事なのも、タツオが甘ちゃんなのも、おまえのいう通りだ。だが、敵と味方の区別がつかないようなら、おまえの鼻面《はなづら》にこいつを叩きこむぞ」

ジャクヤは目を細めて笑った。

「わかったよ、片腕ロボット。きみも訓練中に不幸な事故に遭わないように気をつけるんやで。なにせ候補生はきみと同じでバケモノ揃いだから」

ジャクヤは無防備に背中をさらして通路を去っていった。テルがいう。

「あいつとはまともに組める気がしない」

ジョージはタツオを見ていった。

「だけど『須佐乃男』作戦には欠かせないピースだ。あの呪法には氾＝エウロペ連合軍も度肝を抜かれるだろう」

「わかってるよ。まったく気味の悪い野郎だ」

ジャクヤは通路の角を曲がるとき、ちらりと振りむいた。銀の邪眼がこちらにむくと、タツオの背に寒気が走った。クニがいう。

「あいつの呪いって、テルの軍用義手にも効くのかな」

タツオは最後までジャクヤの銀の目から、視線をそらさずにいった。

「さあ、わからない。直接この場ですぐに壊せるということはないと思う。だけど、ジャクヤに呪法をつかわれたら、テルの腕が故障する確率は飛躍的に上昇するだろう。戦闘の規模がおおきく、相手が大軍であるほどつかいでがある能力なんだ」

ジャクヤの呪法は敵に確率的な効果を発揮する。古来日乃元では戦《いくさ》のたびに、僧侶神官が怨敵調伏《おんてきちょうぶく》の呪法を使用してきた。クニが無邪気にいった。

「だったら敵のスパイが狙うには、最高のターゲットだな。あいつ、気もち悪いけどちっとも強そうじゃないし」

ジョージが笑って引きとった。

「それをいうなら、すでに東島の異種格闘技戦で証明済みの逆島と東園寺の秘伝を受け継ぐタツオとサイコもだろう」

「そうだな。候補生で暗殺候補ナンバー3は、その三人。それでメダルから漏れた第四位がジョージだな」

ジョージは笑ってこたえた。

「まったくだ。ぼくたちは養成高校のころから、よく狙われているなあ。敵のスパイに情報が筒抜けになってるみたいだ」

タツオはそこでおかしな問題に気づいた。

「じゃあ、なぜその四人じゃなく、辰巳くんが殺されたんだ。彼は特に優先順位が高い操縦者候補でもなかった」

クニが首をひねった。

「確かにそうだよな。死んだやつには悪いけど、あいつならおれのほうが成績もいいし、操縦もうまい気がする」

テルが続ける。

「候補生を皆殺しにするなんて、さすがに敵のスパイでもむずかしいはずだ。最初の犠牲者を出せば、つぎから暗殺の難易度は跳ねあがる。だったら最初は上位四人から始めるのが王道だろ。だが、タツオもジョージもぴんぴんしてる。それでも辰巳をやらなきゃならない理由が、敵には絶対にあったはずだ」

クニが混ぜ返す。

「そうかな。たまたまそばにいて、やりやすかったなんてことはないのかな」

タツオはぽつりといった。

「敵も命がけだよ」

スパイであることが露見したら、日乃元では裁判を経ずにその場で殺害されても合法だ。現在は戦時下の特別法が施行されている。

ジョージがいった。

「その理由はなんなんだろうね。今、辰巳くんの身辺について作戦部が徹底的に洗っているはずだ。続報を待とう。さあ、明日の訓練も早いぞ。今夜はとにかく寝ておいたほうがいい」

クニがあくびをしていう。

「だけどな、暗殺のあとでふたり部屋に帰るのもなんだか気がすすまないなあ」

テルがまた軍用義手をあげる。

「馬鹿野郎。おれが氾のスパイに見えるか」

クニが笑った。

「テルみたいな単細胞じゃ、いいスパイにはなれないから、安心か」

低い声でジョージがいう。

「それなら、ぼくのほうが疑いは濃いだろうね」

さりげなくいっているが、ジョージが真剣に心配しているのがタツオにはわかった。先ほどの会議室でも、エウロペの血をひく明るい茶色のジョージの髪は目立っていた。何人かの候補生は養成高校のころから、あからさまにジョージを敵対視してきたのだ。

「それは心配ないよ」

明るく声をかけたのはクニだった。

「推理小説だって、一番犯人らしいやつがそのまま犯人なんて展開はないから。ジョージは候補生二八人……いや二七人のなかでは一番敵のスパイらしいから、やっぱり違うんじゃないか。どうだい、タツオ、親友の目から見てさ」

タツオは一瞬だが、言葉に詰まった。ジョージの明るい茶色の目が寂しげに光る。

「……もちろん、ジョージは敵のスパイなんかじゃない。日乃元を愛してるのはよくわかってるさ」

それは確かなことだった。ジョージは母親の生まれたこの国を間違いなく愛している。けれど、タツオにはジョージという軍略の天才の底が見えなかった。

タツオが東園寺崋山の「吞龍」を破り、再起不能にならずに済んだのは、半分ジョージのお陰でもある。これまで数々の訓練で圧倒的な成績を収めてこれたのは、指揮するタツオよりもジョージの戦略眼によるところが大きかった。だが、それでもこの混血の天才のすべてを信じ切ることはできなかった。

タツオは疑いを打ち消すように、努めて明るい声をだした。

「ジョージがいなければ『須佐乃男』作戦の成功はない。メインの操縦者は、ぼくでもサイコでも別にかまわないと思う。でも副官には絶対ジョージが必要だ」

「そうだよな。なにせ頭のよさじゃ、誰もジョージにはかなわない」

クニが悔しそうにいう。候補生はみな全国から集められた選りすぐりの英才ばかりだが、そのなかでもジョージは圧倒的だった。

「ああ、とくに戦史と戦略については、教官よりもこいつのほうができる。頼むぞ、天才」

テルがソフトに義手でジョージの肩をたたいた。タツオはそっと混血児の表情をうかがっていた。ほぼどんなときにでも、どこか淋し気な雰囲気があるのはなぜなのだろう。将軍だった父をＭＩＡ（戦闘中行方不明）で亡くし、故郷を離れ母とふたり日乃元で暮らしているせいか。あるいは母の国でも自分が異分子として扱われているせいか。理由はわからなかった。ただジョージにはタツオにはわからない孤独と憂愁《ゆうしゅう》があるのだ。

「じゃあ、おれたちはいくわ」

クニが手をあげて、自分たちの部屋にむかう。テルとはいつも口げんかをしながらも、相部屋の相性は悪くないようだ。

「タツオ、なにかあれば真っ先におれを呼べよ。まだ暁島会は逆島家再興をあきらめちゃいないからな」

「それは兄貴に頼んでくれ。ぼくは『須佐乃男』をおりるときには肉体的には老人だ。もう進駐軍の仕事ができるような状態じゃないと思う」

テルが朗らかに笑った。

「ああ、そいつはおれも同じだ。だが、本土防衛の英雄になれば、軍への影響力は圧倒的になる。代表は長兄の逆島少佐でもかまわないが、なんとか近衛四家に逆島家を引き上げてくれ」

生きているか、死んでいるかもわからない、そんな遠い未来のことはわからなかった。けれど死んでいった多くの逆島派将兵のためにタツオはこたえるしかなかった。

「わかってる。できる限りのことはする」

テルの軍用義手がタツオの肩におかれた。肩の関節がきしむほど握り締めてくる。

「それじゃあ、十分じゃない。できる限り以上のことをしてもらう。お父上が逆賊にされてから、逆島派は名誉も地位も軍人年金もすべて奪われたんだからな。多くの遺族が悔し泣きしてるんだぞ。できないこともやらなきゃ、みんな浮かばれないだろ」

テルは没落した逆島派将兵のことを口にするとき、恐るべき熱量と執念をみせた。

カザンに右腕を徹底的に粉砕《ふんさい》骨折されたときも、軍用義手にしたほうが戦闘力があがると医師から聞いて即決している。逆島派の力を増すためなら、自分の右腕でさえ惜しくはないのだ。

ジョージが通路の角で振りむかずにいう。

「そうやってプレッシャーをかけ続けるのは、どうなんだろうね。タツオはもっと自由にしてやったほうが、本来の意外性というか、独特の力を発揮すると、ぼくは思うんだけど」

クニもテルの太い首に腕を巻いて、坊主頭をくしゃくしゃに乱した。

「おれも賛成。そんなに固く考えずに、頼りないけどタツオの次男坊パワーを信じてやれよ。ここまでのところ、足りないなりに十分結果をだしてるじゃないか」

タツオはむっとしていった。

「足りないは余計だ。自分こそ副操縦者になりたきゃ、もっと努力しろ」

「なんだよ、加勢してやったのに。いっとくけど、『須佐乃男』に乗れるのは正操縦者一名、副操縦者六名の七人だろ。あとの二一人はみんな予備のチームなんだからな。ああ辰巳がいなくなって、残りは二〇人か。みんな、おまえたちと同じ猛訓練をしてるんだ、馬鹿にすんなよ」

確かにクニのいうとおりだった。戦闘訓練中なにが起こるかわからなかった。

「おれは寝るわ。また明日」

クニが怒って自室にむかう。テルがにやりと笑っていった。

「はは、あいつ、おれたちに差をつけられて、腐ってんだよ。だけど、毎朝早く起きて勉強してるんだ。まあ、やつの気もちもくんでやれ」

ふたりがいってしまうと、タツオはジョージと暗い通路に残された。

「久しぶりの休みだったのに、最後にどっと疲れたな。まさか訓練生が直接狙われるなんて。今夜は早めに寝よう」

タツオとジョージのふたり部屋は通路の突きあたりにあった。ジョージが立ちどまって真剣な表情でいった。

「タツオ、きみはぼくを疑っていないのか」

タツオは言葉に詰まった。信じ切れはしない。だが敵のスパイというのも、ちょっと違う気がする。タツオは思い切っていった。

「ひとつ聞かせてほしい。ジョージは氾やエウロペのスパイじゃないよね。日乃元のために戦う覚悟はあるんだよね」

ジョージの明るい茶色の瞳が不思議な光を放った。この目は嘘《うそ》をついている目ではないはずだ。タツオはそう直感して、親友の返事を待った。

「ああ。命をかけて戦う覚悟はある。ぼくは氾やエウロペのスパイじゃない」

まじめな顔を崩して、ジョージが笑った。

「だけどさ、スパイが自分をスパイというはずがない。ぼくがなにをいっても、信用できるはずがないよ」

タツオも笑った。

「いいんだ。ぼくはジョージを信じる。もしそれで裏切られるようなことになっても、そのときは信じたぼくが悪いんだ」

困った顔をして混血の天才児が肩をすくめた。

嫌味でなくこんなジェスチャーが似あう男だった。

「おやおや、それじゃ信用されたほうがずいぶん重い荷物を背負うことになるなあ。まあ、タツオに悪いようにはしないから、信じてくれてかまわない」

「なんなんだよ。その微妙ないいかた。まあいいや、ぼくは信じるよ。正直なところ、進駐軍よりもジョージのほうが信用できる」

「そいつはいいや」

タツオは自室のドアを開いた。その夜は夢も見ずに朝まで眠った。仲間の死はその時点ではタツオの心を乱さなかった。東島進駐官養成高校のころから、同世代の死にふれ過ぎて慣れっこになっているのかもしれない。

25

翌日は秋の快晴だった。

不二山はゆるやかな稜線《りょうせん》をガラス板のような青空に描き、ススキ野原が演習場に銀の穂を揺らしている。

戦闘訓練が開始されるマルハチサンマル時の直前になって、前回初めて勝利を収めたチーム七名に緊急呼び出しがかかった。

辰巳修吾の死を告げられた会議室には、『須佐乃男』操縦者の選抜訓練指揮官である逆島継雄少佐と情報保全部の柳瀬波光が顔を揃えていた。それ以外にも妙に階級の高い将官が集まっている。

会議室の片隅でタツオとジョージとテル、サイコとマルミ、それに佐竹宗八と天童寂矢がひとかたまりになっていた。テルが小声でいった。

「タツオ、あいつを見てみろ。逆島派を裏切り、東園寺派に寝返った忍成《おしなり》中将がいるぞ。卑怯者《ひきようもの》が」

忍成惟信《ただのぶ》中将には父が生きているころ遊んでもらうことがあった。当時はまだ気鋭の中佐だったはずだ。中将は会議室の向こうの端でとり巻きに囲まれている。目があうと軽く目礼を寄越してきた。

「時間だ、諸君整列」

候補生の七名が直線に並んだ。逆島少佐が一礼していった。

「全員敬礼」

ダブルドアが両方から一気に開かれた。

「璃子《りこ》さま、瑠子《るこ》さまのご来場である。失礼のなきよう注意せよ」

先頭は女皇の長女で、皇位継承者順位第一位の璃子さまだった。長身痩軀《そうく》で、純白のワンピースに負けないほど肌の色が白い。黒髪をまっすぐに流し、伏し目がちに従者を連れている。

瑠子さまは小柄で、よく日焼けしていた。お転婆《てんば》で、いつも野外を跳ねまわっていた幼いころの面影がある。幼馴染みなのだ。タツオはデニムのシャツを着た皇女を初めてみた。

瑠子さまはタツオと視線があうと軽くウインクを寄越してきた。

会議室にいる進駐官は全員直立不動で、敬礼をしていた。二七〇〇年を超える女系皇族は世界にも例を見ないめずらしいものだった。

逆島継雄少佐がいった。

「これより皇女さまご臨席のうえで、『須佐乃男』作戦のための決戦兵器を、諸君に紹介しよう」

開いたままのダブルドアから、音もなく一二〜一三歳ほどの背の高さの和服を着た少女がはいってきた。いや、これは人ではないようだ。足さばきがなめらかすぎるし、モーターのような音も聞こえる。だが、顔や小袖からのぞく腕は人のように柔らかで湿った質感がある。髪は長めのおかっぱ頭で、黒髪の艶《つや》が美しい。

「彼女が戦術支援AI『想兼《おもいかね》』、日乃元神話の知恵の神の名を受け継ぐ決戦兵器だ」

少女の形をしたロボットが周囲をゆっくりと見まわした。唇は実際の少女より赤く塗《ぬ》られている。

「わたしは戦術支援人工知能『想兼〜オモイカネ』。オモイと呼んでください」

逆島少佐がいった。

「今の自己紹介は誰もオモイに命令を出していない。オモイ自身がこの場の空気を読んで、緊張をほぐすために必要だろうと判断して発言したのだ」

テルが思わず漏《も》らした。

「空気読めるんですか、この……機械」

会議室の視線は少女型のロボットに集中していた。オモイは気にする素振りも見せずに、室内でもっとも位の高い璃子さま瑠子さまに近づいていく。

モーターのうなりとともに腰をかがめていった。合成音声だが不自然さはない。

「皇女さまにお目にかかれて光栄です。日乃元の国体を守るために、わたしは全力をお尽くしいたします」

ざわざわと将軍たちから感嘆の声が漏れた。戦術支援ＡＩは各人が携帯する兵士用のコンピュータにも搭載されているが、せいぜい戦闘区域の情報共有のための装備だった。

その場の空気といった抽象的なヒトの感情を読みとり、最適の行動を自ら選択するような高度なＡＩはまだ戦場に投入されてはいない。各列強は必死に開発していることだろう。逆島少佐がいった。

「オモイの本体は作戦指揮室のメインフレームにある。最近の研究でＡＩが人の行動を学ぶには単にビッグデータに基づくディープラーニングだけでなく、人と同じように孤立した破壊されうる脆弱《ぜいじゃく》な肉体をもつ必要があることがわかってきた。人は死の恐怖に急《せ》き立てられ学ぶものかもしれない」

逆島少佐が七名の「須佐乃男」操縦チームを順番に見つめていく。タツオと目があうと、ちいさくうなずいた。

「オモイは他のチームに配られるＡＩボディとは一桁上の開発費が投じられた特別な個体だ。せいぜい大切に扱ってほしい」

さっと挙手してサイコが質問した。

「オモイとわたしたち候補生はなにをすればいいのですか。これは正式な軍務なのですか」

情報保全部の柳瀬が叫んだ。

「気をつけ！」

七名は稲妻に打たれたように直立した。

「これは進駐軍上層部からの正式な命令である。本土防衛戦の成否を左右する最重要の軍務である」

逆島少佐が引き継いだ。

「直れ。くつろいでいい。オモイは知識や戦術という点では、いかなる人間の天才をも超えている。だが、わたしたちにAIがわからないように、ヒトというものがなんであるのかAIにはわかっていない。諸君らはオモイにヒトとはなんたるかを教え、ヒトと同じようにAIもチームワークを組み協調して働けるよう指導してもらいたい」

となりに立つタツオにだけ聞こえるような声でジョージが囁いた。

「……おもしろい」

ジャクヤが冷めた声をあげた。

「自分たちが訓練中こいつはなにをするんですか」

「ともに訓練に参加する。二足歩行ではないので、戦闘区域にははいれないが、諸君の全情報、音声、バイタル、作戦会議、仲間内の冗談、すべてに二四時間体制で優先的にアクセスできる権利をもっている」

ジャクヤが顔をしかめた。

「それじゃあぼくたちのプライバシーがないですよ」

タツオはちらりと天童分家の呪術師に目をやった。オモイが天童本家のワタルを暗殺するための障害だと思っているのかもしれない。

「安心しておけ。オモイにはアクセス権があるが、オモイが得た情報への優先アクセス権は進駐軍にはない。オモイが諸君らの秘密は守るということだ」

テルが首をかしげていう。

「信じられない。このＡＩには人としての信頼とか信義が通用するというんですか」

その場でなめらかに反転して、少女型ロボットにして戦術支援ＡＩの義体は候補生七名のほうに向き直った。

「わたしには誇りも、信義もあります。それはあなたたちヒトと変わらない。今ここであなたがた候補生の個人情報を秘匿する新たな命令を書きこみます」

オモイが右手をあげた。てのひらからまばゆい光が扇状に放射される。空中に三次元のディスプレイが表示された。つぎの瞬間には一行の文字列が浮かんでいた。

「『須佐乃男』訓練期間中に知りえた候補生の個人情報はすべて進駐軍にはアクセス不能とする」

文章の頭には四角いチェックボックスがついていた。オモイは左右に首を振りいった。

「どなたかサインをしてください」

テルがわき腹を突いてくる。

「タツオ、おまえがやれよ」

タツオは一歩すすみでて、オモイのディスプレイに手をふれた。

「右手の人差し指でけっこうです。指紋認証、静脈認証、確認。チェックボックスにふれてください」

タツオが空中の□にふれるとそこに赤いチェックの印が浮かんだ。オモイは微笑んでいう。

「これで再び逆島少尉の解除がなければ、いかなる進駐軍上位からの命令によっても、わたしがみなさんの個人情報を提供することはなくなりました」

ジャクヤは疑わし気に少女型ロボットを見ている。

「ほんとなのか。あれだけでいいのかね」

オモイは無邪気に笑った。あるいはこのＡＩも皮肉な思いをこめているのだろうか。

「ほんとうです。わたしの障壁を許可なく破るには進駐軍の最高性能のコンピュータでも二〇〇〇年ほどはかかるでしょう。みなさんは安心して、好きな異性の名前でもわたしに告白してください」

将軍たちが顔を見あわせている。ジョージが笑った。

「クニがここにいたら、きっときみのことを気にいるよ」

「クニとは鳥居国芳少尉のことですね。わかりました次回質問してみます。十代なかばの少年少女のサークルにはいるには、この手の質問が有効だと学んだのですが、間違えていましたか」

タツオはあきれていった。

「なにを読んだんだ」

「書名リストはこちらです」

右手から放射される三次元ディスプレイに無数の小説・ライトノベル・ティーン誌の名前が浮かんでいた。無限にスクロールが続いている。

ジョージが笑っていった。

「わかったよ、オモイ。それで間違いはない。でもそういうのは、将軍とかがおられないときにこっそり聞いてくれ」

「わかりました、菱川少尉。あなたは机上の戦術演習では、つねに候補生のトップでしたね。いつか、わたしともお手あわせ願います」

ジョージは笑っていった。

「きみはすごいんだろうな」

オモイは人造の顔につくりものとは思えない笑顔を浮かべた。

「はい。この演習場にいるいかなる教官よりも、客観的に判断してわたしは強いと思います。ですが、ジョージ……ジョージと呼んでかまいませんね」

明るい茶髪の天才児がうなずいた。

「あなたとならいい勝負ができると思います。あなたの戦闘訓練の結果、戦術テストの経過を分析しましたが、どの記録にも三から五回の分析不能点があります」

タツオが口をはさんだ。

「それはどういう意味？」

「分析が不可能、行動も目的が不透明。おそらくなんらかの意図はあるはずなのに、その意図自体がうまく隠され、直観的な決断に見せかけてある」

タツオはジョージの顔を見ていた。戦術支援ＡＩがそういうと、ジョージの顔が微妙に変わった。相部屋で暮らす親友のタツオにしかわからないほどのちいさな変化だった。照明のあたる角度が変わったかのように顔つきに冷たい影ができる。

「そういうむずかしい問題は、演習室でゆっくりと話そう。オモイはすごく優秀なんだね。気をつけないと、作戦担当の参謀からはずされそうだ」

少女型の自走ロボットは変わらぬ笑みを浮かべたままだ。やはりどこか人間とは違っている。この安定感、それになにかを猛烈な勢いで計算している雰囲気。人にはないものだった。

ジョージがいった。

「そんなことより、こんなことをいつまでもやっていたら、主役の璃子さま瑠子さまがお気を悪くされる。オモイ、すこし空気を読んで、控えたほうがいい」

オモイはおかっぱの髪を揺らしてうなずき、腰をかがめた。モーターの音とともに整列した候補生の横に並んだ。

逆島少佐が声をあげた。

「オモイ、璃子さま瑠子さまともお親しくしていただき、しっかりと万世一系の女皇という存在を学んでくれ。おまえが生まれてきた目標は、この本土防衛決戦に勝利を収め、この国に勝利をもたらすこと。それに日乃元の皇室をお守りすることだ」

オモイが人工音声でいった。

「そのふたつの目的が相反する場合は、どのようにしたらいいのでしょうか」

テルが舌打ちをする。

「そういうのがＡＩなんだよ。もっと空気読め」

オモイは不思議そうにテルのほうをむいた。

「わかりました。以後、基本的な問題をきくときは空気を読みます」

逆島少佐が少女型ロボットに目をやっていった。

「それでいい。質問は今後、わたしではなくそこにいるオモイの仲間の七名にするように。彼らなら、納得のいく答えを出してくれるだろう。オモイは今後この演習場に常駐し、きみたち『須佐乃男』候補生と寝食をともにする。以上、解散してよろしい」

白いロングワンピースの璃子さまが、手をあげた。侍従《じじゅう》が駆け寄り制止しようとする前に、発言してしまう。病弱な璃子さまの声はさらさらと冷たく流れる泉のようだった。

「わたしからもひと言よろしいですか。候補生のみなさん、それにオモイカネ、あなたがたの双肩に、わが日乃元の未来がかかっています。総力をあげての奮闘を希望します。先ほど、オモイは聞いていましたね。皇室の存続と日乃元の防衛、その両者が相反したらどうするのかと」

会議室は静まり返った。将軍たちの目も皇位継承者一番目の少女に注がれている。

「そのような場合は、迷うことなく日乃元の防衛を優先させなさい。オモイ、これは命令です。日乃元という国なくして、女皇はない」

忍成中将が声を荒らげた。

「お待ちください、璃子さま。それではあまりに……」

璃子さまは将軍たちを落ち着いた視線だけで、押さえこんだ。

「いいえ、それでいいのです。国のない女皇になど、意味はありません。国が滅ぶようなら、皇室もともに滅ぶべきなのです。ですが、日乃元の国と臣民が残っていれば、つぎの女皇などいくらでも選ぶことができます」

次女で第二の皇位継承者である瑠子さまが、デニムのシャツで一歩前に足を踏みだした。

「わたしも賛成。みんなお母さまやわたしたちのことを、特別扱いしすぎるよ。そういうのもうやめてね。二七〇〇年続こうが、うちの一家より日乃元のほうが断然大切に決まっているじゃないの。みんな、どうかしているよ」

ざわざわと北不二演習場の会議室が騒がしくなった。将軍の誰かがいった。

「それでこそ、わが姫君」

きっと璃子さまでなく、瑠子さま派なのだろう。病弱で学校での欠席も多く、成績もかんばしくない姉の璃子さまでなく、活発で成績優秀、決断力にも富んだ妹の瑠子さまを推す者も、進駐軍には多かった。

瑠子さまはそのまま候補生の前に立った。にこりと満面の笑みをつくり、高らかに宣言する。

「これからの二週間、お姉さまとわたしはこの演習場でお世話になります。タツオ、サイコちゃん、ジョージくん、よろしくね」

タツオはあっけにとられた。ここは進駐軍のもっとも警備の厳戒な演習場だ。それでもこれほど危険な場所に二週間も皇族が滞在するというのは異例の事態だった。思わず聞いてしまう。

「でも、瑠子さま、いったいなんのために……」

瑠子さまはタツオを無視して、七名の候補生の列の一番端に並んだ、少女型ロボットにむかって歩いている。おかっぱの頭に手をのせるといった。

「オモイちゃん、あなたはまだ自意識が生まれたばかりなんでしょう？　あまり大人の振りをしなくていいし、賢い振りもしなくていいんだよ。世界中の知識をすべて覚えていても、まだ赤ちゃんなんだから」

タツオは瑠子さまに頭を撫でられている戦術支援ＡＩを見た。驚くべきことにこのロボットは恥じらいをもって微笑《ほほえ》み、頬《ほお》をわずかに赤くしている。

「……はい。ここにいる兄と姉たちからきちんと学び、きっと日乃元のために戦えるようになります。本土は必ず防衛いたします。瑠子さま、ありがとう」

この少女型ロボットはもしかしたら涙を落とすのではないか。一瞬そう思ったが、オモイはそれ以上の感情表現はしなかった。瑠子さまはこんなふうにひと言で、人の輪に跳びこみ、人の心を動かすような芸当ができる。姉の璃子さまを支持する人々には、忌々《いまいま》しいことだろう。

気がつくと瑠子さまがオモイから手を放し、タツオのほうへ歩いてきた。

「というわけだから、タツオ。わたしはあなたのチームの演習につきあうことにする。戦いかたとか、進駐軍の装備とかいろいろ教えてね。わたし、一度でいいから銃を撃ってみたかったんだよね。よろしく」

いくら幼馴染みとはいえ、顔が近かった。なぜかオモイまで人工音声の少女の声で叫んでいる。

「タツオ、あなたがリーダーね。わたしもよろしく」

逆島少佐が目で笑っていた。幕を引くようにいった。

「諸君、解散だ。各自、オモイと璃子さま、瑠子さまとご交友を深めてほしい」

作戦部の柳瀬波光が叫んだ。

「予定を変更して、午後の演習はマルフタマルマルから再開する。気合をいれていきなさい」

「はいっ！」

七名の「須佐乃男」操縦者候補生と戦術支援AI「想兼」の声が一粒にそろった。

26

演習場の大食堂に皇位継承者二番目の瑠子さまがはいっていくと、室内は静まり返った。

タツオたち七名に、あとから他のチームに回ったクニも合流して、にぎやかな昼食になった。秋も深まり頂に雪の冠《かんむり》をのせた不二山を望む窓を背に、テーブルを囲んだ。

ムードメーカーのクニがおどけていった。

「瑠子さま、お久しぶりです。なんか頰が前よりすこし丸くなったような」

マルミがあわてていう。

「クニさん、失礼です。瑠子さまだって女子でいらっしゃいますよ」

瑠子さまが日焼けした頰をふくらませた。

「いわれなくてもわかってるよ。でもね、毎日毎日公務が五つも六つもあるんだよ。皇室のプレッシャーとストレスでついたべすぎちゃうんだよ」

トレイを見おろした。大根おろしをたっぷりとのせた和牛の竜田揚《たつたあ》げが山盛りになっている。フォークで崩すといった。

「だけど、さすがにこれはないよね。ダイエット気をつけなくちゃ」

タツオも自分のトレイを見た。竜田揚げ、金目鯛の西京焼き、根菜の煮しめ、野菜サラダ。ごはんは新米の炊き立てだ。

本土防衛戦にまで追い詰められるほどだから、日乃元の食糧事情は逼迫《ひっぱく》していた。母は手紙には書いてこないが、元近衛四家・逆島家でもごはんは押麦を混ぜた麦飯らしい。

ジョージがいう。

「午後からまた演習だ。みんなしっかりとたべておいたほうがいい」

テルが誰にともなくいった。

「女はちょっと肉があまってるくらいのほうがいいんだよ」

瑠子さまに気をつかっているのかもしれない。テルは不器用だが、がちがちの皇道派だ。

クニがふざけていった。

「おいおいそれはないだろ。肉があまってるなんて、女子には最大の悪口だぞ」

「おまえがそれいうか」

テルの軍用義手でモーターがうなり、フォークがアルミフォイルのようにくしゃくしゃに丸まっていく。

「おーおっかないな。それよりあんた戦術支援AIなんだよな」

先ほどの会議室にはクニはいなかった。オモイは少女のような赤い唇を開いていった。

「はい、オモイカネといいます。オモイとお呼びください。あなたが鳥居国芳ですね」

「ああ、おれもクニでいい。ところでさ『須佐乃男』のウラシマ効果の研究って、どれくらいすすんでるのかな」

クロガネという生体ワイヤーで「須佐乃男」につながれ搭乗すると、一時間で七年とも一〇年ともいわれる急激な肉体時間の加速作用＝ウラシマ効果があった。半日で老人になるのだ。戦うことに疑いをもつ候補生はいないが、同時にウラシマ効果を気にしない者もまたいなかった。ジョージがいった。

「へえ、急にどうしたの」

「いや、カザンがいってただろ。進駐軍技術部では研究がすすんで、加齢の速度を遅くする研究をしているってさ」

クラスの格闘技戦決勝前にカザンは確かにそういっていた。その研究がすすめば、何度か「須佐乃男」に乗れる可能性もある。本土防衛決戦だけでなく、攻撃型「須佐乃男」をつくれるかもしれない。オモイが合成音声でいった。

「その研究はあまり進展していません。クロガネワイヤーは金属でありながら、ヒトの生体への適合性が高く、神経系の隅々まで浸透します。そのため無時間無距離の通信が可能になるのですが、搭乗者は『須佐乃男』から離れても、クロガネを体内にも ち続けることになります。急激な加齢の原因であるクロガネは生体からの分離が不可能なんです」

クニが天井を見あげて嘆いた。

「そういうことか……」

タツオも口を開いた。

「カザンがいっていたのは汜とエウロペを攻める話だったね。ウラシマ効果がどうしたのかな」

「おれの場合はカザンとは意味が違うんだ」

クニが急に真剣な顔になった。

「作戦を終えて『須佐乃男』をおりたら、肉体的には六〇歳以上になっているんだろ。当然、精子の運動能力も落ちてるし、数はすくなくなってるし、遺伝子異常を起こしているものも多い」

テルがぼそりといった。

「自分の子どもか……」

「ああ、ウラシマ効果が解決できないとしたら、精子を冷凍保存しておこうかと思ってさ。だってなんか防衛決戦のあとは子どももてないなんてさ」

にぎやかだった昼食のテーブルに重苦しい空気が垂れこめた。タツオも自分のこととして考えてみた。その方法なら、母にも孫の顔を見せてやれるかもしれない。サイコには兄の仇として、決闘を申しこまれている。自分がたおされたあとでも凍結された精子は生きているのだ。

テーブルの端に座っていたサイコがいきなりいった。

「卵子の冷凍保存はわたしもしておくつもり。精子よりも劣化が激しいから」

なぜかサイコはそういいながら、じっとタツオを見つめてくる。タツオは目を伏せた。ジョージがいう。

「そういうことなら、ぼくも冷凍保存しておこうかな」

マルミもいう。

「ちょっと怖いけど、わたしもサイコちゃんにつきあってやっておきたい」

タツオはその場にいた全員の顔を見ていった。まだ十代なかばなのに、自分の老後や死後を真剣に考えなければならないのだ。候補生は過酷だった。

「わかった。逆島少佐に進言しておく。希望者は無料で精子と卵子の冷凍保存をおこなえるように」

オモイが不思議そうにいった。

「人にとって自分の子どもをもつというのは、どんな意味があり、どういう感覚なのですか」

クニが叫んだ。

「わかるわけないだろ。誰も子どもをつくってないんだから。おれたち、まだ一六か一七だぜ。佐竹のオッサンはもう二〇代なかばだけど」

少女型のロボットはそれでも不思議そうな表情を変えなかった。ジョージがほんものの少女にいうようにやさしくいった。

「ねえ、オモイ。人というのはおかしな生きもので、自分でも意味がわからず、感覚も想像もできないような未来を、必死で求めたりするんだ」

マルミが続ける。

「そうだよ、オモイちゃん。でも、みんながそれほど必死で求めるんだから、きっと誰かと結ばれて、子どもをもつというのはすごく素敵なことなんだよ」

オモイの頬が紅潮していた。タツオは驚いていた。この戦術支援AIは恐ろしく敏感で、人の言葉に感動する能力をもっている。タツオの声もジョージに負けずにやさしくなった。

「もっともっと技術が進歩したら、オモイだって自分とよく似たかわいいAIをつくれるようになるかもしれないね」

「ありがとうございます」

少女の合成音声がかすかに湿り気を帯びて響いた。オモイはモーターをうならせて、窓辺にむかった。不二山を見つめている。日乃元一の霊峰は戦術支援AIの目にはどう映っているのだろうか。タツオはフォークを握りなおし、昼食にもどった。

「わたしは先にいく」

昼食の終盤、サイコがそういって立ちあがった。

「じゃあ、わたしも」

マルミが席を立つと第二皇女の瑠子さまも腰を浮かせた。クニが残念そうにいう。

「瑠子さまはまだいいじゃありませんか。皇室の人にはいえない話をもっと聞きたいのになあ」

瑠子さまが笑ってこたえた。

「そういうのは夜の自由時間にしましょう。女性には殿方と違って、準備することがいろいろとあるんです。では、お先に」

女性少尉を見送ると、クニがしみじみといった。

「あのサイコが卵子の冷凍保存……おれの精子、おれの子どもかあ」

普段はおちゃらけたクニにしてはめずらしいトーンだ。

「おれの子なんて、ろくでもないし、幸せにもなれないんだろうな」

意外なひと言だった。養成高校でも勉強はそっちのけでガールフレンドづくりに精を出していた遊び人の台詞とは思えない。タツオは食事の終わったトレイを前に押していった。

「なんで幸せになれないんだ」

テルが混ぜ返した。

「こんな軟派な進駐官の子どもが、親父を尊敬するはずがないだろ。『須佐乃男』にも乗れそうにないしな」

「おまえが訓練で事故にでもあったら、おれが交代要員の一番手なんだからな。おい、ジャクヤ、テルに呪いでもかけてくれよ」

ジャクヤはあまり食事をしなかった。いつも極めて小食で、その日のランチの野菜をいくつかつまんだ程度だ。皿の上には肉も魚もない。タツオは質問した。

「竜田揚げたべないのか。おいしいよ。それとも菜食主義？」

「訓練中は呪力をあげておくために、肉や魚はたべない。ほとんど木の実と葉ものだけだ。ねえクニ、テルを呪うのはいいけど、ぼくになんのメリットがあるんだ」

冗談とも本気ともつかない顔で呪術師の少年がいう。

「メリットねえ……おれが天童本家じゃなく、天童分家のおまえのほうにつくっていうのは、どうかな。これで案外つかいでがあるんだぞ。情報収集ならまかせとけ」

ジャクヤは黙考していった。

「考えておく。どんな道具にでもつかい道はあるからね」

テルが真剣な顔になった。

「おれを呪うのは冗談でもやめておけ。もしおまえがほんとうにおかしな技をつかうようなら、直接おまえをぶちのめしてやる。おまえは戦局全体に確率的に相手に不運をもたらせんだろ。だけど、おれの拳は確率でなく直接おまえの頬骨を砕くぞ」

テルの脅しはジャクヤにはそよ風ほども効果がないようだった。テルはいう。

「だがな、クニの代わりにおれが天童分家を支援するってのはどうだ。条件はあるがな」

銀の目をしたジャクヤが微笑んでいった。

「なんだろう」

テルの軍用義手がうなった。握っていたガラスのコップをそっとおく。ガラスのフチをさっと親指でつまむと、チンッと澄んだ音がして親指の爪の形にガラス片がとれた。

「本体を捨てろよ。天童派を離れ、逆島派にこい。そうしたら、おまえが本家のワタルに手を出しても、おれたちが全力で守ってやる」

テルは義手のてのひらで転がしたガラス片をタツオに見せた。

「悪くないだろ。ジャクヤがいれば戦闘が大規模なほど有利になる」

いきなりテルの顔色が変わった。クニのほうは冗談だが、テルの誘いは本気のようだ。

「いいか、こっちにはタツオがいて、おれがいて順位一番のジョージもいる。天童派のようにおまえが分家だからといって差別することもない。進駐軍の内部にはたくさんの隠れ逆島派がいる。『須佐乃男』作戦が成功すれば、責任者の逆島少佐は大出世するだろうし、メインパイロットのタツオは軍神さまだ。池神家を蹴散《けち》らして、近衛四家に戻ることもむずかしくはない。そうなったら、ジャクヤの地位も安泰だぞ」

クニが腕組みしていった。

「忘れるなよ、逆島派にはおれもいる。だけど今の話は悪くないはずだ。ジャクヤが天童家を離れたら、分家の子どもたちを助けだせるかもしれない。多くの人間を守るためには、確かな後ろ盾がいる。逆島派なら、間違いない」

昼休みも終わりの食堂から進駐官が三々五々離れていく。ジャクヤは無表情に軍人の背中を眺《なが》めていった。

「分家の子どもたちを救いだすか。そんなことができるなら、理想的だが」

ジャクヤは椅子に座ったまま手でおかしな印を結んだ。口のなかでなにかつぶやいている。

テルがちいさく叫んだ。

「なにをする！」

ジャクヤは笑った。

「テルに呪いをかけたわけじゃない。ただここにも無数の耳と目がある。なかには天童派の進駐官もいるだろう。今の呪法は話を聞く気をなくさせるものだ。耳にはいっても風の音のように通り過ぎ、意味をなさないようにする」

「すげえな、ジャクヤ」

そういったのはクニだが、ジャクヤはこともなげにいった。

「完全に音を消すとか、音を漏れなくするわけじゃない。そんなふうな傾向を強める作用があるということだ」

黙っていたジョージがいう。

「まったく天童くんはおもしろいね。きみのような能力はエウロペや氾でも聞いたことがない。まったく貴重な特記戦力だ。いっておくが、ぼくはタツオの友人だけれども、逆島派の人間というわけではないよ」

クニがさえぎった。

「だが、おまえはタツオに不利になるようなことは絶対しないだろ。まあ、友人はこの日乃元じゃタツオだけだもんな」

ジョージはにこにこと笑うだけだ。ジャクヤはあたりに注意を払ってから、口を開いた。

「ぼくが逆島派にいくのは、別にかまわない。問題は天童派の連中だ。ぼくは内部事情を知り過ぎているし、呪法についてもワタルなんかよりはずっと優秀や。逆島派にいくといったら、あいつらは全力で消しにかかると思う。天童家はもともと皇室の呪術師で、ライバルの豪族を呪い殺してきたんや。謀殺、暗殺、呪殺、毒殺なんでもござれ。ぼくは逆島派にいってもいいけど、向こうが許してはくれないやろうな」

「なるほどな」

テルは興味深そうにいうと、タツオのほうを向いた。

「どうだ、ジャクヤをなんとか守ってやれないか。逆島派の特記戦力になるぞ」

タツオの頭のなかにひとつのアイディアが形を結びつつあった。不二山を見晴らす嵌め殺しの窓を背にした少女型の自走ロボットに目をやる。

「オモイ、ちょっときてくれないか」

自走式の少女型ロボットがやってくると、クニが軽口をたたいた。

「オモイ、その和服姿で午後の戦闘訓練に参加するのか。なんならおれが着替え手伝ってやろうか」

戦術支援ＡＩはクニに目をやり口を開いた。きちんと皮肉な視線ができている。

「わたしにも自分のアームがあります。着替えはひとりでできますよ。なんでしょうか、タツオ」

「質問がある。ジャクヤの呪力について、進駐軍の技術部はどれくらい解析がすすんでいるんだ？」

ジョージが口をはさんだ。

「それをいうなら、タツオの『止水』やサイコの『呑龍』についても、どれくらい研究がすすんでいるのか、聞きたいね」

オモイは首を傾《かし》げていう。

「タツオとサイコの肉体操作術は、対象が自身の身体か敵であるかの違いはあっても、強制催眠による体内時間の加速、あるいは遅延効果であると、研究者はいっています。その軍事利用も逐次《ちくじ》すすんでいます。ですが」

しばらく間が空く。クニが叫んだ。

「ＡＩの癖にもったいぶるなよ。ジャクヤの呪力ってなんなんだ？」

「わかりません。さまざまな説が提出されていますが、誰も証明できないし、これが定説だという強力な説もありません」

ジョージが頬杖《ほおづえ》をついていった。

「そこなんじゃないか。そのわからなさが、天童家が近衛四家の筆頭に君臨してきた理由だと思うな。逆島家や東園寺家のような戦闘に特化した力じゃないからな」

テルが軍用義手で腕を組んでいう。

「そうだな。もともと女皇の血統も日乃元の安全と農業の発展を祈願する巫女《みこ》が始まりだろう。そちらが表だとすると、敵を呪ったり、戦争を有利にする天童家は、裏の存在なのかもしれない」

クニが不思議そうにいう。

「じゃあさ、天童家なみに濃い呪力を、あの瑠子さまももってるのか。ぜんぜんそんなふうには見えないけど」

ジャクヤはめずらしく声をひそめていった。

「天童家では女皇を畏れ奉っている。呪力のもつ闇の力は、女皇が代表する光の力にはかなわない。古くは同じ一族だったけれど、あまりに力の種類が違うので、ふたつに分かれたとひそかにいわれているんや。不敬だから、ごくうちうちのときだけどね。まあ、天童の家をえらく見せたい年寄りのいうことかもしれないけど」

呪力のもつ光と闇の力。それが本土防衛戦を成功に導く鍵になりそうだった。タツオはいった。

「オモイ、きみは最高性能の戦術支援ＡＩだよね」

少女型ロボットはうなずいた。

「はい」

「なら、ひとつ課題を出すので、それについてできる限りの解析をおこなってほしい。天童家がもつ呪力の正体をつきとめ、それを軍事利用する方法と打ち消す方法を研究して欲しいんだ。サンプルはここにいるジャクヤだ。協力してもらえるなジャクヤ？」

「ああ、かまわない。もっともさっきの話のように天童本家から、こちらの身を守ってくれると約束してくれるならね。ぼくとしては呪力を打ち消す方法に期待したいな。それができたら本家の支配を打ち破れるし、面と向かってワタルとやりあえる。あいつを這いつくばらせたいんや」

オモイが周囲を見わたしていう。

「今、この場にジャクヤの呪力は展開されていますか」

ジャクヤはこともなげにいう。

「ああ、不聞不言《ふぶんふげん》の呪をかけている」

クニが身をのりだした。

「この場で鳴ってる音になにか感じるか、オモイ」

「センサー類をすべてアクティブにしていますが、音場に特段の変化はないようです。どのような効果がある呪術なのですか」

「半径数メートル内の音声を外から聞こえにくくする。言葉の意味がとりにくくなる。そんな感じの効果かな。天童家には昔から秘密が多いから、子どものころ最初に習うんだ」

ジョージがいった。

「情報の暗号化みたいなものだね。それがなにもつかわずに、ひとりでできるなんてすごいな」

オモイが静かに車輪を動かして、タツオたちのいるテーブルから離れていく。窓際までいき、戻ってきた。

「音場の変化はやはりありません。実におもしろい現象です。その呪法は人間には効果的なのですね」

ジャクヤは無表情にいった。

「ああ、たぶん」

「じゃあ、なにか話しててくれ。おれが外側に出てみるから」

クニがそういうと、ジャクヤが首を振った。

「好きにするといい」

窓際まで移動して、クニが声をかけた。

「いいぞ」

ジョージがジャクヤにいう。

「あれ、どうかな？　すぐに試すところなんかはなかなかおもしろいと思うんだけど」

テルもいった。

「あのバカはああやって、なんでも自分で試さなきゃ気が済まないのさ。疑り深いやつだな。素直に命令に従わないし、つかいにくい進駐官だ。まず出世しないな」

クニがいった。

「おい、全部聞こえてるぞ。ちょっとはおれのことほめろ」

タツオがとりなすようにいう。

「でも、進駐官がすべて同じだと、戦略的な盲点が生まれる可能性がある。ほかの誰とも違う視点をもち、反対意見をいえる人材は絶対に欠かせないものだ」

「サンキュー、タツオ」

クニがもどってきて、タツオの肩を叩いた。

「おまえはいいけど、テルはひどいな。すぐに悪口いうな。それより、なんなんだ。全部普通に聞こえてるじゃないか。オモイ、そっちはどうだった」

クニが離れているあいだ、自走式のＡＩもテーブルの周囲をランダムに動いていた。スピーカーから音が流れる。

「つかいにくい進駐官だ。まず出世しないな」

クニが唇をかんで、テーブルは大笑いになった。

オモイの人工音声がフラットにこたえる。

「こちらも変化はありません。音声は通常通り録音されました。周波数、音量、位相に加工の跡は見られませんでした」

ジャクヤは余裕の表情だった。

「だから科学なんて無駄だよ。天童家の呪法は分析不可能だ。今の不聞不言の呪もこちらに注意を払っている人間や関係者には効かない。第三者に言葉として聞き取りにくする力があるんだ。注意力をそらし、情報として耳にはいらなくする効果だ」

クニがいった。

「ほんとか。じゃあ、おれはこの場にいるうちちの人間だから、呪文が効かなかったのか」

「あたりまえだろ。話をしている相手にまで効いたら、どうやって話しあいをするんだ」

タツオは最後にいった。

「そこまで呪術というのは、繊細な効果があるんだ。ますますどう働くのかしりたくなった。オモイはこれまでつくられたどんなＡＩよりも賢いんだよね」

少女型ロボットはうなずいた。

「はい、賢さの定義にもよりますが、ひと世代前のスーパーコンピュータの一〇の六乗倍の処理能力があります」

「その力のすべてをつかって、ジャクヤの力を解明してもらいたい。まったく新しい戦術をつくりだせるかもしれない」

大食堂の壁にかかった大時計を見た。ジョージがいう。

「さて、ぼくたちもいこう。午後の演習はまた新しい課題が出されるみたいだ」

テルがぼやいた。

「また新規の戦闘訓練かよ。危険になったら、オモイはおれが背負って運んでやるよ」

「自分で逃げられますので、けっこうです。わたしは先に着替えにいきます」

戦術支援ＡＩが滑るように大食堂を出ていく。タツオたちも後に続いた。遠くから天童ワタルとりまきたちが、ジャクヤを険しい目で見つめていることには気がつかなかった。

27

午後の訓練はタツオたちのチームから始まった。場所は地下の北不二演習場第一指揮所である。あらゆる空爆が効果を失う大深度地下にあり、高速エレベーターでも一分近く降下には必要だった。

指揮所は体育館ほどの広さがある広大な地下空間で、プールほどある３Ｄホログラムのスクリーンに向かって半円形に数十台の戦闘用コンピュータ端末が並んでいた。

その後ろ中央部は艦橋のように一段高いデッキになっている。逆島少佐とともに灰色の軍服を着た若い士官が一行を出迎えてくれた。テルが囁いた。

「あの制服は進駐軍技術部だな」

不思議なのは男の顔が妙につるりとしわがないのに、髪がほぼ白髪《しらが》になっていることだった。タツオの兄がいった。

「紹介しよう、新しい訓練で諸君を指導する技術部少佐・松花堂忠《しょうかどうただし》だ」

ジョージが挙手して質問した。

「松花堂少佐はもしかして『須佐乃男』に試験搭乗されたのでありますか」

白髪の技術部少佐は苦笑いしていった。

「きみが菱川少尉か。よく気がまわるな。確かにわたしは『須佐乃男』搭乗経験者だ。実年齢はきみたちより五歳うえでしかないが、肉体年齢はもう六〇を過ぎている。進駐官としてはとっくに退職している年だな」

進駐軍の退職年齢は将官をのぞき五五歳だった。軍は昇進も退職も早いのだ。逆島少佐がいう。

「松花堂少佐は『須佐乃男』開発実験の数すくない生き残りだ。開発担当として深くこの計画に関わっている。諸君らにもなにかと役に立つだろう」

テルが軍用義手をあげた。

「質問よろしいですか、松花堂少佐」

「かまわない。きみが谷少尉だな。その義手は最新バージョンのイ号37型か」

「聞きにくい質問なんですが、『須佐乃男』に搭乗したあとでも女は抱けるのでありますか」

いつもなら軟派なクニがするような問いかけだが、訓練生は誰ひとり笑い声をあげる者はいなかった。怪訝《けげん》な顔をした逆島少佐にタツオがいった。

「昼食時にみんなで話したんです。『須佐乃男』に搭乗したら、一気に老化が加速する。精子と卵子の冷凍保存をしておいたほうがいいんじゃないか。これは真剣な話なんです」

タツオの兄はうなずいた。

「なるほど。どうかな、松花堂」

「六〇歳の大人の男をなめてもらっては困る。ちゃんと可能だ。子を生ませることもな。ただし精子の運動性と遺伝子の変異はやはり年齢なりだ。個人差もあるだろうし、冷凍保存はやっておいたほうが賢明だな。とくに女性の場合はな」

そのとき後方の耐爆扉が重々しく開いて、オモイがやってきた。進駐軍の制服を着ている。驚いたことに下半身は車輪ではなく、二足歩行型に換装《かんそう》していた。すらりと伸びた足は人間ならファッションモデル並みのバランスだ。戦術支援ＡＩは恥ずかしげにいった。

「第一指揮所は段差がけっこうありますので」

少女型のロボットは七名の端に並んだ。

「わたしからも質問です。『須佐乃男』による時間変容はコンピュータの演算装置、ソフトウエアにはどんな影響があるんでしょうか」

松花堂はじっとオモイを見つめた。不自然なほどの間が空く。

「心配ない。オモイには影響はない。それは『須佐乃男』の端末にあたる数万機の戦闘ロボットも同様だ。時間が急激に加速するのは、クロガネワイヤーでつながれた中枢の七名だけだ」

ジョージがいった。

「『須佐乃男』は完全な無人化ロボット機甲師団ではなかったんですか」

技術部の少佐が口を開いた。

「いいや、九二パーセントまでは無人化がすすんだ。だが、最後の部分は人の手が必要だ」

タツオは考えていた。『須佐乃男』の規模は最終防衛戦でどれくらいまでふくらむことになるのだろうか。数万のロボットを動かすには、数千名の進駐官や技官が必要だろう。その命を預かるのは実戦経験がまったくない自分たちには重すぎる負担だ。

「なぜ人手が必要なんですか」

松花堂少佐がオモイのほうを見ながらいった。

「システムの再起動、それに部分的な損傷を受けたときの運用については、まだＡＩは人には及ばない」

オモイがいう。

「絶体絶命の窮地における生存本能の強烈さという点で、人は予想を超える能力を発揮します。ＡＩはまだ人間に対して四割をすこし超えるくらいの勝率しかあげられていません」

ジャクヤが平然といった。

「機械のくせに死にもの狂いの最優秀な進駐官相手に四〇パーセントも勝ってしまうんだ。きみもかわいい顔して、怖いところがあるんやね」

オモイも無感情にいう。

「ただしその成績はわたしが生まれる前の旧世代ＡＩの結果です。わたしならば人に勝てるかもしれません。現在の推定では八〇パーセントは優位です」

「まあまあ、それくらいにしておいてくれ。どちらにしても搭乗員も必要なんだ。戦場の気配、敵の動き、微妙な戦況の揺らぎといったものは、人間による報告が欠かせない」

オモイが皮肉にいう。

「そうですね。報告を受けるのも不確実な人間なので、不確実な情報のほうがよく伝わるということもあります」

このＡＩと技術部少佐とのあいだにはなにがあったのだろうか。オモイは自分たちといるときとは明らかに態度が違う。冷笑的で皮肉で人間に対抗心を燃やしている。ともに戦う仲間なら事情をそのうち確かめておかなくてはならない。タツオがそう考えていると、松花堂少佐が右手をあげた。

「ホログラムをいれてくれ」

巨大な３Ｄのホログラムが立ちあがった。戦場が映しだされている。架空の島をとりまく海は荒波で覆われていた。

「『須佐乃男』搭乗だ」

そこに陸海空の数千をこえる機影が出現した。奇妙な鳥のような形をした無人ドローン機だ。

「これより戦闘シミュレーションの訓練を開始する。各自デバイスに接続しろ」

サイコがじっとタツオをにらみつけてきた。他の五名はそのままそれぞれ数十のロボット機を束ねる副操縦士席に向かう。ジョージ、テル、マルミ、ジャクヤ、それに年長のソウヤだ。松花堂少佐がいった。

「どうした？　このチームの指揮官は誰だ」

サイコは迷わずこたえた。

「わたしです」

「ああ、きみが東園寺少尉か」

技術部少佐はタツオのほうを見た。近衛四家の次期当主の名を知らない進駐官はいなかった。同時に兄・カザンの死も知れ渡っている。おもしろがっているような笑みが少佐に浮かぶ。

「彼女はこういっているが、どうする？　逆島少尉」

「うちのチームではまだ指揮官は未定です」

「おやおや、トップガンのチームがリーダー未定なのか。困ったものだな。どうする、逆島」

松花堂少佐が兄の継雄のほうを見た。逆島少佐はすげなくいった。

「わたしは知らん。操縦者候補のチーム編成には口をはさまないことにしている」

「ということだ。どうするかは、きみたちが決めなさい」

松花堂少佐はそういって、自分のコンソールに移動してしまった。テルがうんざりした調子でいった。

「おいおい、タツオ。そろそろレディファーストもたいがいにしたらどうだ。おまえのほうが適性があるに決まってるだろ」

「須佐乃男」への適性とはなんだろうか。まだ誰も搭乗したこともない幻の決戦兵器だ。

「そんなことはわからない」

サイコの親友のマルミが口を開いた。

「そうよ。サイコのほうがずっとうまく動かせるかもしれない」

責任者の逆島少佐は松花堂少佐のところにいき、なにか話をしている。こちらに介入する気はないようだった。テルがいった。

「じゃあ、多数決で決めるか」

メンバー全員を見まわす。テルとジャクヤとジョージはタツオを支持するだろう。対してマルミとソウヤは東園寺派だ。自分自身で一票をいれればタツオが指揮官になる。多数決では有利なのだ。

「待ってくれ」

涼しい声でいったのは、ジョージだった。

「今、急ごしらえでリーダーを決める必要はないだろう。これからサイコとタツオのふたりが搭乗してみて、適性を判断すればいい。どっちも指揮官候補でいいじゃないか」

テルがつぶやいた。

「めんどくせえな」

マルミが丸メガネを鼻のうえに押しあげていった。

「わたしもそれがいいと思う。サイコにもチャンスを平等にくれなきゃ不公平だよ」

ジャクヤはヘルメット型の脳波センサーをかぶっていう。

「好きにすればいい。誰が指揮官でもぼくは自分の仕事をするだけだ。でもさ、記念すべき第一回目の『須佐乃男』操縦訓練は誰が、あの席に座るのかな」

とがったあごで指し示したのは、六席の副操縦者席に半円形にとりかこまれた一段高いリーダー席だった。

　全員の目がタツオとサイコに注がれた。タツオは自分が譲ってもいいと思った。そちらのほうがプライドの高いサイコは納得するだろう。だいたい旧近衛四家でも、逆島家より東園寺家のほうが格上だったのである。

　難問に別な補助線をさっと引き解答をだすのは、今回も菱川浄児だった。

「それは進駐官養成高校の方式で決めないか」

　テルが気色《けしき》ばんだ。

「どういうことだ。また決闘でもやらかすのか」

　ジャクヤが手を打った。

「それがいいな。ぼくは『呑龍』対『止水』の闘いをこの目で見てないんや。さっさとそのへんで闘ってくれないかな」

　東園寺派のソウヤの目がぎらりと光った。サイコを守るように上から厳命されているに違いない。

　ジョージが叫んだ。

「オモイ、ちょっときてくれ」

　戦術支援ＡＩは長い足をなめらかに動かして、「須佐乃男」シミュレーターがある操縦デッキにあがってくる。

「なんでしょうか、ジョージ」

「きみのデータのなかには、操縦者候補の全成績が記録されているよね。養成高校から始まって、この北不二演習場の最新版まで」

少女型の自走式ロボット端末は微笑んでうなずいた。

「はい。みなさんが知らない部分まで」

ジョージが笑った。

「そうか。それはいい。ぼくが養成高校方式といったのは、あそこではすべてが点数で測られていたからだ」

一点でも上ならよりいい卒業後の進路が選べる。成績優秀なら命の危険がある前線基地ではなく、エリートの作戦部にもいけるのだ。進駐官なら成績順で誰も不公平であるとは思わなかった。テルがうなずいた。

「そういうことか。わかったよ」

サイコも胸を張っていう。

「わたしはそれで文句ないわ」

ジョージが戦術支援ＡＩにいった。

「養成高校の成績に、きみが公平だと思う方法で、最近の演習場の結果を加えてくれ。タツオとサイコどちらがいい点数だ？」

オモイから一瞬の空白後に人工音声が流れだした。

「上位なのはタツオです。ついでサイコ、あなたになります」

サイコがおおきな声をあげた。

「ちょっと待って、養成高校ではわたしのほうが成績はよかったはずよ」

それでサイコは自信満々だったのだろう。オモイはまったく感情をまじえずにいった。

「そのとおりです。しかしこちらの演習場にきてからの結果を加えると、点数は逆転します」

「どういう採点してるのよ。わたしがタツオより下だなんて」

テルが笑いをかみ殺している。ジャクヤがどうでもよさげにいう。

「点数が基準なら、そこの天才にでも指揮官をやらせたらどうだ。オモイ、点数が一番よかったのは、菱川なんだろ」

オモイはサイコを憐れむように見て、肩をすくめた。このＡＩは戦術支援用システムだが、明らかに人間的な感情をもっているようだった。

「はい、点数だけならここにいる七名中トップは明らかに菱川少尉です」

ジョージは困ったようにいう。

「いや、ぼくではダメなんだ。『須佐乃男』作戦の成功の鍵は、東園寺家の『呑龍』か逆島家の『止水』のどちらかにある。時間操作術が成否をにぎっているんだ」

テルがヘルメットを操作しながらいった。

「わかった、わかった。このままじゃ日が暮れちまう。タツオ、さっさと指揮官の席につけ。おまえのほうが成績いいなら、最初に座るのも問題ないだろ。それでいいよな、サイコ」

東園寺家の次期女当主は唇をかみながらいった。

「あなたに座らせるのは、最初だけよ。さっさとしなさい」

憤然と副操縦者のシートに向かう。タツオはリーダー席のヘルメットを手にとった。内部を見る。カーボンナノチューブ製の黒いヘルメットの内側は一面にくすんだ銀箔《ぎんぱく》でも張られたようだった。これで脳波を受信し、「須佐乃男」の操縦システムと接続するのか。ジェット戦闘機の操縦席に似たフルサポートの効いたシートに座ると、松花堂少佐の声が聞こえた。

「さて、全員用意はできたかな。これから始めるのはVRの戦闘訓練だ。テレビゲームでもやるつもりで、最初は気軽に楽しんでくれ。最初の何回かはきみたちの反応速度や順応性に関するデータをとるためのものだ。その後、微調整をおこない本格的な訓練を開始する。では、レッツ・プレイ！」

タツオはそのとき目の前の風景がいきなり３Ｄホログラムの戦場に切り替わり悲鳴をあげそうになった。視神経と脳の視覚野を「須佐乃男」のシステムに強制的に乗っとられたのだ。

28

「うわっ！」

「キャー！」

「ここ、どこだよ」

副操縦士の悲鳴が続いた。みないきなり３Ｄの戦闘シミュレーターのなかに放りこまれて、パニックを起こしているらしい。タツオはその悲鳴で逆に心が落ち着いた。いっしょになってあわてていてはいけない。正操縦士の自分がパニックになれば、このチームは壊滅してしまう。

深呼吸してゆっくりと周囲を見まわした。自分の身体がないようだ。ただカメラの視点になり、空中に浮かんでいる。足元を見ると、荒波がうねっている。この海原と無数の波を描きだすのに、どれくらいの演算能力がつかわれているのだろうか。数キロ離れた場所には精巧にモデリングされた火山島が淡い噴煙をあげていた。

「タツオ、聞こえるか」

ジョージの声が響いた。タツオはその声に安心し、ようやく心拍が平時にもどってきたのを感じた。

「ああ、だいじょうぶだ」

「軍の研究者はなにもこちらに教えずに、この戦闘訓練に送りだした。今も各自の反応を記録しているに違いない。３ＤやＶＲに恐慌をきたしたり、酩酊《めいてい》を発している者は厳しい減点対象になるぞ」

このチームから誰ひとり欠けるわけにはいかなかった。演習場にきてからの厳しい戦闘訓練で、つねにこの七名でトップを独走してきたのだ。

「どうすればいい」

「みんなを落ち着かせてくれ。なにか簡単なタスクを与えるんだ。それとこんなときこそ、オモイをつかおう。あの子は新型で最優秀な戦術支援システムだ」

タツオは叫んだ。

「オモイ、きてくれ」

「はい。わたしは先ほどからここにいます」

周囲を見まわす。どこにも姿は見えなかった。

「そうか、ごめん。話がしづらいな。視覚化することはできるかな」

「はい」

その瞬間、身長二五センチほどの少女型ロボットが目の前に出現した。

「質問だ。VR酔いを防ぎ、操縦者をこの世界に慣らすにはどんな方法が最良だ?」

迷彩服のオモイは微笑んでいった。

「今、タツオがやったのと同じことをすると効果的です」

「どういう意味だ」

「肉体を可視化して、このシミュレーターのなかに再現するんです。ヒトは肉体をもたないと、安定的にこのヴァーチャル世界では存在できません」

「そういうことか。わかった。オモイは当然マルチタスクだよね。あと六体の複製をつくって各副操縦者につけてくれるか。それで各自がこちらの世界で肉体をつくりだすように指導してくれ」

「わかりました。タツオはどうしますか。この世界ではリアルな世界のような遺伝的社会的な制約はいっさいありません。もし望むなら、『須佐乃男』や『阿修羅《あしゅら》』『仁王《におう》』といった神話的なイメージも再現可能です」

世界中の神話から自分のキャラクターをつくりだせるのか。ひどくおもしろそうだが、この戦闘訓練は仕事だ。

「ぼく自身のままでいい」

オモイはうなずいた。タツオは自分の身体が空中に浮かんでいるのを感じた。小部屋ほどの透明な床があり、右手にはガラス製のテーブルと椅子がある。テーブルのうえにはガラスのコップと水差しまでおいてある。

風が吹き寄せて、前髪を乱すのを感じた。その風が南方の生ぬるさをもっていることにも気がついた。

「そうか、身体があるというのはすごいことなんだな。今までここに風が吹いているなんてわからなかった」

「ええ、そうなんです。わたしがこのロボットを端末にしたのも、そのせいです。破壊されうる個体というのは、センサーとして素晴らしい能力をもっていますし、死の恐怖がヒトの限界を超えた力を生みだすことを、この端末をもって初めて確信しました」

そのときジョージの声がきこえた。

「そうだね。自分たちよりすごい知能をもつAIをつくったりできるのも、人間が死に追われているからだ。オモイを送ってくれてありがとう、タツオ。ところでオモイ、このシミュレーターのなかでは、きみのようにぼくたちのキャラクターも複製可能なのかな」

「はい。わたしの演算能力にも、このシミュレーターの映像描写力もまだかなりの余裕があります」

「タツオ、各自を現在の場所においたまま、ここで複製キャラによるミーティングを開かないか」

「みんなはどこにいるんだ」

ジョージがあきれて笑ったようだった。

「オモイにいえば、この仮想訓練場のマップと全員の位置情報をだしてくれるよ」

うっかりしていた。部下の位置とこの戦場の現況を把握するのは、最初に必要な仕事だった。

「オモイ、頼む」

ガラステーブルのうえに3Dのマップが広がった。火山島を中心にとりまくように東側に六つの光点が半円形に散らばっている。その中心にはひとまわりおおきなタツオの光が点滅していた。ジョージはいう。

「うちの軍団を見ておかなくていいのか」

「ああ、そうだったな。オモイ、進駐軍のロボット機甲師団をマップに重ねてくれ」

そう命令したとたんにタツオの周辺に航空機の編隊がいくつも出現した。足元には日乃元の航空母艦も見える。その周囲を護衛のための駆逐艦、巡洋艦がとりまいている。護衛艦や補給艦をふくめて日乃元の場合は全一〇隻の大艦隊だった。その後方には兵士を満載した上陸用舟艇《しゅうてい》が数百隻も続いている。目視はできないが海面下には三隻の潜水艦の存在をしらせる光点がマップには浮かんでいた。

「すごいな」

ジョージは涼し気にいった。

「ああ、空母打撃群だけで一万人以上、後方の上陸部隊も約一万、空には約一二〇〇名。総勢二万強だ。どうだいタツオ、二個師団を指揮するとなるときみの位は中将相当だ。大出世した気分は？」

おかしなものだった。シミュレーションとはいえまだ一〇代の自分が父である逆島靖雄中将と並ぶ階級につくのは不思議以外のなにものでもない。

「オモイ、戦闘訓練開始まであとどれくらいあるんだ。時間をだしてくれ」

赤いデジタルの時計が空中に浮かんだ。カウントダウンはすでに始まっている。訓練開始まで一七分三八秒。シミュレーターに接続してから二〇分後には闘えということなのだろう。習うより慣れろが、この訓練の眼目かもしれない。

タツオは空中に浮かぶ椅子に腰をおろした。深呼吸をする。

「味方がいるなら、敵もいるはずだな。オモイ、敵を表示してくれ」

浮かびあがったマップを見て、タツオは息をのんだ。火山島の南側に三隻の空母打撃群を中心とする大艦隊が集結している。こちらの三倍以上の兵力なのは間違いなかった。タツオは叫んだ。

「みんな、自分のキャラクターは視覚化できたか。オモイ、全員の複製をここに集合させてくれ。この世界はすべて演算の結果なんだな」

「はい。戦闘コンピュータが描きだした仮想の戦場です」

「なら、ここに演習場にあったのと同じ指揮所を再現してくれ」

「了解です、タツオ」

オモイの返事と同時にガラス壁で囲まれた指揮所がタツオの目前で空高く出現した。

29

南洋のぎらぎらと焼けつく日ざし、水平線には爆発的に盛りあがる積乱雲、海は明るいブルーでのどかに揺れている。

その空高く出現した仮想指揮所でタツオは主操縦席に座っていた。最初にあらわれたのは菱川浄児だった。大型の鳥類のような羽ばたきが聞こえて、指揮所の床から一メートルほど浮かんでいる。ジョージはカーキの軍服姿だが、背中には白い羽をつけていた。

「好きに変身できるといわれてね。天使の羽をつけてみた」

ジョージはその翼長三メートルはある巨大な純白の翼をたたみ、ふわりと降り立った。

「つぎはおれだな」

谷照貞の声はいつもより鋭く重く耳に届いた。

テルも進駐軍の下士官姿だが、右腕だけが変身していた。無数の銃口、ナイフや日本刀、それにどうつかうのかわからないアンテナやガラスの塊がからみあい凶悪な武器の腕となっている。モーターがうなると胴体ほどある右腕がもちあがった。

「すげえな、これなら敵の原子力空母でも轟沈《ごうちん》できそうだ」

ジョージは口笛を吹いていった。

「どうやらオモイはその人間の隠された願望を形にするのが得意みたいだな」

「つぎはわたしだ」

重々しく低い声。元はきっと佐竹宗八だろう。タツオはクラス格闘技戦の準決勝を思いだした。ソウヤは上半身裸で、下半身には迷彩柄の軍パンをはいている。足は裸足で、驚くべきは上半身の筋肉だった。あのときのリアルな身体よりも二倍ほどに筋肉がパンプアップされている。

「すごいマッチョがきたな。今どき『ランボー』かよ。すごい懐かしいぜ」

武器の集合体の右腕をつけたテルが軽口をたたいた。

「ぼくだよ。驚かないでくれ」

天童寂矢の声にはかすかに自嘲の響きがあった。人を呪い、戦運を左右する呪術師の少年はどんな形に変異したのか。

最初に見えたのは黒く重い霞《かすみ》のようなものだった。それが空中高くからおりてくる。嵐の真っ黒な雲のようだ。その雲のあいだには火花が散っていた。雷光と焦げくさい空気とともにジャクヤがあらわれた。羽織袴という日乃元古式の服装だが、神職の和装と違っているのは墨染の濃い灰色であることだった。

「オモイは機械の癖になかなかセンスがいいよ。ぼくはこの格好気にいった。普段もあんな重苦しい軍服でなく、こっちのほうがいいくらいだ」

タツオは質問した。

「その稲妻は自由に撃てるのかな」

「ああ、なんとかなりそうだ」

ジャクヤは笑って両手を開いた。そのあいだに目をそむけるほどまぶしい稲光の柱がとおった。手槍でも投げるようにジャクヤは稲妻を海に向かって投げ落とした。海面では猛烈な水蒸気爆発が発生し、直径数十メートルの半円形の穴が海にできた。つぎの瞬間にはなだれこんだ海水で埋め尽くされたが、数百の魚の死体が銀色に浮かんでいる。

ジョージはいった。

「すごいな。雷を投げるとはギリシャの神々の王ゼウスみたいだな」

ジャクヤはにやりと笑っていう。

「いや、ぼくは純国産だ。京都の山のなかの生まれなのでね」

「そろそろわたしもいいでしょうか」

マルミの声は変身後もかわいらしかった。あの理系メガネ女子はどんな姿に変わったのか。

最初に見えたのは白いヒールのないパンプスだった。白衣はありふれた研究者仕様で、マルミはいつもと変化はないように見えた。ジョージがいった。

「マルミちゃんはタツオみたいにエクストラのキャラクターは乗っけなかったんだ」

「いいえ、わたしもすこしだけ」

マルミが右手をあげると周辺の空気が歪んで半透明になった。透きとおったアクリル製のディスプレイが六方向に浮かび、たくさんの数列と情報を流しながら、マルミをとりかこんでいる。

「わたくしはオモイのサポートを受けて演算能力を限界まで引きあげました」

妖精サイズのオモイが透明な羽を羽ばたかせ、マルミの周囲を飛びまわった。

「数学的な処理能力ではマルミさんがこのチームでは一番です」

テルがなにかに気づいたようだ。怪訝な顔をしていった。

「なんだか、感じが違うんだよな。マルミ、おまえもしかして胸でかくしただろ」

白衣の前をさっと両手で隠して、マルミが真っ赤な顔をした。

「いいじゃないですか。アヴァターは自分の好きにできるんだから」

タツオはマルミの胸をさりげなく視線で点検した。ちょっとどころではなさそうだ。2カップは優にサイズアップしている。

「おれは前のほうが好きだけどな」

テルがぼそりとそういうと、マルミはさらに顔を赤くした。もう耳まで真っ赤で鼻の横に汗をかいている。ジョージがいった。

「さて、あとは東園寺のお嬢さまだけか」

体長数メートルはある黒い龍があらわれた。おたがいにもつれあうように円を描いて、空中を飛び続けている。その円の中心に黒い雲が出現した。テルがいう。

「孫悟空の筋斗雲《きんとうん》みたいだ」

ジョージが続けた。

「むこうは白だろ。こっちは真っ黒じゃないか」

東園寺彩子は黒雲のうえに腕を組んで胸を張り立ち尽くしていた。兄の死を悼《いた》む黒い進駐軍の軍服姿で、長い黒髪を風になびかせている。

もともとスタイルがいいので、頭身に変わりはないようだ。ただタツオは気づいていた。目は黒いシャドウでおおわれ、唇は黒に近い紫で塗られている。ジョージが天使なら、サイコは死の女神だ。ジャクヤが軽口をたたいた。

「ぼくが稲妻をとったけど、そっちの龍にはなにができるんや」

サイコが高々と右手をあげた。長い髪を抜いて、龍たちにくわせる。

「あなたたちの力を見せなさい」

三匹の龍がうねるように一度上昇してから、海面にダイブしていく。そのときタツオと龍の目があった。

（あっ！　これは……）

死んだサイコの兄・東園寺崋山の目にそっくりだった。オモイはサイコの心に潜んだ兄を慕う心を再現したのだろうか。それとも死してもまだ遺恨を残し、現世をさまようカザンの無念の思いがＡＩにまで影響を与え、戦術シミュレーションにバグを起こさせたのか。

「見なさい」

サイコがおごそかに指し示すと、最初の黒龍が青い南の海面を炎でなぎ払った。ぐらぐらと煮え立つ海面からもうもうと水蒸気があがる。そこに二匹目の黒龍が白い冷気を吹きかけた。海面を隠していた水蒸気が見る間に凍りつき、雪の結晶が南洋の空にキラキラと舞っている。最後の黒龍が牙の生えそろった咢《あぎと》を開くと、突風が吹き荒れ、季節外れの南の雪を火山島の彼方《かなた》まで吹き飛ばした。

「まあ、こんなものかしら。わたしにもこの子たちの力はまだよくわからない」

三匹の黒龍はもどってくると、サイコを絶対守護するように黒い軍服の周囲をとりまいた。

「すごいな、みんな」

タツオはそういうといつもとなにも変わらない自分の戦闘服姿を見おろした。自分だけ変わり映えしないのが、平凡でおもしろくない。だが、今さらチーム全員のまえで変身するのはためらいがあった。ジョージが背中の白い翼をたたんでいう。

「オモイ、みんなのキャラクターにはなにか意味があるのか。それとも各人の変身願望がだだ漏れになっただけなのかな。進駐官少尉とはいえ、まだミドルティーンだからね」

ジョージの天使の翼、ジャクヤの不吉な嵐の黒雲、サイコの三匹の龍、テルの武器庫の右腕、ソウヤは筋骨隆々としたランボーになり、マルミは3Dディスプレイを鎧《よろい》のように身にまとっている。

戦術支援ＡＩは透明な羽で浮かびあがるとその場で七体に分裂した。「須佐乃男」操縦者候補一名に一体ずつつき従う。

「はい、変身後のキャラクターは操縦者のみなさんの意思を反映させていますが、戦術上でも決して無意味ではありません。テルさんは遠距離での砲撃ミサイル射撃、ソウヤさんは接近戦、マルミさんは確率計算、ジャクヤさんは気象兵器と勝ち運の変動、サイコさんは炎と冷気とプラズマ、レーザー兵器の運用。それぞれの分担の兵器を象徴するものになっています」

皮肉に笑って、天才児ジョージがいった。

「ぼくの羽はどういう兵器なんだ。とても敵を倒せそうには見えないけど」

オモイの七つの声が重なった。タツオの右肩からもきこえてくる。

「タツオさんはジョージさんをバランサーとして働かせようとしていると、わたしは判断しました。敵に押しこまれたとき劣勢の友軍の救援にかけつけ、戦場のバランスを保つ攻守に長けた万能型の部隊です。戦術判断と移動のスピードをシンボライズするものとして、ジョージさんとタツオさんのイメージは奇《く》しくも同一だったというべきでしょう」

「へえ、この翼にそんな意味があったのか」

ジョージが背中の羽を羽ばたかせると、空中に浮かんだ指揮所にそよ風がふいた。タツオは頬に熱気をはらんだ南洋の風を感じて、この戦闘シミュレーターの膨大な演算能力に恐怖を覚えた。だが、オモイは最高性能の戦闘コンピュータを遥かに超える能力があるという。

テルが右腕をあげると、モーター音だけでなくがちゃがちゃと金属の砲身がふれあう音が鳴った。

「おれの右腕が重いのは砲撃対応というわけか」

妖精が複合した無数の砲身の周囲を旋回している。ピカソがキュビズムで描いた未来の大砲のようだ。

「はい。砲撃のスイッチを押すのと、このように砲自体を肉体化するのとでは、反応速度にコンマ一二秒ほどの差があります。当然、自分の腕に武器をイメージ化したほうが速いのです。テルさんの砲撃システムは一台ずつマルミさんの照準システムと結ばれています。マルミさんが高速移動する敵の近未来の予測位置を計算し射角をあわせ、テルさんが撃つ。素晴らしいコンビになることでしょう。どんな成果を生むかたのしみです」

ジャクヤが笑うと、黒い雲が足元から湧きあがった。白い翼をはやしたジョージのとなりに立つと天使と悪魔のような対比だ。

「おいAI、ぼくは気象兵器についてはきいていないぞ」

「はい。まだ実験段階ですので、お伝えはしていません。広範な戦場全体で敵に不運をばらまくというジャクヤさんの呪術の力と重ねあわせることで、気象兵器の威力が最大限に発揮されると考えました」

サイコが口を開くと、三匹の黒龍も牙をむきだしにした。

「気象兵器というと嵐でも起こせるのかしら。南の島に雪を降らせるのはたいへんだものね。ねえ、オモイ、わたしのところにくるなら、白ではなく黒い復讐の妖精になりなさい」

「はい、サイコさん」

うなずいたとたんにサイコの肩のあたりを飛んでいたオモイは黒い革の衣装を身につけた小悪魔の姿に変身した。

「この地域は亜熱帯と熱帯の境界線上にあり、現在の技術では降雪を可能にするようなエネルギー量はまかなえません。ですが、海水面の潜在的な熱量を利用すれば、比較的容易に熱帯低気圧あるいは台風を発生させることは可能です。台風のエネルギーは数十万個の水素爆弾に匹敵します」

テルが苦笑いしていった。

「それはそうだけどな。敵だけでなく味方にも容赦なく暴風が襲うんだろ」

オモイは淡々としている。

「気象兵器の運用は指揮官の判断にまかされます。ただし、戦術シミュレーションではこちらの数倍の規模をもち、氾とエウロペの寄せ集めである本土上陸部隊のほうが指揮系統も混乱しやすく、被害は数倍になると想定されています」

ジョージがうなずいていった。

「なんだか大昔の元寇《げんこう》の話みたいだね。おもしろいじゃないか、呪術師のジャクヤが神風をつかいこなすなんて」

戦史の時間にさんざん習っているので、元寇については進駐官なら誰でも知っていた。世界帝国を築いたモンゴル帝国と高麗《こうらい》の侵略軍は、当時世界史上最大規模の五〇〇隻弱の大艦隊と一五万人の兵士を率い、九州に襲来した。上陸戦を終えて、夜を過ごそうと船にもどったところを季節外れの台風に襲われ、大損害をこうむり撤退を決意したという伝説だ。事実としては当時、台風あるいは暴風低気圧のたぐいの報告は歴史書には残されていない。モンゴル高麗軍は兵の疲弊と増え続ける防衛軍の圧力を秤《はかり》にかけて、戦略的撤退を選んだというのが定説だ。ジャクヤが皮肉そうにいう。

「近年の研究では、カミカゼは事実ではなかったことになっている。進駐官でいまだにカミカゼを信じている者などいないだろう。だが、ジョージのいうとおり、呪術師のぼくが台風をあやつるのはぴったりや。大風の呪法、降雨の呪法を進駐軍の気象兵器とあわせてつかうとどんな結果がでるのか、ぜひ試してみたいもんや」

タツオは舌を巻いていた。副操縦士のキャラクターづけは、戦術支援AIからなんの相談も受けていない。ほぼ各自が自身で判断した変身だった。だが、見事に戦意高揚と戦力の向上に貢献している。タツオが役割をトップダウンで割り振っても、こうも見事には働かなかったことだろう。

サイコが眉をひそめて、不思議そうな顔でタツオを見つめてきた。冷ややかな声は黒龍のつかい手にふさわしかった。

「タツオはひとりだけ、どうして元のままなの？　オモイ、こたえなさい。それとも正操縦者だけのなにかチート技でもあるのかしら」

タツオ自身もこの姿に納得していなかった。空中に浮かぶ妖精にいった。

「ぼくにも教えてほしい。このままでいいとはいったけれど、ぼくだけ普通なのはなぜなんだ」

「このチームの指揮官はニュートラルでなければならないからです。タツオさんは絶対に揺れない基準とならなければいけません」

タツオの肩のあたりを飛び回りながら、妖精化したオモイがいう。テルがふざけていった。

「普通が一番ってか」

「そうです。指揮官は最終的な決定をおこなわなければならない立場です。ときに人命の損失と作戦効果を秤にかけなければなりません。ヒロイズムに酔うこと、物語やイメージで遊ぶことは許されません。戦場では徹底したリアリズムが必要なのです」

タツオは改めてカーキ色の戦闘服を見おろした。さして考えもなく、このままの姿でいいといったのだが、戦術支援ＡＩには重さのある意味があったようである。

「徹底したリアリズムか。そいつなら、たくさんの子どもの死を見てきた、ぼくも得意や」

そういったのはジャクヤだった。呪術師として選抜されるまでに、血のつながった一族の子どもを殺害してきた天童家の出身だった。ジャクヤについたオモイは、ちいさな手を分家筋に生まれた天才の肩においた。

「ジャクヤさんが冷静冷徹であることは、みなわかっています。ですが指揮官の資質はそれだけでは足りません」

テルが銃口と砲身だらけの右腕をがちゃがちゃと鳴らしていった。

「そりゃあ、そうだ。冷たく計算高いだけの指揮官に誰がついていくんだよ。兵士だって人間だぞ。こいつのためならって思わせる人望がないとな」

サイコが冷たい声でつぶやいた。

「タツオにそんな人望があるとは思わないけど」

ジョージがとりなすようにいった。

「タツオの甘いところ、他者への共感能力、弱者への優しさ。『須佐乃男』のような未曾有《みぞう》の戦力を動かすには、得難い指揮官だとぼくは思うよ。オモイの適性判断では、もっともいい数字はタツオだったんだろう。きみは指揮官選びには口をはさまなかった。ということは、オモイが計画していたとおりに事態がすすんだということだろう」

ソウヤが腕組みを解いて、口を開いた。大型タンカーでもつなぎとめるワイヤーロープのような太い腕だ。

「オモイ、貴様が進駐軍から与えられた最終目的はなんだ？」

「単純です。きたる本土防衛戦で『須佐乃男』に最高性能を発揮させるチームをつくりあげる手助けをすること。あくまで助力で、主体はこのチームのみなさんです」

サイコが当然のように質問した。

「わたしたちのチームが一〇〇とすると、二番手のところの戦闘能力はどれくらい？」

「この数字で安心して欲しくはないのですが、七〇パーセントを切っています」

タツオはあらためて、南の海上に浮かぶ透明な指揮所を眺めた。テルがうなずいていう。

「そうか、おれたちが断トツのファーストチョイスというわけか。いい気分だな。もうおしゃべりはたくさんだ。敵の姿を見せてくれ」

戦術シミュレーターは完全な仮想現実を再現可能にしていた。日ざしの熱さも、海上を吹く風も、精妙な手足や内臓の体性感覚まである。この心臓の鼓動は自分のものではなく、戦術コンピュータが演算の結果生みだしたものなのだ。タツオはそう思って、自分の胸に手をあてたが、戦闘服の手ざわりもリアルにしか感じられなかった。

テルの命令に従い巨大な3Dディスプレイに火山島の反対側に結集している大艦隊が浮かびあがった。三隻の航空母艦を中心とした打撃群に、一〇〇を超える小型の上陸用舟艇。最初の船団が火山島の砂浜に続々と上陸し、橋頭保《きようとうほ》を築いている。ジャクヤはいった。

「おいおい敵さんはもうずいぶんと準備をすすめているみたいだぞ」

オモイがいった。

「心配ありません。みなさんが接続してから、まだ九〇秒ほどしか経過していません」

マルミがちいさく叫んだ。

「嘘っ！　もう一時間はたってるみたい」

「戦術シミュレーションでは時間感覚が操作されています。意思の伝達は電子の速さでおこなわれ、みなさんの思考スピードもアップしています」

夢のなかの時間と同じなのだとタツオは思った。長大なストーリーに感じられる夢でも目覚めて時計を見ると一瞬のことに過ぎない。

「もっとも実際の『須佐乃男』では、このシミュレーションよりも遥かに時間流が速くなります」

テルがつぶやく。

「それでおれたちは一日でジイサンというわけか」

ジョージが背中の翼を広げていった。

「この戦闘シミュレーションを進駐軍のお偉がたは固唾《かたず》をのんで見ているんだろうな。さて、作戦はどうする？」

チーム全員の視線がタツオに集中した。最初の大規模模擬戦だった。三倍以上の戦力を擁する敵にどう立ち向かうか。

「オモイ、『須佐乃男』を起動できるか」

「いいえ、第一回は『須佐乃男』の機能の一部だけ使用し、あとは通常戦力で闘っていただきます」

テルがいう。

「機能の一部ってなんだよ。すごい秘密兵器とかないのか」

オモイが平然といった。

「そんなものはありません。『須佐乃男』の機能の一部は、今みなさんが使用しているものです」

ジャクヤがいった。

「なんだそれ？」

「全人格シミュレーターと変身機能。それに第一段階の時間の加速化です。それではタツオ、作戦を伝えてください」

もう迷っている時間はなかった。指揮官として迷いを周囲に見せるわけにはいかない。即断即決が進駐官の習いだ。タツオは海上に浮かぶ透明な床に足を踏ん張り胸をそらした。

「敵の上陸部隊を水際で殲滅する。海上にいるうちに歩兵部隊を沈めるんだ。ジャクヤはこの距離から気象兵器と呪術をつかえるか」

「だいじょうぶや。わからないことはオモイにきいてみる」

ジャクヤがそういうと足元から黒い雲がもくもくと湧きだした。

「テルは対艦ミサイルで空母の航空能力を奪ってくれ」

「了解。まあ敵もミサイル防御網が分厚いから、そう簡単にはいかないだろうがな」

航空母艦は各国でそれぞれ数隻しか所有しない虎の子の戦力だった。当然厳重な防衛用舟艇に囲まれ、ミサイル迎撃システムが何重にも張り巡らされている。

「ああ、飽和戦術になれば敵の防御力のほうが優勢だ。そこはマルミの演算能力で、防御の手薄な箇所を精密射撃してくれ。第一弾はデータをとるためのダミー攻撃でいい」

「わたしは敵の弱点を探し、射撃やミサイル攻撃の照準をつければいいのね」

「ああ、数値だけテルにわたせば、あとはやってくれる」

黒い龍が三匹うねりながら首をもちあげた。

「わたしの仕事は？」

漆黒の衣装を身につけたサイコが目を半分閉じていった。

「サイコは上陸部隊をたたいてくれ。砲撃、ミサイル、レーザー、プラズマ、なんでもいい。この島を日乃元本土だと思って守ってほしい」

タツオは宙に浮く数十枚の３Ｄディスプレイにかこまれたマルミにいった。

「精密射撃の照準といっしょに敵の戦術コンピュータへのハッキングと妨害工作も頼む」

「はい、逆島司令」

テルが右腕を鳴らしていう。

「おーいい響きだな」

「ぼくはどうしたらいい」

ジョージが白い翼を広げていった。タツオは一瞬考えた。この戦闘シミュレーションはまだ初回だ。勝敗はそれほど重要ではない。操縦者候補のデータをとることが最優先のはずだ。致命的な戦術ミスを犯さなければいい。

「ジョージは遊軍として、ぼくのそばに控えていてくれ。副官としてアドバイスを頼む。もちろん誰かが押しこまれたら、援軍に向かってもらう」

タツオは自分自身のなかで不安や恐怖がふくれあがり、正常な判断ができなくなるのを危惧《きぐ》していた。ジョージがそばにいれば、普段通りの力が発揮できるだろう。またもし自分の身になにかあった場合は、的確に指揮を引き継いでくれるはずだ。戦況分析と戦術に関しては、このチームの誰よりも優秀だった。

「わかった。全力でタツオを支えるよ」

サイコがいった。

「タツオ、ジャクヤが呪術を使用してもいいのなら、わたしも敵に『呑龍』を試してみてもいいかな」

タツオはジョージと目を見あわせた。ジョージはわずかにうなずき返してくる。

「了解。使用を許可する。ただし作戦の前半は通常攻撃だけにしておこう。こちらが命令をだしたら、『呑龍』を発動してくれ。東園寺家の秘伝の効果を測っておきたい」

タツオは肩に乗った妖精にいった。

「オモイ、この指揮所は移動できるか」

「はい。このシミュレーターのなかならどこにでも移動可能です」

この戦術支援AIはこれまでに開発されたすべてのAIよりも優秀だという。仕事をどんどんまかせるべきだ。

「では、戦場の全景を見わたせる指揮にベストの位置に移動だ」

30

目の前の光景が一瞬揺れたと思うと、火山島の上空にきていた。ディスプレイで座標を確認する。一瞬で一〇数キロを移動していた。上陸部隊がとりついた砂浜から数百メール内陸のジャングルの上空一〇〇〇メートルほどの高度に浮かんでいる。

敵の上陸部隊は八〇〇メートルほどある砂浜の全域に一斉に上陸作戦を開始していた。浜辺を埋めるのは一〇〇〇隻を超える上陸用舟艇だった。それぞれ三〇名ほどの兵士を積載可能なので、これだけで三万の兵力になる。

沖合には島のような航空母艦が一〇隻近い警護艦に守られ、巨体を休ませている。戦闘ヘリコプターとジェット機がつぎつぎと飛び立っていた。

「空も海も浜も敵でいっぱいだ」

テルがうれしげにいった。サイコもうなずく。

「ええ、これは壊しがいがあるわね」

タツオは命令した。

「各自、攻撃を準備せよ。戦術変更をするとき以外許可を求める必要はない。自分なりの決断とアイディアで闘うように。攻撃のタイミングとバリエーションについては、オモイに助言を求めること。オモイ、この六名が担当する以外の兵器の運用に関してては、きみが最適解を演算し動かしてくれ」

妖精が人工音声でいった。

「わかりました。空母部隊は火山島を盾にして、敵との遠距離戦に限定します。みなさんの運用可能な兵器については、それぞれのディスプレイに送ります。最適解の実行まで一八秒ください。その間わたしとみなさんの描画が粗くなりますが、ご安心を」

ジッとノイズが鳴って、チーム全員についた妖精型オモイがモザイクでもかけたようにブロックノイズでゆらめいた。同じノイズが空の指揮所にいる全員に乗る。いにしえのブラウン管テレビでも見ているようだった。チーム七名の姿が粗くゆがんでいる。

マルミが感嘆していった。

「オモイちゃんの全演算能力を使い切るって、どれだけのことしてるのかな。ここで目の前に見えている敵も味方も、わたしたちの身体や感覚全部をシミュレートしてるんでしょう。なんだか神さまみたいだね」

日乃元神話の知恵の神「オモイカネ」がオモイの命名の由来だった。タツオがいった。

「ああ、VRとはいってもひとつひとつの兵器の能力や破壊力まで、すべて現実と同じように設定している」

「それでも実戦とは違う」

そうつぶやいたのはソウヤだった。ジョージがいった。

「そうだね。でもシミュレーションの結果は戦術支援AIが進化したせいで、実際の戦闘結果との合致率が九四プラスマイナス二パーセントまで向上している」

テルがいう。

「じゃあ、おれたちがここで勝てば、九割以上の確率でほんものでも勝てるってことか。じゃあ、ますます負けられないな」

オモイの全身に虹色の波が走った。その波は七名の「須佐乃男」操縦者候補にも広がっていく。

「全身イメージ回復しました。いつでも攻撃を開始できます」

タツオは意外なほど冷静な自分が不思議だった。空母対空母の遭遇戦といえば、普通なら戦局を左右する一大決戦である。大型空母の建造費は七〇〇〇億円とも八〇〇〇億円ともいわれている。そのうえ搭載した七〇～八〇機の戦闘機と戦闘ヘリコプターを加えると、一隻で一兆円を超える費用がかかっている。巨大戦力はそのまま国家規模の巨大な軍事予算だった。その空母打撃群を新任少尉でまだ二〇代の逆島断雄が動かすのだ。それでも胸の鼓動は速まることはなかった。通常業務のひとつとして淡々とタツオは命じた。

「総員攻撃開始」

指揮所の3Dディスプレイが一瞬ホワイトアウトした。火山島の半分が炎で明るくかすむ。日乃元の全艦から一斉に砲撃とミサイル攻撃が実行された。巡航ミサイルは五二発、砲撃は数百におよんだ。空母打撃群は第一波の攻撃のあと即座に回避行動にはいった。空に打ちだされたのはレーダーや誘導兵器を妨害する金属の薄片と金属蒸気の雲である。オモイの合成音声も冷静だった。

「着弾まで二三秒。全員そのタイミングにあわせて、総攻撃を開始してください」

タツオが立つ指揮所の周囲を六つの操縦席がとりまいていた。緊張の波が指揮所をのみこんでいる。テルのつぶやきだけが低く聞こえた。

「まだか、まだか、まだか」

オモイのカウントダウンが始まる。

「10…9…8…」

そのとき氾とエウロペ連合軍の対ミサイル防御網が目を覚ました。

敵の護衛艦からアンチミサイルが発射された。自動制御の機関銃が近づいてくる日乃元のミサイルを撃墜しようと分厚い弾幕を張る。同時に氾＝エウロペ連合軍も反撃に移った。火山島の反対側に陣取る日乃元の航空母艦に巡航ミサイルを発射する。

タツオは叫んだ。

「オモイ、こちらの攻撃はどれくらい敵に到達するんだ?」

「敵のＡＩの能力にもよりますが、二二パーセントプラスマイナス一・四の確率で、敵艦船に到達します」

３Ｄディスプレイに敵航空母艦が浮かびあがっている。そこに糸を引いて巡航ミサイルと砲弾、それに魚雷がむかっていた。空母の甲板《かんぱん》ではつぎつぎと戦闘機が飛び立っていく。

「迎撃ミサイルとの接触まで3…2…1」

つぎの瞬間、南の海の上空に無数の火球が出現した。海水面が泡立つほどのエネルギーが一瞬で放出される。オモイは冷静だった。

「約二三パーセントのミサイルが敵の迎撃網をかいくぐりました。着弾します」

中央の旗艦はさすがに分厚い弾幕と迎撃兵器でほぼ無傷だったが、左右のやや小型の航空母艦は被弾したようだった。ディスプレイでは炎と煙で被害の様子がわからない。

「旗艦の損害は軽微。空母の一隻は大破、一隻は航空甲板に着弾し、空戦継続能力を失いました。緒戦は成功です」

タツオはいった。

「メインディスプレイを我が軍の空母に切り替えてくれ」

「はい」

瞬時に火山島の北側で回避行動をとる日乃元の空母が映しだされた。無数のミサイルと砲弾が襲いかかろうとしている。

もうダメだとタツオが覚悟を固めたとき、迎撃ミサイルと精密射撃が火を噴いた。息をのんでディスプレイを見つめる。オモイがいった。

「わたしの演算能力は敵の戦術支援ＡＩを上回っているようです。ミサイルの着弾は三発。砲弾一七発。飛行甲板イに被害。修復可能です。敵攻撃の無効化率は八八パーセントに達しました」

タツオはほっと一息ついた。まだ戦闘継続は可能なようだ。質問してみる。

「ずいぶん引きつけてから迎撃したけど、あれはどういうことなんだ」

「正確にこちらの急所を狙ってきているミサイルをぎりぎりまで観測し、集中的に迎撃しました。ミサイルの能力は物理的なもので、我が軍と敵でおおきな差はありません。迎撃戦は戦術支援AIの演算能力差が優劣を分けます」

タツオは妖精型のAIに笑いかけた。

「それだけオモイが優秀という訳だな」

「畏れいります。敵の第二波攻撃がきます」

航空母艦二隻に損害を与えたとはいえ、まだ残存の戦力は巨大だった。ミサイル巡洋艦、護衛艦、フリゲート艦、それに補給艦がほぼ無傷で残っている。タツオは叫んだ。

「巡洋艦は一隻で、どれくらいのミサイルを積んでいるんだ？」

「一隻あたり二五〇から三〇〇発ほどを積載可能です」

絶望的な数字だった。戦力比は最初から三対一である。緒戦で空母に損害を与えたくらいで、調子に乗っていられなかった。

「予想される敵の戦略は？」

オモイの声も緊張しているようだった。

「飽和戦術をしかけてくると思われます」

防御力を上回る圧倒的な物量による攻撃で、防御力を飽和させる古典的な戦術だった。八八パーセントが迎撃されるなら、三〇〇発撃てばいい。それなら三〇発以上が命中するだろう。

タツオは叫んだ。

「ジャクヤ、呪術は展開しているか」

メインディスプレイをとりまくたくさんのサブ画面のひとつで、ジャクヤが叫んだ。

「ああ、とっくに戦場全体に呪をかけてる。だから、これくらいの情勢を保っていられるんや」

「敵のミサイル巡洋艦を叩いてくれ。最初の攻撃はこちらの防御能力を試すテスト攻撃みたいだ。つぎは全力で飽和攻撃をしかけてくる可能性が高い」

「了解」

横からテルが割りこんできた。

「今の話、きいてたぞ。こちらもミサイル巡洋艦に攻撃を集中する。マルミ、射撃データ、送ってくれ」

「はい、テルさん」

テルとマルミのコンビは良好のようだった。

「敵護衛艦、大破した」

冷静な声はソウヤだった。さすがに落ち着いて、敵の海上戦力を削りつつある。

「その調子で頼む」

第二波の空母戦まで残り時間はわずかだった。タツオは命じた。

「メインをビーチに替えてくれ」

３Ｄディスプレイにタツオは目をみはった。南の島の青いビーチが長さ八〇〇メートルにわたって、敵兵の血の色で淡い赤に染まっている。

サイコが振るう銃弾、砲弾、レーザーが飛び交っている。

こちらの兵士の数はすくなかった。上陸予定地には自動化された小型要塞と射撃ロボットが無数に設置されていた。

黒髪を振り乱し、攻撃を続けるサイコの顔がサブディスプレイに映された。頬が上気し、目がきらきらと濡れ光っている。サイコは敵兵を倒すことに興奮しているのだ。東園寺の軍人の血が目覚めたのかもしれない。

「そっちの戦況はどうだ？」

「蟻《あり》を潰《つぶ》すみたいに殺しまくってる。でも、敵はぜんぜん減らないの。揚陸《ようりく》艦と補給部隊の数が半端じゃない。こちらは手いっぱいだから、誰かに揚陸艦を海上で叩かせて」

「わかった。ソウヤさん、サイコをバックアップしてくれ。上陸前に敵を沈めるんだ」

オモイの冷静な声が響いた。

「敵第二波攻撃きます」

タツオはかたわらに控える副官に叫ぶ。

「ジョージ、どうしたらいい？」

「被害は覚悟するしかない。飽和攻撃を受けたら、戦闘継続は不可能な艦が続出するだろう。撃つなら今だ」

敵の攻撃で何人の友軍兵士が命を失うのだろうか。世界一の戦術支援ＡＩオモイでさえ、その数はわからないだろう。タツオは決断し、命令した。

「旗艦だけを狙え。攻撃用兵器、全弾発射。発射後は散開し、全速で回避行動に移れ」

あとは祈るだけである。敵連合軍の飽和攻撃はすさまじかった。五〇〇発近い巡航ミサイルが無数の糸を引いて、火山島を越えてくる。日乃元の防御能力を遥かに超える攻撃力だった。

「オモイ、迎撃頼む。ひとりでも一隻でもいいから助けてくれ」

タツオの命令に一瞬遅れて、日乃元の航空母艦打撃群からも、すべての残弾が発射された。こちらの三〇〇発近い巡航ミサイルだった。もうこちらには予備のミサイルはないのだ。補給艦から積み替えるには、数時間を要するだろう。火山島の上空で巡航ミサイル同士が交錯した。空母戦の決着がつこうとしている。タツオは目を閉じることも忘れて、３Dディスプレイに見いっていた。

空を駆ける巡航ミサイルの速度が、なぜか遅く感じられた。ジェット戦闘機というよりも、単発エンジンのプロペラ機のようである。タツオはオモイに聞いた。

「この戦術シミュレーターの時間流の速度は、今どれくらいなんだ」

オモイは心ここにあらずといった表情でこたえてくる。アンチミサイルの照準で忙しいのだろう。

「通常の生物時間の三倍です」

ジョージがつぶやいた。

「こうなると、人間の兵士にはやれることはすくないな」

音速を超えるスピードで飛来するミサイルの軌道を瞬時に解析し、迎撃用のミサイルを正確に撃ちだす。もう人間の手に負えるような反射速度や演算能力ではなかった。

「だけど、戦場から人間の兵士はなくならない。なくしてはいけないんだ」

現代の戦場には、徹底した人間原理が導入されていた。核兵器、生物兵器、化学兵器のＡＢＣ兵器は前世紀から、国際法で戦争での使用は禁止されている。拷問《ごうもん》や虐殺、民族浄化といった残虐行為も同様だ。

だが、二一世紀のなかばを過ぎて、ＡＩ兵器もＡＢＣと同じように使用禁止にされていた。人間による遠隔操作を受ける兵器は通常戦で使用可能だが、ＡＩのみで作戦行動が可能な完全自律型のＡＩ兵器は、国際法で非人道的であるとして使用は厳重に禁止されていた。ＡＩの役割は戦術と戦略の支援に特化されている。

ジョージが背中の羽を震わせていった。

「結局はＡＩよりも鈍くてのろくさい人間の勝負になるのか」

兵器の性能には物理的な限界があった。すでに通常の爆弾やミサイル、火器などは二〇世紀に性能の限界に達している。ＡＩ兵器はまだ進化を止めていないが、各国で性能的には大差のない臨界状態だった。いい替えればこの時代の戦争は、人間の能力がボトルネックだった。タツオは３Ｄのディスプレイを喰いいるようににらんでいった。

「ぼくたちが足を引っ張らないようにしないといけないんだ」

戦術支援ＡＩ「オモイカネ」や自動化ロボット軍団「須佐乃男」は現在戦闘中の航空母艦よりも多額の開発費がかかったことだろう。そうでなければ、氾やエウロペの戦力を凌ぐことなど到底望めない。タツオと六名の副操縦士には、小国の国家予算規模の戦力が与えられるのだ。

「敵ミサイル迎撃します」

空を無数のアルミ片が舞っていた。南の空に吹雪く白銀の輝きだった。敵のレーダーを攪乱するチャフである。ミサイルはゆったりと数百の白煙で火山島上空を埋め尽くしていた。日乃元空母打撃群の数百のＡＩ制御ガトリング砲が一分に数千発の炸裂弾をミサイル目がけ発射していく。この数十秒で百万発を超える銃弾が消費されるのだ。圧倒的な戦力の氾＝エウロペ連合軍の飽和攻撃にこたえるには、この方法しかなかった。ただし、全力で迎撃できるのは、この一度限りである。もう残弾は存在しないのだ。あとは戦略的撤退、逃げ切るしか方法はない。

たがいの巡航ミサイルが主戦の空母に到達した。一段と明るく南洋の海を照らす。オモイが報告した。

「当方旗艦空母に、巡航ミサイル二四発着弾。砲弾六五発着弾。自力航行は可能ですが大破。航空戦力は戦闘ヘリ数機を除いて運用不可能です。巡洋艦大破、護衛艦航行不能、補給艦轟沈《ごうちん》」

それでは虎の子の空母が丸裸になる。タツオは焦ったが、一瞬遅れて3Dディスプレイでは敵航空母艦三隻が明るい火球に包まれた。

「敵旗艦、損害軽微。航空戦力維持。敵空母一隻撃沈開始。敵空母一隻大破。自力航行不可能です」

ジョージが鋭く叫んだ。

「航空戦力維持か。戦術的評価は？」

「このまま我が旗艦が速やかに戦術的撤退が可能なら、我が軍の勝利になります。上陸部隊はサイコさんが殲滅しつつあります」

タツオの注意が火山島のビーチに移された。八〇〇メートルの白砂の浜辺は静止画像のようだった。敵上陸部隊の万を超える兵士が、戦闘の途中で固まっている。サイコは自動化要塞とロボット射手を指揮しながら、東園寺家秘伝「呑龍」を音響兵器としてビーチに展開していた。止まっている兵士を狙い撃つのは、AIに制御された銃には容易すぎる標的だった。

最後に残された敵航空母艦から、続々と戦闘機が空に飛び立ってくる。報復のためまっすぐに火山島を越えて撤退中の日乃元空母団に向かっていく。

「オモイ、なんとかできないのか」

「対空ミサイルの残弾僅少。全弾発射します。あとは対空砲火に頼るしか手がありません。我が航空戦力は使用不能です」

ジョージが叫んだ。

「こちらの潜水艦は今、どこにいる？」

「戦闘区域を離れ、海底に停泊中」

ジョージがタツオを見た。タツオもうなずき返す。

「ああ、やろう」

復讐に燃える敵戦闘機は間違いなく、日乃元の空母を沈めるだろう。対空砲火だけでは二〇機を超える戦闘機は止められない。だが、こちらも敵の旗艦空母を逃すつもりはなかった。ジョージはいった。

「極低速で敵旗艦に近づき、魚雷を全弾くらわせたいんだが、オモイ、作戦の成否は？」

通常のスクリューではなく、日乃元の潜水艦はムカデの足のように細かなフィンを動かし、無音の隠密行動が可能だった。ただし速力は人が歩くほどの極低速である。

「さすがジョージさんですね。わたしの推薦戦術も同様です。我が潜水艦には攻撃後、即座に敵戦闘区域を離れ、兵士の救出に向かわせます。攻撃目標は敵旗艦と補給艦に変更します。敵巡洋艦、護衛艦にはもう残弾が希少です。補給艦を沈めれば、敵も攻撃手段を失います」

さすが戦術支援ＡＩだった。たとえ戦闘艦がいくつか残されても、ミサイルも弾もないのでは貨物船と変わらない。タツオはいった。

「その作戦を許可する。すぐに始めてくれ」

妖精型戦術支援ＡＩがいう。

「潜水艦極低速前進開始しました」

「作戦の成功予想は？」

タツオはオモイの顔を見た。頬が赤く上気している。

「八二プラスマイナス二・三パーセント。タツオさん、不思議ですね。わたしは今、とても高揚しています。わたしは敵を打ち破るために生まれたのだ。わたしは戦術支援AIに過ぎませんが、今この瞬間を生きている。ただの複雑なプログラムと多数のCPUには、それはだいそれた思い上がりなのでしょうか」

少女の声を模したAIの声が上ずっている気がして、タツオは目を細めた。自分の生きがいを発見し、生の実感に感動するAIがあるなら、それは生きているといってもいいのではないか。タツオは直観的にそう考えた。

「オモイは生きているよ。ぼくたちのチームの一員だ。全力を尽くしてくれ」

戦術支援AIの声には感動があらわれていなかっただろうか。長い一拍をおいて、戦闘妖精がいった。

「わたしは必ず、敵旗艦を沈めます」

敵戦闘機からの対艦ミサイルが味方の艦隊につぎつぎと着弾していく。タツオは遠く離れたヴァーチャル指揮所から、その映像を見つめることしかできなかった。これはまだシミュレーションだからいい。だが、実戦となればあの一発一発のミサイルの火球とともに友軍の兵士の命が失われていくのだ。

「当航空母艦、機関部損傷、自力航行不可能です。航空機による第三波攻撃きます」

もう味方の空母を救うことはできなかった。対空ミサイルは撃ち尽くし、対空砲火の銃弾も尽きようとしている。空への備えがない艦隊は攻撃訓練の標的と変わらなかった。航空機と戦艦には圧倒的な速度差がある。現代の戦場では速度の差がそのまま戦力差なのだ。敵の戦闘機は大損害を受けた三隻の空母の報復のため血に飢えて襲いかかってくる。

ジョージがぽつりといった。

「あの型の空母だと、搭乗人員は三五〇〇名ほどか。いったい何人が生き残るのか」

オモイが冷静に指摘する。

「損害状況、海水温、救助態勢などから予測される生存率は二二プラスマイナス一・四パーセントです」

確率とはなんだろう。兵士にとっては生存できれば一〇〇で、死亡すれば〇である。二二パーセント分だけ生き残ることなど人間には不可能だった。一度しかない命が数字に代えられる。それが戦争の冷酷な数学だった。

「護衛艦、巡洋艦、揚陸艦、多数被弾」

燃え上がる艦船から、若い兵士がつぎつぎと海に身を投げていく。救助活動中の小型舟艇やゴムボートにも容赦なく敵機から機銃掃射がおこなわれていた。海面を赤く染めて、兵士はうつぶせに顔を沈めたまま、海流にゆっくりと運ばれていく。南の海を覆うのは血と油だった。

「第四波、航空攻撃きます」

氾＝エウロペの連合軍は日乃元の戦闘艦を一隻も逃さないつもりなのだろう。小国の国家予算に等しい価値をもつ航空母艦を三隻も再起不能まで叩かれたのだ。無理はない。だが、こちらもやられてばかりではいられなかった。この報復の感情はどこから生まれてくるのだろうか。タツオは冷静に自分の内にある冷たい炎を見つめていた。

「オモイ、味方潜水艦と敵旗艦空母の距離は？」

「あと九〇秒で追跡射程二〇海里《かいり》内に侵入します」

ジョージがいった。

「敵旗艦も気の毒に」

味方潜水艦は、直径六一センチの大型魚雷を一六発発射するだろう。魚雷に対する防衛法は実質的に存在しなかった。動きの鈍い航空母艦の巨体では回避行動も困難だ。海水面から下の攻撃には艦艇は非常に脆弱《ぜいじゃく》だった。

「むこうの旗艦は超大型の北京《ペキン》級だから、搭乗人員は六〇〇〇人を超える。報復攻撃は確かに復讐心を満足させるが、轟沈すれば生存率を二割として四八〇〇人の兵士が海の藻屑《もくず》に消える。なあ、タツオ、ぼくたちは存分に戦った。ここで鉾《ほこ》を収めることはできないか」

　タツオは首を横に振った。

「これはものすごくよくできてるけど、戦闘シミュレーションにすぎない。それにこの戦闘の結果は進駐軍の上層部もチェックしている。敵旗艦を沈めなければ、年寄りは納得しないだろう」

「魚雷の発射で位置がばれて、潜水艦を失うことになったとしてもか」

　ジョージは白い羽を休め、腕組みをして3Dディスプレイを見つめている。

「オモイ、味方潜水艦が無事に戦闘区域を離れる可能性は？」

　ジョージの肩のあたりに浮かんでいる妖精がいった。

「魚雷攻撃をおこなえば発射音と魚雷の進路からの逆算により、敵の索敵網《さくてきもう》にひっかかる確率は九二プラスマイナス〇・八パーセントです」

　タツオはあせって叫んだ。

「このまま隠密航行を続けて、離脱した場合は？」

「一二プラスマイナス一・六パーセント」

どう考えたらいいのだろうか。味方潜水艦は搭乗人員一八〇名。敵旗艦空母は同じく六〇〇〇名。建造費用も同じく三〇倍以上だろう。損害の比率では敵のほうが圧倒的におおきい。

だが潜水艦は位置を発見されれば、まず沈められる。海面下数十メートルでは一八〇名の戦闘員の誰ひとり助からない。生存確率は〇パーセントである。氾＝エウロペ連合にとっても航空母艦は全一二隻しか保有していない、虎の子の巨大戦力だった。敵旗艦は本国に帰りつけるなら、大補修を施しまた戦場にもどってくるだろう。それが今後どれほどの損害を味方に与えることか。

もし魚雷攻撃をおこない、連合軍が三隻の空母を失うとすれば、これは世界の戦史に数すくない海戦の大敗北と歴史に刻まれるはずだ。

ジョージがこちらを見ていた。ディスプレイをつうじて、その他の副操縦士も指揮官に注目している。テルが叫んだ。

「迷うことないだろ。さっさと魚雷で敵の王様を沈めちまえ。あいつは一隻一兆円もするんだぞ。圧勝で終わりにするんだ」

タツオは静かにいった。

「みんなにききたい。攻撃がいいと思う者、手をあげてくれ」

テル、サイコ、ソウヤ、ジャクヤが手をあげた。サイコがなにかをいいたそうに唇をかんでいた。

「じゃあ、反対に潜水艦を救助に向かわせるのがいいと思う者は？」

ジョージがそっと手をあげた。副指揮官はいった。

「マルミはどちらにもあげていないね」

全員の注目がマルミに集まる。マルミはメガネの奥の目に涙をためていった。

「わたしには決められない。タツオくんにまかせるよ」

テルが叫んだ。

「おい、タツオ。賛否をとったということは参考意見がほしかったんだろ。結果は四対一だ。さっさと決断しろ」

ディスプレイからの視線が痛かった。このまま何秒も耐えることはできないだろう。タツオはごくりとつばをのんでいった。

「オモイ、射程内にはいると同時に魚雷攻撃を開始してくれ」

テルが口笛を吹き、ジャクヤは手を打った。

「敵旗艦を撃ち漏らさないように呪をかけるよ。これで戦闘はおしまいだな」

タツオは唇をかんで命令を続けた。

「当潜水艦には魚雷を全弾発射後、浮上し総員退去を命じる」

「なんだって」

「どういう意味なの？」

誰が叫んだのかはわからなかった。ただタツオは生存確率〇がどうしても許せなかったのだ。潜水艦を捨て救命ボートで逃げれば、いくらかでも生存の確率はあがるだろう。

「潜水艦は沈めばひとりも助からない。だけど浮上して艦を捨てれば、クルーが生き残る可能性はわずかだけどあがるはずだ」

ジョージがうなずいていった。

「オモイ、その場合に期待される生存率は？」

しばらく戦術支援ＡＩが黙りこんだ。世界最高峰を誇る演算能力を有するオモイでも困難な計算なのだろうか。

「一四プラスマイナス一・一パーセント。敵の報復攻撃が一段と激しくなる可能性が高いです」

タツオは質問した。

「一八〇名の一四パーセントは何名だ？」

「二五・二名です」

その確率が〇・八人分上昇し、生存者が二六名を超えることをタツオは必死に祈った。ジョージがいった。

「建造するには何年もの歳月がかかるのに、破壊するときは一瞬だな」

敵の航空母艦のことなのか、友軍の旗艦空母のことなのかわからなかった。南洋の火山島をはさんで、どちらの空母も今沈もうとしている。海に浮かぶ山脈のような巨体が傾いていた。ぱらぱらと砂粒のように零れ落ちていくのは救命胴着を身につけた若い海兵たちだった。

潜水艦から発射された魚雷は海面近くを白い尾を引いて、最後に残された敵の航空母艦に向かって突進していく。同時に味方潜水艦の艦首が青い水面を割って急速浮上した。クジラのように鼻先を高々と浮かべ、全長九四メートルの黒い艦影が出現した。海上にはつぎつぎとゴムボートが投げられ、乗組員が海水の渦巻くデッキを駆けまわっていた。

「急げ、急いでくれ」

タツオは気がつけば漏らしていた。早くも敵の警戒システムにキャッチされたようだ。一六本の魚雷と入れ違いに、戦闘機がこちらに向かってくる。

ジャクヤが皮肉そうにいった。

「ゴムボートとジェット機の戦闘か。望みはないな」

テルは敵の残存兵力に砲火を浴びせながら、無関心にいう。

「やつらの空母ももうダメだ。ジェット機だってもどる基地がなくなったんだ。ミサイルを撃ったら、機体を捨てて脱出するしかない。敵さんも必死だろう」

戦闘機がミサイルを発射し、ゴムボートを沈めていく。海上を漂う兵士たちには機銃掃射がおこなわれたが、こちらは自動追尾のミサイルほどの正確さはなかった。海に身を投げだした兵のほうが生存率は高いのだ。

その向こうではついに直径六一センチ全長七メートル弱の高速魚雷が、旗艦空母に着弾を開始した。斜めに傾いていた別な空母がぐらりと揺れてから、沈降を速くし始めた。海面にできた渦に漂流する兵士たちが巻きこまれていく。

タツオの胸のなかには巨大な空虚感しかなかった。人の命は消耗品で、艦艇や銃弾や航空機と変わらなかった。旗艦をふくむ空母三隻を轟沈あるいは航空戦力不能と航行不能にまで追いこんだ。敵の艦船はまだ十数隻残っているが無傷の艦艇は存在しなかった。一〇〇隻近くあった揚陸艦は兵士とともに四分の三は海の藻屑となっていた。氾=エウロペ連合軍の上陸作戦からこの火山島を守ることはできたのだ。作戦は完全に阻止した。この島にそれだけの価値があるかはおおいに疑問だが。

被害はどうだろうか。こちらは高速の護衛艦と巡洋艦を残し、空母船隊のすべてを失った。３Dディスプレイの右隅にある戦死者のデジタルを読みあげた。

LOST　5681
体感的にはほんの八〇分ほど。実際のリアルな時間流では四時間ほどの大海戦で、六〇〇〇名近い日乃元兵士の命が失われていた。テルが愉快そうにいった。

「オモイ、敵の数字もだしてくれ」

LOST　16849
テルとジャクヤが手を打ってよろこんだ。ソウヤも微笑んでいる。氾＝エウロペ連合軍は三倍の兵力を失っていた。タツオはジョージに目をやった。副官も憂鬱《ゆううつ》そうな目で見つめ返してくる。やはり自分とこの混血児は根っからの軍人にはなれないようだ。この戦闘が勝ち戦だとは、とうてい考えられなかった。

サブの３Dディスプレイで派手な爆発が連続した。サイコが八〇〇メートルのビーチに展開した無人化の上陸阻止部隊だった。そちらではもう敵兵の残りはわずかだった。顔をあげることもできないほどの銃弾と砲弾の嵐のなかで、サイコは興奮に頰を上気させて精密射撃をコントロールするソフトに命じている。

「ひとりたりとも逃がすな。全員この浜で殺すんだ。最後の一発まで撃ちまくれ」

タツオはミス東島と謳《うた》われたサイコの血に飢えた後ろ姿を見送った。戦場ではきっとこちらのほうが正しいのだろう。

中央の3Dディスプレイに視線をもどした。まだ潜水艦から脱出した乗組員の救助作業とその最中でも攻撃の手を休めない戦闘機の急襲が続いていた。ジョージに質問した。

「何人助かった？」

「今のところ一一名」

海面にはばらばらと若い海兵の頭が見えている。そこを機銃掃射しながら戦闘機が降下していった。海面に噴水のように白い水柱が連続して立っていく。水兵が寄り集まって波に揺れているところに水柱が走った。このままではみなやられてしまう。

「そこまで。シミュレーション終了」

3Dディスプレイが暗転した。オモイがつくりだしたVRの戦場から、北不二演習場の地下にある指揮所に戻っている。身体はあの長椅子のように寝そべる操縦席のなかだった。頭が重く、胸の奥になにかが詰まったような吐き気を覚えた。腕をあげるのもだるい。

タツオは誰にともなくいった。

「あの潜水艦の乗員は何人助かったんですか」

最後の機銃掃射が忘れられなかった。あの若者たちはどうなったのだろう。技術部少佐の松花堂がいった。

「どうだろう。シミュレーションを中止したので、正確にはわからない。オモイが計算したとおりになったんじゃないか」

二五・二名の生存か。その程度の生存は、あるいは損失だとしても、このシミュレーション全体には関係などないのだろう。

タツオの兄・作戦部の逆島少佐がやってきた。タツオはなんとか立ちあがろうとしたが、身体がふらついて操縦席から立つこともできなかった。

「そのままでいい。結果を発表する。第一回の『須佐乃男』シミュレーションは成功だ。まだ改善点はあるが、きみたちは三倍の戦力を有する敵を撃破した。おめでとう」

後方から拍手と歓声が起こった。どれも大人の男たちの地をはうような太い声である。タツオが振りむくと、戦闘服姿の将軍や作戦部の上級将校たちがおお喜びをしている。

タツオは吐き捨てるようにいった。

「あの騒ぎはなんですか」

逆島少佐は後方を確認するという。

「年寄りどもは勝手に喜ばせておけばいい」

「ですが、友軍は旗艦空母とほとんどの艦艇を失いました。上陸作戦はなんとか阻止しましたが、全戦力の三分の一近くを失っています」

タツオの兄は手元の戦術ディスプレイを確認した。

「残る三分の一は負傷し、無傷なのは三分の一というところか。だがな、逆島少尉」

操縦席からジョージやテルが年寄りの将軍たちを見つめていた。なかには白髪で抱きあっている者もいる。

「敵の空母三隻を沈め、大打撃を負わせた。上陸作戦は水際で阻止している。同じ条件で、これまで一二回のシミュレーションをおこない、ほぼすべてで島は奪われ、敵空母のすくなくとも一隻は航空戦力を温存したまま終了している」

タツオは驚いていた。こんなぼろぼろの痛み分けでも十分だというのだろうか。

「詳細な戦術分析は作戦部のレポートを待たなければならないが、おまえたち七名はほぼ勝利に近い結果を収めた初めてのチームとなった。おめでとう。このシミュレーションは精神・身体ともに非常に負荷が重い。これから二四時間の休息を与える。ぞんぶんに身体を休めておくように。これは命令だ」

「……はい」

タツオは敬礼をしようとしたが、腕は鉛のようで自分の額までもちあげることも困難だった。

31

その夜タツオは疲労困憊していた。初めての戦闘シミュレーションは、時間がたつほどだんだん疲労が身体のなかに蓄積されていくような不思議な感覚があった。通常なら軽くなるはずの肉体疲労さえ、戦闘訓練後に重くなっていくのだ。副操縦士の六名も誰ひとり自分の部屋から出られなかったようだ。

タツオの「須佐乃男」チームが顔をあわせたのは、翌朝遅い時間だった。士官用のカフェテリアにはひとりも進駐官はいなかった。みな、訓練や業務に出払っているのだろう。無理もない。すでに朝食の時間はとっくに終わった午前一〇時過ぎである。

右腕の軍用義手のモーターを鳴らして、テルがコップを口に運んだ。中身は栄養を強化したヨーグルトドリンクだ。

「腕は機械だからまだましだが、口を開けて飲むのも疲れるな。なあ、タツオ、おまえ『止水』の後はいつも疲れた疲れたっていうけど、こんな感じなのか」

ジョージもいう。

「あの戦闘シミュレーションは『須佐乃男』の能力を限定的に使用して、時間流を三倍ほどにしていたといったね」

タツオは気になって、サイコに目をやった。東園寺のお嬢さまは青白い顔で窓の外の不二山をぼんやり眺めている。

「似てるとは思う。でも、それだけじゃないような気もするんだ。サイコは『呑龍』と比べてどうだった」

顔をあげると見事に幅広二重の目で見つめ返してくる。この整った顔立ちで上陸部隊の四分の三を葬ったのか。

「そうね、『呑龍』より疲れかたが激しくて深い感じかな。むこうがオーガニックだとすると、こっちは機械的というかケミカルというか、強い薬をつかったあとみたいにだるい」

その感覚はタツオも同様だった。よく中年男が疲れた疲れたと口癖のようにいうけれど、こんな感覚なのかもしれない。たった八〇分の戦闘シミュレーションで数週間分の体力を使い果たしてしまったようだ。

「ごく軽い限定的なシミュレーションで、こんなに疲れるなんて先が思いやられるね」

ふっくらしていたマルミの頰がげっそりとこけている。タツオとサイコはまだ時間流の制御に慣れているからまだいいだろう。だが、体力自慢のテルやソウヤさえ、ぐったりと足を投げだしたままだった。意外に元気そうなのは、ジョージとジャクヤだった。ふたりがもつしなやかさが強制的な時間流の加速を柳の枝のように受け流し、耐性を生んでいるのだろうか。ジョージがいった。

「松花堂さんが『須佐乃男』後遺症には個人差があるといっていたね」

タツオはうなずいた。奇妙に若い表情をしているのに、松花堂の髪は老人のように白くなっていた。「須佐乃男」のプロトタイプのテストパイロットだったという。マルミが頰杖をついていった。

「松花堂少佐は何歳くらいなのかな」

ジャクヤが皮肉そうにいった。

「実年齢は二十歳前後で、肉体年齢は六〇代なかばといったところじゃないか」

うんざりとした表情で、テルが軍用義手を使い、テーブルにコップをもどした。

「こいつが鉛みたいに重いよ。いつもは感じないんだけどな」

マルミが自分の手の甲をしげしげと観察してからいう。

「わたしの手、なんだかしわが増えてるみたい。もしかしたら、昨日のシミュレーションで、わたしたち一気に何歳か年を取ってしまったのかも……」

タツオも自分の手を眺めた。すこし乾いて、しわっぽくなっているような気もする。男子に比べ、女子には加齢の恐怖は重く激しいかもしれない。タツオはそっとサイコの無表情な横顔を盗み見た。幼馴染みはなにを感じているのだろうか。テルがさばさばといった。

「来春に予定されている本土防衛戦まで、あと半年か。それがおれたちに残された短い青春なのかもしれないな」

タツオはしびれるような思いで、テルのめずらしく感傷的な言葉をきいていた。窓の外には淡く雪をはいた不二山の頂が夢のなかの景色のように鮮やかに見える。

訓練とシミュレーションに明け暮れる半年が、自分たちの青春なのか。ひとたび「須佐乃男」に搭乗し一日戦えば、おりるときには身体は老人になっている。爆発的に命を燃やし尽くして、敵の巨大戦力を殲滅するのだ。

わずかに残された青春の時間で、自分はなにをするのだろうか。自由な時間などである。「須佐乃男」訓練生にはほとんど存在しなかった。この二四時間の休息も数週間ぶりである。

士官用カフェテリアの入口で人が動く気配がした。テルも気づいたようだ。親指をさして囁いた。

「見ろ、やつだ」

純白の士官用礼服を着た五王龍起だった。日乃元最大の軍需企業・五王重工を中心とする五王財閥の次期当主である。その後ろには近衛四家筆頭の天童本家のワタルと、なぜかクニがつき従っていた。

「久しぶりだね、みなさん」

タツオはタツオキの階級章に目をやった。銀線が一本。自分たちと同じ進駐軍少尉だ。

「わたしはしばらくこの演習場を離れ、五王重工の研究所にいっていた。昨日新たに着任した。配属は「須佐乃男」操縦士候補ではなく、きみたちの訓練担当官のひとりだ」

五王財閥は日乃元の総資産の三分の一を所有するともいわれる巨大企業群だった。経済力だけなら近衛四家を軽々と凌ぐだろう。テルがいう。

「なにをたくらんでいるんだよ」

タツオキはテルに目をやってからかうようにいう。

「軍用義手の調子はどうだい。うちの製品なんだが、なかなかのものだろう」

ピキッとガラスが砕ける音が鳴って、テルの義手のなかでコップが粉々になった。

「調子は最高だ。なんなら友好の握手でもするか、五王の坊ちゃん」

おかしくもないのに、軽く笑い声をあげてタツオキがいった。

「やめてくれ。訓練担当官としては、トップガンのチームと敵対したくはないよ。それよりいいニュースをもってきた。こいつだ」

タツオキがポケットからガラスの小瓶《こびん》をとりだした。青いカプセルが半分ほどはいっている。

ジョージが興味をひかれたようである。

「五王少尉、その薬はなにかな」

タツオキがラベルのついていない小瓶を振ると、かしゃかしゃと軽い音がした。

「体内時計遅延薬だ。うちのラボが総力をあげて開発した。『須佐乃男』の訓練と実戦に間にあわせるためにね。この半年ほどバイオテックの部門は休みなしだったんだぞ」

タツオキはガラスの小瓶を顔の高さにあげて、蛇のような冷たい目で青いカプセルを見つめている。

「こいつは市販するなら、一錠で三〇〇〇万円はつけないとペイしないくらい高価なものだ。研究開発費が膨大なものでね。一日分三錠で約一億円」

マルミが目を輝かせていう。

「それをのむと『須佐乃男』の加速時間に巻きこまれても、年をとらないし疲れもしないの」

タツオキは目を細め小柄で丸々した新任少尉に目をやった。

「加速された時間流の影響を完全に打ち消すものではないが、効果はあるはずだ。うまくすれば、『須佐乃男』の複数搭乗も可能になるかもしれない。急激な加齢を穏やかに抑えられるかもしれない。研究者はいっていた。『須佐乃男』による四五年から五五年という爆発的な加齢を、三分の一程度に抑えられる可能性があると」

タツオは窓辺の光を受けて、きらきらと輝く青いカプセルに目が釘づけになった。本土防衛戦で「須佐乃男」に搭乗すれば、おりたときには肉体年齢が六〇歳から七〇歳になると覚悟していた。それがまだ十分に若い三〇～四〇代で加齢を抑えられる可能性があるという。

自分たちには魔法の薬に等しかった。そこにいる七名で興奮していない候補者は、誰ひとりいなかった。

だが、どんな薬にも副作用はあるはずだった。

タツオは青いカプセルから無理やり視線を引きはがしていった。

「『須佐乃男』の複数搭乗か。作戦部はやはり決戦兵器を通常戦で使用するつもりなんだな。攻撃型の『須佐乃男』で氾やエウロペ本土を攻撃するのか」

五王重工の跡取りは平然としている。

「そんなことはぼくにはわからない。訓練担当官としては、とにかくきみたちを最高の練度まで仕上げてロボット兵器に乗ってもらうまでだ。第一、本土防衛戦に万一敗れるようなら、つぎはない。来春勝てなければ、日乃元の国体だって危うい。この戦いに負ければ軍指導部だけでなく、女皇皇女まで軍事裁判にかけられるかもしれない」

勝者が敗者を裁くときなにが起きるか、タツオは歴史の教科書で学んでいた。いかなる国際法でも多数の若者を失った戦勝国の国民感情までは抑えられない。あの璃子さまや瑠子さままで獄につながれる可能性もある。それどころか極刑もあるかもしれない。目の前が真っ暗になりそうだった。テルが叫んだ。

「ふざけた妄言《もうげん》を吐くな。五王の跡継ぎだろうと叩き潰すぞ」

タツオキの背中越しにクニが飄々といった。

「おいジョージ、その鉄の腕をとめてくれよ。タツオキだけじゃなくこのカフェをぶっ壊されちまう」

テルが軍用義手を握り締めるとグラスの欠片がさらに細かく砕かれて、砂粒のようにさらさらと機械のてのひらからこぼれ落ちた。

「クニ、おまえこそ、どういうつもりなんだ。五王についた訳じゃないよな」

クニがにやりと笑った。

「さあ、どうかな。おれとしては、なんとか『須佐乃男』の搭乗員にまぎれこみたいってところかな。この薬のおかげで、おりたらじいさんなんてことはなくなりそうだし、そうなると巨額の報奨金がもらえる救国の英雄ってポジションは悪くない」

テルが叫んだ。

「クニ、貴様」

ジョージが静かにいった。

「クニはそのカプセルをのんだんだな」

タツオのチームが色めき立った。

「さすがジョージだな。なんでもお見通しだ。だが、こいつは無茶な話じゃない。おれだってここにいる七人になにかあれば、次点で副操縦士に選ばれるんだ。トップチームのメンバーに試す前に被験者を選ぶなら、当然おれになるだろ。まあ自分からも手をあげたんだけどな」

ジャクヤが興味津々な様子できいた。

「で、どうだった？」

「今のところはなんともない。ちょっとおかしな夢を見るくらいかな」

ジョージは厳しい顔でタツオキにいった。

「その薬のメカニズムはどうなっている？」

「詳しいことはうちのラボの研究者にでも聞いてくれ。わたしが理解できる範囲でいうと、体内時計をつかさどる脳の最深部、視交叉上核《しこうさじょうかく》の働きを抑制するらしい。『須佐乃男』によって強制的に加速された時間流に、視交叉上核がパニックを起こし爆発的な加齢を生むというのが、『須佐乃男』搭乗の副作用だ」

タツオキはガラス瓶をあげて、青いカプセルを振ってみせた。

「この体内時計遅延薬は脳内伝達物質の生成を抑えて、体内時計の暴走を防止する働きがある。いくつかの心の病についての特効薬となる可能性もある」

サイコが冷たくいう。

「副作用の報告は？」

「軽い不眠、奇怪な夢、白日夢といったところだが、どれも深刻なものではない。命に関わるような副作用の報告は今のところない」

「それなら、みんなよかったじゃない」

マルミの視線はタツオキの手のなかの青いカプセルに釘づけだった。青春の意味や重さが男と女では違うのかもしれない。カフェの空気が変わったようだ。みな新薬に前のめりになっている。タツオは危険を感じた。

もともと集団のなかである意見が一方的になった場合に、逆方向に動きバランスをとる癖がタツオにはある。中庸《ちゅうよう》の均衡を求めるバランサーとしての性格が、この状態に危険信号を出していた。タツオキはさらにいった。

「昨日の八〇分間の機能を最低限に絞った『須佐乃男』搭乗で、きみたちの肉体年齢は一二から一三週間分の加齢を記録したと考えられている」

マルミが叫んだ。悲鳴のような声だ。

「わたしたちは昨日一日で三ヵ月分も年をとったの」

トップチームに衝撃が走った。重苦しい空気を破るようにテルがいった。

「じゃあ、おれたちは来年の春の防衛戦までに何歳も年をとるんだな」

タツオキがガラス瓶を高く掲げていった。

「この体内時計遅延薬の被験者を募集している。基礎的な研究は済んで、治験も最終段階にはいった。新薬については詳しい資料を提供するし、研究者から直接話を聞く機会ももうけよう」

「わたしやってみたい」

そういって手をあげたのはマルミだった。

「おれも」

ついでジャクヤが手をあげた。サイコもそうなのだろうか。タツオが気になって視線を向けると、怖いくらいの目でにらみ返してくる。

「そこまでプライドの高いタツオキがいうんだから、なにか裏がありそうだな」

テルが軍用義手のモーター音を不気味にうならせてそういった。ジョージもいう。

「『須佐乃男』の搭乗員は、新薬の治験相手としては最高の条件だよね。これほど強烈な体内時計の加速を可能にする実験装置なんて、ほかに存在しないんだから。それに仮に、ぼくたちが本土防衛戦に勝利を収めた暁には、あの軍神が使用していたということで、莫大な宣伝効果が見こめるだろう。五王財閥にとっても悪い話じゃない」

テルが皮肉にいう。

「一粒で三〇〇〇万円だもんな。さすが五王だ。戦時下でも金儲けだけはぬかりがないな」

タツオキもしぶとく笑っていた。

「薬価はうちじゃなく国が決めるものだよ。いい値がそのままとおる訳じゃない。もちろん損にはならないだろうが」

タツオキが蛇のような冷たい目で、その場にいる全員を見わたしていく。

「治験希望者はあとで個人的に、ぼくに連絡をしてほしい。ささやかだが、アルバイト代も五王製薬からお支払いできる。それでは」

白い進駐軍の礼服でくるりと反転して、カフェテリアを出ていく。

テルがクニにいった。

「おまえはいっしょにいかないのか」

クニがちいさな声でいった。

「誰がいくか。あんなやつ。新薬がおもしろそうだし、バイト代もくれるから、つきあっただけだ。今日だって、おれがいたほうが場が荒れないだろうからって、いっしょにきてくれと頼まれたんだ」

テルがいった。

「そんなことだろうと思ったよ。おまえがあの財閥の坊ちゃんと気があうはずがないからな。それよりあの新薬は副作用が気になる。ほんとのところのんでみて、どんな感じだったんだ？」

「どんな感じといわれても……」

めずらしくクニが口ごもった。

「うまくいえないよ。だっておれはさ、おまえたちみたいに『須佐乃男』の時間加速を体験してないから。普通の状態であれこれ頭にコードつけられて、薬のんだだけなんだ」

ジョージがクニの表情を注意深く観察しているのに、タツオは気づいた。確かに歯切れも悪いし、いつものクニらしい冗談もない。ジョージがやさしくいった。

「で、どうだったのかな」

「倍速で流れる戦闘シミュレーションを寝椅子に座って見せられた。記録映像だから退屈で途中から寝ちまった。それで、まあ、なんというか……」

タツオキは副作用で奇怪な夢や白昼夢を見るといっていた。テルが迷っているクニにいう。

「まだるっこしいな。さっさといえよ」

「だから、自分でもよくわかんないんだって。やたらとたくさんの夢を見た。それもつながってなくて、ばらばらのイメージというか。それがすごく怖いんだよ」

ジョージが興味をひかれたようだ。またやさしい声でクニを勇気づけた。

「なんでもいい。最初に思いだしたイメージを教えてくれないか」

はあとため息をついて、クニがカフェテラスの硬い椅子で背を伸ばした。窓の向こうには雪をかぶった霊峰・不二山が見える。ススキの群生が銀色に穂先を揺らせている。来年もあのススキを生きて見ることは可能なのだろうか。クニが手を叩いて自分を勇気づけると口を開いた。

「だだっ広い草原みたいなところを、おれは歩いている。木や草なんかはみたことがない種類のものばかりだ。空を見上げるとびっくりするほど巨大なトンボがラジコンの飛行機みたいに飛んでるんだ。くそ、こんな夢を話したってしょうがないよ」

見たことのない植生に、巨大なトンボ？　意味不明だが夢の話である。まだクニは迷っているようだ。目は不安そうで、手が落ち着きなく体のどこかをさわっている。テルが鋭く命じた。

「いいから続きを話せ」

「うるせーな、わかったよ。頭がおかしくなったなんていうなよ。おれの視線は地上から四〜五メートルのあたりにある。二足歩行はしているんだが、なんか歩きかたがおかしいんだ。頭がずいぶん先で、足はずっと後方にある感じだ。おれはめちゃくちゃ腹を空《す》かせている」

地上からそれほど高いところに視点がある生物とはどんなものだろうか。二足歩行というのも気になる。タツオはキツネにつままれたようにクニの話に聞きいっていた。

「バナナの何倍もあるようなでかい葉が映えた木の陰から、まだ子どものトカゲみたいなやつがでてきたんだ。向こうはおれを見て、パニックになり逃げようとした。おれはそいつに気づいた瞬間に口をおおきく開いて、やつを追いかけていった。信じられるか。うまそうでたまらなかったんだ。頭のなかには以前そいつを喰ったときの肉の歯ごたえや血の味があるんだよ。気もち悪いったらないよ。あのときのおれの吠え声のでかさといったら。バナナみたいな木の葉が揺れるくらいだった。それで、おれはその子どもの生きものを追いつめて、首筋にかみつくんだ。相手の首の骨が砕けるまで」

クニが自分の身体を両手で抱いて震えていた。ジョージに目をやると、タツオにうなずき返してきた。

「ひとつだけじゃわからない。ほかにはなにかなかったのかな」

クニが涙目で顔をあげた。

「おれは今度は子どもだった。どこかの山の横穴、入口の近くでたき火をたいている。ちいさな火に二〇人近い人間が身を寄せあって集まってるんだ。寒くて、腹が減って、もう手をあげる元気もない。よく見ると、すでに半分近くのやつらは息をしていないみたいだった」

ジョージが質問した。

「服装は？」

「獣の革をはいだ毛皮を身体に巻きつけてた。それでさ、驚いたことに子どものおれでも腕には黒い毛がふさふさ生えているんだ。最後におれが見たのは、大人の男たちが死体を石のナイフで切り裂いているところだった。ああ、おれも死んだらあんなふうに喰われるんだな。それがその夢で最後におれが思ったことだ」

マルミがいった。

「ほんとに気味が悪い夢ばかりだね。なにか楽しいのはなかったの、クニ」

クニが青い顔で首を横に振る。

「いくつかは楽しい夢もあったのかもしれないけど、ほかのが強烈すぎてさ。そういえば、こんなのがあった。真っ暗な海の底で、おれは揺れているんだ。温泉みたいな硫黄《いおう》のにおいがして、なにも考えずにただぷかぷかと暗い海のなかを浮かんでいる。それが何年も何十年も、いや何百年も続くんだ」

テルが叫んだ。

「なんだ、そりゃあ。何百年も続く夢なんてあるはずないだろ」

クニが肩をすくめた。テーブルにあった誰かの水をひと口のんだ。

「しかたないだろ。そういう感じなんだよ。あの夢を見たやつにしか、わからないよ。海の底の夢では、自分とか意識とか死とかないんだ。ただ揺れてるだけで時間の感覚もぜんぜんないんだ。目を閉じて、開いたら一〇〇年たってる。そんな時間感覚なんだ」

「でたらめばかりいいやがって。やっぱりクニはあてにならないな」

テルがそういってクニの肩に手をおいた。いまだに震えている。マルミにいった。

「こいつにあったかいミルクティでももってきてやってくれないか」

「うん」

マルミが小走りにカウンターに向かった。ジョージがタツオのほうにあごをしゃくった。

「話がある。ちょっときてくれないか」

タツオはジョージのあとについて、嵌め殺しの巨大な窓に向かった。白銀の不二を背景に混血の天才がいった。

「最初のは恐竜時代の夢だろう。つぎはネアンデルタールみたいな原人時代の夢」

「そうだね、それで最後のは熱水噴出孔《こう》だよね」

生命の起源のひとつといわれている海底温泉の噴出口だった。そこで生まれた複雑な化学物質が生命の源であるタンパク質となったという研究者もいる。

ジョージがうなずいていった。

「クニの話だけではまだ確証は得られないが、体内時計遅延薬は脳内の時間流を遅くするだけでなく、記憶に作用するみたいだ」

タツオは窓の向こうの山を見た。

「そうだな。しかも当人だけの記憶でなく、生命の進化の歴史にあるすべての記憶にアクセスできる薬みたいだ。普通の人間の記憶に全生命の歴史が刻まれているなんて」

それだけでも驚きだ。果たして自分の脳のなかにも、ジュラ紀の記憶が残っているのだろうか。タツオは思わず額に手をあててしまった。

「この薬は考古学や古生物学には画期的なものかもしれないな」

タツオはなんとかそれだけいうのが精一杯だった。クニの恐竜のイメージがまだ脳裏にこびりついている。ジョージは腕組みをしていった。

「果たして、過去だけだろうか。新薬が記憶のなかを爆発的な速度でさかのぼれるなら、もしかしたら未来の記憶にアクセスできる可能性はないだろうか」

今の時間にいながら、未来の記憶を見る？　まだ発生していない事象の結果を見ることなど可能なのだろうか。

「どちらにしても、恐ろしい効果をもった薬だな。飛び切り高価なだけでなく」

タツオがそういうと、ジョージがうなずいた。窓の向こうに目をやる。冠雪の不二山がなだらかな稜線を扇のように広げていた。

「どうする、タツオ。チームとして五王の新薬にどう対処するつもりだ。今の感じだと個人個人で好き勝手に臨床実験を受けてしまうだろう」

タツオはテーブルのほうを見た。残りの副操縦士とクニが待っている。クニの顔色はまだ紙のように白かった。

「そうだね。チームとしての方針を決めないといけない。新薬で戦力ダウンするようなら、効果があるとわかっていても、治験はむずかしいだろう。ジョージ、話の流れをコントロールしてもらえるか」

「了解だ。だけど、ぼくとしては新薬の副作用に興味がある。過去と未来の記憶があれば、どんな戦いだって一〇〇戦一〇〇勝だからね」

副官のジョージを連れて、タツオは窓際からテーブルにもどった。

「もう一度確認しておきたい。五王の体内時計遅延薬の治験に参加したいという者は手をあげてくれ」

先ほどはジャクヤとマルミだけだった。今度はさらにふたり増えている。ソウヤとサイコだ。七名中過半数の四名が治験に手をあげた。やはり急激な老化を回避できるというのは、とくに若い女性にとって抵抗できない魅力があるのかもしれない。

「そうか、わかった。手をおろしてもいいよ」

タツオがそういったとき、ジョージがいった。

「悪いけど、ぼくもあの青いカプセルをのんでみたい」

テルがうんざりした調子でいう。

「おまえもかよ。あのタツオキのところでつくった薬だぞ。おれは信用できんな」

タツオもテルの簡潔な判断に一票をいれたいくらいだった。科学や技術の目新しさより、それをつくっている人間を見るというのは、立派な判断だ。

ジョージが肩をすくめていった。

「それはぼくだって『須佐乃男』からおりたとたんに老人になるのは避けたいよ。新薬で肉体への加齢作用が三分の一になるのなら、まだ三〇代ですむかもしれないだろ」

ちいさく手をあげて、マルミがいいにくそうに口を開いた。

「あの、それがわたしが手をあげた理由なんだ。本土防衛戦が終わって、まだ三〇代なら結婚して自分の子どもをもてるかもしれない。凍結保存した卵子で誰かほかの女の人の子宮を借りたりしなくとも、自分で産めるかもしれない」

士官用カフェテラスの一角がしんと静かになった。マルミは小柄な身体をさらにちいさくしていう。

「わたし自分の赤ちゃんをこの手で抱いてみたいの。進駐官には無理な夢なのかなあ」

タツオの胸にも狂おしい力があふれそうだった。マルミほど切迫していなくとも、いつか自分の子どもをもつという夢はある。

サイコが手を伸ばして、マルミの肩にそっと手をおいた。昂然《こうぜん》と顔をあげていう。

「わたしの意見も、マルミと同じよ。この戦争と女性としての幸福は別なものだと思う。どっちも諦《あきら》める訳にはいかない」

なぜかひどく冷たい目で、タツオを見つめてきた。冷たいだけでなく、目の奥には微妙な熱と炎が潜んでいるようだ。

タツオは背中に嫌な汗をかきながら思いだしていた。サイコはすべてが片づいたら、兄・カザンの仇を討つためにタツオに決闘を申しこむといっていた。日乃元ではいくつかの条件が整えば、復讐のための決闘は法律で認められている。進駐軍のなかでは非公式に推奨されているほどだ。兄を殺されたサイコには、決闘の理由も合法性も確かだった。第一、近衛四家の名門、東園寺家の次期当主が兄を殺されて、黙っている訳にはいかなかった。いかに進駐官養成高校で発生した格闘戦中の不幸な事故とはいえ、タツオがカザンを手にかけたのは間違いないのだ。

自分は本土防衛決戦に勝利を収めても、目の前にいるサイコに倒される運命なのだろう。この人を相手にして、本気で倒しにいくなど、タツオには考えられなかった。

初めての口づけ相手で初恋の人といってもいい幼馴染みだ。

タツオはリーダーの癖に、ひとりで感慨にふけり過ぎていたのだろうか。閃《ひらめ》くような心の動きはほんの数秒だったようだ。

サイコの言葉はまだ続いていた。

「女としての幸福は、本土防衛決戦で日乃元を守り切ってからの話だけど。わたしは五王の新薬に乗るわ」

テルがいかつい年長者にいった。

「ソウヤさん、あんたはなんでだ？」

身体中傷だらけの歴戦の勇者はだるそうに口を開いた。ソウヤは叩きあげの兵士で、言葉より行動で語る。タツオは不思議だった。太い木の幹から粗いのみで掘り出したようなごつごつしたソウヤの顔がかすかに上気していた。頬に赤みが見える。

「おまえたちと同じ理由だ。おれは故郷にいいなづけがいる。帰るなら六〇〜七〇の身体でなく、せめて中年男くらいでもどってやりたい」

クニがぼそりといった。

「嫁さんもらうなら、そうだよなあ。おれもあんな夢さえ見なけりゃ、またのんでもいいんだけどな」

テルがいう。

「お調子者のおまえが、そんなにびびるほど怖い夢なのか」

クニは震えて自分の身体を抱いた。

「ああ、一番恐ろしいのは、夢なのか現実なのか完璧にわからなくなることなんだ。おれたちの夢って、普通はどんなにリアルでも夢のなかで気づいているよな。こいつは夢だって。なんていうか、あの青いカプセルのむと、夢だか現実だか、まるでわからないんだ」

クニが自分の手をうえにあげて、天井から降るダウンライトの明かりに透かした。

「正直にいうと、おれが見ているこの世界は、おれの夢なんじゃないかと、今この瞬間にも疑っているんだよ。起きているあいだ中、こいつは夢か現実かって、頭のなかで考え続けるのは、ものすごい疲れるんだぞ」

身震いを止めないクニを見て、タツオにまで恐怖の震えが伝染しそうになった。夢と現実の境界を壊す新薬か。国家間の総力戦は、ここでも恐ろしいテクノロジーを生みだしていた。

タツオは軍用義手をうならせて、しきりにこつこつと神経質にテーブルを叩くテルに目をやった。この男が最も熱心な逆島家再興の支持者である。五王財閥などの新興勢力への憎しみは深かった。

「テル、五王の新薬の治験に賛成するのは五人で、反対はぼくときみだけだ。ここは多数決でいいか」

テルは目をあげて、周囲の副操縦士候補を見まわした。

「しかたねえな。でも、おまえらみんなどうかしてるぞ。なにより重要なのは本土防衛戦に勝つことで、あとは兵隊ひとりひとりの青春がなくなるとか、『須佐乃男』降りたらじいさんばあさんになってるとか関係ないんだからな。おまえたちは甘過ぎるんだよ」

「そうかもしれないね」

ジョージが腕を組んだまま静かに口を開いた。それだけで周囲がきき耳を立てるのは、誰も気がつかない注意点を指摘する力を認めているからだった。

「あのタツオキがつくった薬だ。裏があることも考えたほうがいいだろ。単純に新薬によって『須佐乃男』パイロットを半日で使い捨てにしなくてすむようになるだけでなく、もしかすると『止水』や『呑龍』のような時間操作術を普通の兵士にも新薬が可能にするかもしれない。なにより、全生命の過去の記憶にアクセスできるなら、それだけで人類にとって、どれほどの価値があるかわからない。それに」

テルがめんどくさそうにいう。

「それになんだよ。ジョージはエウロペの血のせいか話が長い」

にやりと笑って、混血の天才がいった。

「民族的な指摘をどうもありがとう。存在したかもしれない過去の記憶にアクセスできるなら、まだ起きていない未来の記憶にもアクセスできる可能性もある。この薬を多くの兵士に飲ませて、未来のイメージをかき集めたら、これから起こる戦闘の近未来イメージを得られるかもしれない。戦場で未来の敵の動きが予測できたら、まず敗れることはないだろう」

真っ青な顔でクニが叫んだ。

「なんだって。未来が見えるだと？」

その場にいる全員が勝手になにかしゃべりだした。あまりに突飛なアイディアに軽いパニックを起こしたようだ。タツオは声を張って制止した。

「今のはジョージのたとえ話だ。だけど、ぼくはそう遠くない真実を射貫いていると思う」

そこで言葉を切り、自分の言葉に集中させるために微妙な間をおいた。タツオもいつの間にか指揮官らしくなったと自分で思うほどの余裕がある。

「あの五王グループが、『須佐乃男』操縦者の青春の三〇年ぶんくらいのロスを気にかけると思うか。本土防衛戦に勝利を収めれば、進駐軍としては十分な成果だ。その大切な決戦を半年後に控えて、奇妙な新薬のモルモットにうちのトップガンをつかうという。体内時計遅延薬には表むきの効能だけでなく、なにかおおきな秘密が隠されているに違いない」

ジャクヤが静かにいった。

「ああ、あいつらのやることだ、裏があるのは間違いないな。五王も天童も人の命など、枯葉一枚程度にしか考えていない。たとえ救国の英雄だと祭りあげても、おれたちに価値なんてないんだ」

カフェテリアは静まり返った。最優秀の逸材とはいえ、いくらでも替えがきく存在であることは確かだった。チームはいくつかの組みあわせを換えながら、四つ準備されている。ジャクヤは皮肉に笑って指摘する。

「ここにいる七人のうち、作戦部が代替できない重要なパーツと考えてるのは、時間操作の秘伝をもつタツオとサイコ、それに大規模戦闘ほど威力を発揮する呪法をもつぼくくらいのものやろう。ジョージは確かに天才やけど、天才なんていくらでもいるからね」

タツオは心のなかでうなった。ジャクヤの指摘は正しい。だが、正しいことはつねに人を傷つけるものだった。マルミがつぶやく。

「嫌な感じ」

ジョージがほがらかにいった。

「ぼくは自分のことを天才だなんて思ったことはないよ。ひとりの天才が事態を動かすには、近代戦はあまりに複雑で規模がおおきすぎる」

黙っていたサイコがいきなりいった。

「新薬の治験には賛成だけど、それとは別にわたしたちの精子と卵子の凍結保存について具体的に作戦部上層に働きかけるように、タツオにお願いしたい。その治験の前に済ませておきたいの」

テルがひと言漏らした。

「遺伝子への副作用か……」

「そう、人体にどんな影響があるかわからない新薬を自分の身体につかう前に、遺伝子を保存するのは当然よ。わたしたちの子どもが化物になる可能性は排除したい」

タツオはうなずいていった。

「わかった。それでは、全員の遺伝子を凍結保存したあとで、うちのチームは五王製薬の体内時計遅延薬の治験に参加する。それでいいな、みんな」

テルが不承不承いった。

「ああ、いいよ。おれ以外はみんな、あの薬を試してみたいんだろ。しかたない、つきあうさ」

マルミがテルの軍用義手に手をのせていった。

「ありがとうね、テル」

タツオはテルの驚くべき顔を目撃した。かすかに頬が赤くなったのだ。最初の「須佐乃男」シミュレーションで、射撃手と照準担当でコンビを組んでから、このふたりの間にはなんらかの絆《きずな》ができたのかもしれない。テルとマルミのコンビの砲撃射撃の命中率は、戦闘シミュレーターに収録されたすべての記録を上回る好成績だった。

32

「現在の戦場で至上の価値をもつものは時間である」

技術部の松花堂少佐が３Ｄディスプレイを背にして講義を始めた。小型の階段教室では「須佐乃男」操縦者候補二六名全員が顔をそろえ、聞き入っている。タツオの隣に座るクニが小声でいった。

「おれたちもあんなとっちゃん坊やみたいになるのかな」

松花堂少佐は「須佐乃男」の運用試験で何度か搭乗し、幼い顔だちの割には髪に白髪が目立っている。「須佐乃男」による急速な加齢、無残な時間加速効果だった。

「そこ、鳥居少尉、なぜ時間がキーポイントになるのか、みんなに教えてくれ」

クニが座ったまま頭をかいていった。

「えーそれは先に撃ったほうが勝つから……ですか」

「はずれだ。よくそれで東島の養成高校を卒業できたな」

本土防衛決戦のため無理やり繰り上げ卒業させられたのだと、クニはいわなかった。なにか反応すれば、松花堂に突っこまれるだけだろう。

「では、無駄口につきあっていた逆島少尉。なぜだね」

タツオも着席したままいう。

「時間が戦場のキーになる前は、速度が主役でした。しかし現在、すべての点で速度は技術的な飽和点に達しています。戦闘機の速度、ミサイルの速度、軍用艦の速度、さらに戦闘コンピュータの演算速度、軍用通信の速度。世界中の研究所で今も研究開発が続けられていますが、旧来型の技術ではあらゆる点で速度は物理的な限界を迎えています。そこで登場したのが、時間のアプローチでした」

松花堂が笑いじわを浮かべていった。

「模範解答ありがとう。時間というものについては、われわれの最高の物理学者でも、なぜ時間流が過去から未来への一方向にだけ流れるのか、理解も説明もできていない。本来は逆行してもおかしくはないのだ。また生物と時間、とくに主観時間と肉体時間の相違についても、よくわかっていない。だからこそ、時間を扱う技術を日乃元が手にできれば、それは戦場では画期的なアドバンテージになる。気をゆるめるな、鳥居少尉。では『須佐乃男』の最大の威力はどこにあるのか」

クニは目を丸くして、隣のタツオを見つめた。しどろもどろでいう。

「人間の操縦者と戦術支援ＡＩが最高のコンビを組んで、何千という戦闘ロボットを動かすところ……でしょうか。あの、時間的に素早く」

松花堂少佐は憐れむような目でクニを見た。ため息をついていう。

「これが口述試験なら、鳥居少尉は落第だな。おしゃべりをする暇があるなら、もうすこし勉強したまえ。では、逆島少尉」

つまらない無駄口につきあって損をした。タツオは操縦者候補のなかで目立ちたくはなかった。ただでさえトップチームの正操縦者というだけでおかしな嫉妬ややっかみの対象になっているのだ。しかたなくこたえた。

「最大の戦術的メリットは時間的優位をわれわれがもっていることです。三種の神器『クロガネ』による無時間通信と『須佐乃男』による時間加速効果が最大の戦力です。軍用の高速無線も使用しますが、七名の操縦者と戦術支援AI、それに戦闘ロボットはすべて内部でクロガネワイヤーを使用した無時間通信システムが張り巡らされています。このシステムをもたない氾＝エウロペ連合軍に比べ、日乃元は時間軸では圧倒的な優位をもっています」

片方の眉をつりあげて、若白髪の松花堂少佐がうなずいてみせた。

「さすがは元近衛四家だね。正解だ。われわれがきたる本土防衛戦において、数倍という物量的な不利を補い、勝利を収めうると想定しているのは、時間軸において圧倒的な戦力を日乃元進駐軍が保持しているからだ」

「はい、質問よろしいでしょうか」

「うむ、なんだね。菱川少尉」

いきなり手をあげたジョージを松花堂が指名した。

「速度から時間が戦闘のゆくえを左右するようになるというのはわかりました。では、氾やエウロペは日乃元のような時間に関する新技術を開発してはいないのでしょうか。わが軍だけが優位であるという保証はないと思うのですが」

つぎに挙手したのは、天童分家のジャクヤだった。

「氾では、道教や仙法を基礎にした呪法を専門とする部隊が、大規模作戦では展開するときいたことがあります。呪法も日乃元だけの占有とは思えませんけど」

タツオも前回の大戦で、ドイツ軍が黒魔術を応用したオカルト部隊をもっていたときいたことがある。超常的な効果をもつ呪法も、時間操作や無時間通信といった時間制御の技術も、日乃元だけの占有と断定はできないだろう。

松花堂少佐はとたんに歯切れが悪くなる。

「わが進駐軍のスパイ網が、そのあたりについては現在も全力で諜報作戦を敢行している。今のところ『クロガネ』をもたない氾やエウロペで無時間通信の開発に成功したという情報はない。天童家の呪法や逆島、東園寺家の時間操作術に似たものも、まだ報告はない。あくまでも現在のところに過ぎないが」

技術部の松花堂少佐が腕組みをして、宙を見つめた。

「もっとも新たな技術や兵器は、登場するそのときまでは予測もつかないものだ。第一次大戦の軍事用の航空機や戦車、第二次大戦のレーダーやVT信管。敵もわれわれの想像のうえをいく新兵器を準備しているかもしれない」

ＶＴ信管は目標に命中しなくとも一定の距離になると自動的に砲弾を爆発させる信管だった。命中率はこの近接信管で飛躍的に向上したといわれている。松花堂少佐は腕組みを解くと、胸を張っていった。

「もちろん敵の技術部も必死だ。だが、本土防衛決戦において、目をむいて驚愕するのは氾＝エウロペ連合軍であろうと、わたしは確信している。三種の神器を利用した『須佐乃男』は、これまでのあらゆる兵器システムのパラダイムを超えるゲームチェンジャーである。わたしの考えに揺らぎはない。『須佐乃男』こそ兵器のなかの兵器。戦争を終結させる荒ぶる神だ」

いつの間にか松花堂少佐の顔は上気して、目にはうっすらと涙が見えた。青春のすべてを決戦兵器「須佐乃男」の開発にかけ、試験運用では時間操作で数十歳も年をとってしまった研究者である。「須佐乃男」が自分の存在のすべてになってしまっているのかもしれない。

「では、引き続き決戦兵器『須佐乃男』の技術について講義を始めよう。テキストの七二ページを開いて」

操縦士候補の新任少尉たちは、極秘の赤いスタンプが押された分厚い資料集を開いた。タツオは松花堂の講義を聞きながら、この一冊を手にいれるためなら、氾＝エウロペ連合は一〇人のスパイの死と引き換えにしても惜しくはないだろうと思った。

講義が終了し、宿舎へと帰る途中でジョージに声をかけられた。

「ちょっといいかな」

ジョージの背後にはサイコが無表情に立っていて、タツオは驚いた。サイコの笑顔を見たのはいつ以来だろうか。兄・カザンが亡くなってから、この人は笑わない人になってしまった。

「なんだよ」

返事につい力がはいってしまう。初恋相手の兄を殺してしまった。サイコの憎しみと苦悩に比べるまでもないが、タツオの傷も深かった。

「さっきの件で、確かめておきたいことがある。こっちにきてくれ」

無人の会議室に連れていかれた。巨大な楕円形のテーブルがある上級将校用の豪華な会議室だ。三人は離れて座った。心の距離と身体の物理的な距離は比例するらしい。タツオは空席を五つはさんだサイコに目をやった。

「時間がないので、早くしてもらえる？」

この場にいるのが苦痛でたまらないという冷ややかな調子でサイコがいった。ジョージは相手が誰でも決して感情的にはならない。

「すまない。手早くすませるよ。さっき松花堂少佐が話していた時間操作術についてだ。技術部や作戦部から、どれくらいの接触があるのかな。『止水』と『呑龍』の軍事転用がどこまですすんでいるのか知りたいんだ」

サイコの目が冷たく光った。

「なぜ、そんなことに興味がある？」

ジョージは肩をすくめた。

「天童家の呪法についても軍事転用がすすんでいると、ジャクヤから聞いている。『須佐乃男』についてはともかく、他の件ではなぜか操縦者候補は情報を遮断されているみたいなんだ。これは噂だが、もしかすると作戦部はぼくたちとは別な時間操作系の操縦者チームを極秘で育成しているのかもしれない。それに本番の本土防衛戦の戦術にも、きみたちふたりの秘伝はおおきな影響をおよぼすはずだ」

タツオは腕組みをして考えてしまった。確かになにかがおかしい。ジョージはいう。

「まずタツオからだ。上からの命令はないのか。技術部に協力しろとかさ」

今度はタツオが肩をすくめる番だった。

「そんなものは一度もないよ。ぼくのところには暁島会はともかく、お偉いさんは近づいてこない。近衛四家を転げ落ちた逆島家なんて、疫病神《やくびょうがみ》みたいなものだろ」

ジョージはうなずいていった。

「サイコのほうはどうなんだ」

サイコの表情は平然としているが、声は硬く張りがあった。

「東園寺家は協力しているに決まっているだろう。今さらなにをいっている？」

タツオの衝撃はおおきかった。

「そうか。東園寺家はやはり……」

逆島家だけが進駐軍上層部からはじきだされている淋しさと怒りを感じない訳にはいかなかった。もう名門とはいえないのはわかっているが、内心には衝撃がある。ジョージはタツオの落胆を無視していった。

「それは作戦部の命令なのか」

サイコの無表情は鋼《はがね》の鎧のようだった。この顔色を変えることができる男などいるのだろうか。

「ええ、作戦部の命令で技術部に出向いている。東園寺の『呑龍』をどう大規模作戦に生かすか、やつらはそんなことを考えているみたい」

タツオは無言だった。ジョージはいう。

「そうか、逆島の『止水』は体内時間を加速するあくまで個人の技だ。『呑龍』は敵の体内時間を遅くするから、相手が多いほど効果があがるということか」

タツオもひと言口をはさまずにいられなかった。

「そういう事情なら、サイコのほうが正操縦者には向いているんじゃないか。ぼくには指揮官について、こだわりは別にないよ」

すねているように聞こえないといいのだが、タツオはそう思いながら口にしていた。目標は勝利だけだった。本土防衛決戦にはなんとしても勝たなければならない。一〇〇万を超える大軍を日乃元本土に上陸させる訳には断固としていかないのだ。そうなれば多くの人の住む故郷が戦場になってしまう。民間人の犠牲者も想像もつかない膨大な数になってしまうだろう。ジョージは腕組みをしていう。

「それはどうかな。他のメンバーがサイコに素直についてくればいいが、今のところ支持者はマルミちゃんと佐竹さんだけだ。戦術理解度や作戦の遂行度でもサイコよりタツオのほうが、これまでのところいいしね」

サイコはおもしろがるような顔をしていう。

「それをいうなら、リーダーとしての能力ではタツオよりさらにあなたのほうがいいはずよ。うちのチームの成績トップでしょう」

ジョージは困ったように笑って見せた。

「だけど、ぼくには適性がない。人に命令するのが嫌いだし、なにより進駐軍の上が困惑するよ。本土防衛を果たした救国の英雄が、エウロペの混血児で、こんな髪の色をしていたなんてさ」

さらさらの明るい栗色の髪をつまんで、ジョージは笑った。タツオは突っこんだ。

「ぼくと違って若い女の子のファンはつくだろうけどね」

「ああ、たぶん。でも、進駐軍上層部は正操縦士になるというなら、このチームからぼくをはずすだろう。今のナンバー2のポジションが一番居心地がいいよ。うちのリーダーは聞く耳をもっているしね。ぼくの提案をきちんと検討してくれる」

サイコが咳ばらいをしていった。

「わたしはどうせ民主的ではないわ。誰のいうことも聞かない独断専行ですよ。思う通りに動かせるから、気が弱くて周囲のことばかり見てる風見鶏《かざみどり》タイプのタツオがいいという訳ね。とっても日乃元的なリーダーだこと」

すこし腹は立つが、なんといわれてもしかたなかった。なぜかこの七名ではタツオが正操縦士には適任なのだ。人が集まりチームをつくり、ひとつの目的に向かうというのは、不思議なことだった。ジョージはいう。

「『呑龍』の大規模実験はどれくらいまで進んでいるんだ？」

「もう実証実験がおこなわれている。半年後の本土防衛戦では、『須佐乃男』と『呑龍』のコンビが猛烈な威力を発揮するはずよ」

タツオは質問した。

「前回のシミュレーションでも、サイコは『呑龍』を発動してたよね」

「ええ、でもあれはまだほんとうの威力の半分も活かしていない。あそこの火山島のビーチに展開していた敵は九〇〇〇名強だったという。技術部は一〇万人単位の敵の体内時計を操作する拡張型リズム兵器『呑龍改』を開発している。それが完成すれば、氾＝エウロペ連合軍など赤ん坊の手をひねるように殲滅できるでしょう。わたしたちの『須佐乃男』は圧倒的な勝利を収める」

サイコが頬を紅潮させ、胸を張っていった。元々スタイルがよく整った顔立ちなので、戦いの女神がそのまま進駐軍の制服を着て地上にあらわれたようだった。

タツオは素直にきれいだと思ったが、ジョージは憂鬱そうにいった。

「勝つのは確かにいいけどね。その方法はあまりうれしくないなあ」

サイコが気色ばんだ。

「なにを非国民のようなことをいっている！」

タツオもジョージを見つめた。ときどきこの混血児は戦時下の日乃元には不適切な発言をすることがあった。ジョージはため息をつくようにいった。

「本土防衛戦に勝っても、氾＝エウロペとの戦争はまだまだ続くだろう。味方の若い兵士をそんな残虐な形で殲滅されたら、彼らの怒りはふくれあがる。それを日乃元の通常部隊や一般人が受け止めることになるんだよ。戦争はいつもこちらの番ではないんだ。敵の損害を抑えて、うまく勝つことも、殲滅戦の勝利と同じくらい戦略的には重要だよ」

敵の損害、兵の死傷を抑えて、本土防衛決戦に勝利する？　タツオはチームのリーダーだが、そんな発想をこれまでもったことがなかった。「須佐乃男」の老化作用やチーム内の対立をまとめるのに精いっぱいだったのである。

サイコが叫んだ。

「そんなものは敗北主義だ。本土防衛戦に決定的な勝利を収めたあと、敵の本土に『須佐乃男』で攻めこめばいい。つぎはこちらが上陸戦を敢行してなにが悪い。あの地で連合軍を叩き潰せば、この戦争は日乃元の完全勝利で終わりだ」

ジョージの目が鋭い光を放った。

「勝利の後には、なにがあるんだ？」

サイコの自信に揺らぎはなかった。

「戦争終結の後は軍人ではなく、政治家や官僚の出番だ。面倒な仕事はやつらにやらせておけばいい。氾やエウロペを占領してもいいし、海外の植民地を割譲させてもいい、軍を解体したうえで莫大な賠償金を獲ってもいい。戦争は勝利さえすれば、あとはどうにでもなる」

ジョージは肩をすくめた。

「そんなに簡単な話で済むのかな。エウロペには日乃元の五倍の人口がある。氾はなんと一〇倍だ。国土の広さはそれぞれ二〇倍と二五倍におよぶ。そんな超大国を日乃元の力だけで、占領できると思っているのか。彼らだって日乃元の人間と同じように誇りがある。徹底的な独立運動が起こるぞ」

サイコは薄笑いを浮かべた。

「答えは簡単だ。そのときは氾とエウロペに『須佐乃男』を一台ずつおけばいい。抵抗する勢力はすべて殲滅して、広大な国土と国民ににらみを利かせる。まあ、そのときに氾だのエウロペだのという国が残っていたらの話だけど」

タツオは腕を組んで考えこんでしまった。「須佐乃男」による軍事技術的な優位は果たしていつまで持続可能だろうか。仮に氾＝エウロペ連合がつぎの画期的な新兵器を開発した場合、彼らの傷つけられたプライドと憤怒《ふんぬ》は、どこに向かうのだろうか。永遠に勝ち続ける戦争も、永遠に終わらない戦争も存在しなかった。「須佐乃男」の正操縦者であるということは、戦争のその先の未来まで考えなければならないということだった。

33

「須佐乃男」の機能を一部使用した戦闘シミュレーションは規則正しく二週間に一回おこなわれた。操縦士候補のあいだでは、時間加速効果を抑え、十分若いうちに本土防衛決戦に間にあわせるためだという噂が流れていた。

この戦闘訓練を半年間続け、一ダースの搭乗を記録する春にはいよいよ日乃元本土防衛の決戦が待っている。決戦が予想される地域は南九州といわれていた。沖縄はすでに二〇年以上前に日乃元から独立し、外国の基地を廃し永世中立国として日乃元、氾、エウロペと等距離外交を続けている。現在の大統領は元女優だったが、日乃元の本土防衛戦にはどちらのサイドにも人道的な支援しかおこなわないことを明言している。

タツオのチームの二回目のシミレーションは秋の深まりとともにやってきた。不二の山頂はもう雪で白く染まり、広大な裾野には北風が吹き荒れている。

戦闘訓練の二時間前、控室で七名は五王龍起から試薬のカプセルを配られた。

「こんな怪しい薬をのむのか。うんざりだな」

てのひらで青いカプセルを転がして、テルがいった。ぬるま湯をいれた紙コップがトレイのうえに並べられている。タツオは手を伸ばし、紙コップをつかんだ。気はすすまないが仕方なかった。この試薬をつかうと決めたのは、チーム全体の意志だ。

ジョージがいった。

「全員同じ試薬なのかな。こういう場合、効果を測定するために偽薬を混ぜたりするよね」

タツオキが笑っていう。

「きみたちには隠しても仕方ないだろう。今回は三種類の薬を用意している。正規の分量の体内時計遅延薬、容量三〇パーセント減の試薬、それに中身に粉砂糖を詰めた偽のカプセルだ」

ジャクヤが薬を見つめながらいった。

「おやおや手のこんだことをするもんだ。で、ぼくのは正規の抗時薬なのか」

「誰にどのカプセルが配られたのかは、ぼくにもわからない。みなに渡すように命令されただけだ」

タツオキの蛇のような目が一同を見つめていた。寒気がするのは、実験動物でも見るようなこの視線のせいか、それとも一粒三〇〇〇万円もするという画期的な体内時計遅延薬のせいだろうか。

「恐れていても意味はない。今日も『須佐乃男』に乗るんだろう」

そういうと、サイコが口にカプセルを放りこみ、ぬるま湯で一気にのみくだした。腕組みをして椅子の背にもたれた。

「五王少尉、この薬が効き始めるまでどれくらいの時間がかかるんだ」

「人によって異なるが七〇から九〇分。二時間後の戦闘訓練ではきちんと正規の効果があらわれるはずだ」

テルがいう。

「ああ、ほんものの薬ならな。今回偽薬にあたったやつは今日の午後でまた三月分、年をとるんだな。まったく不思議なもんだぜ」

テルもサイコと同様迷うことなく青いカプセルをのみこんだ。タツオはジョージを見た。ふたりの視線があう。どちらからともなくうなずいて、進駐官の年収の六倍を超える試薬をのんだ。それを見ていた残る三人もつぎつぎとカプセルをのんでいく。

テルがいった。

「薬が効き始めるまで、どうしてりゃいいんだ」

タツオキがチーム全員の様子を冷たく観察していた。控室には何台も監視カメラが設置されている。自分たちは臨床実験のモルモットなのだ。タツオはそう感じない訳にはいかなかった。

タツオキがいった。

「みんな、向こうのソファ席に移動してくれ。それで指にこのクリップをつけるように」

ちいさな洗濯バサミのような白い器具を渡された。

「血中の酸素濃度と心拍、血圧、血流を記録する装置だ。ソファではゆったりとくつろいでもらいたい。緊張や興奮は薬効を半減させる」

空港の待合室にあるような生成りのソファセットに七人は思いおもいの格好で手足を伸ばした。

「眠くなったら、寝てもらってかまわない。抗時薬には急激な睡眠作用があるが、それは薬が効いている証拠だ」

タツオの意識ははっきりしていた。ただ胃を中心に身体が奥深くから、ぽかぽかと温まってくる感覚がある。

「なにか話していてもいいのかな」

タツオキが片方の眉をつりあげていった。

「ご自由に」

マルミが三人がけのソファに横たわったままいう。

「お酒はのんだことがないけど、こんな感じなのかな。なんだか酔ってるみたい。ちょっと気持ちいいや」

テルが右手をあげると軍用義手のモーターが静かにうなった。

「おれもだ。なんだか気持ちがいい」

ジョージが頭をソファの背からあげて周囲を観察している。

「気持ちがいいという人間は手をあげて」

ソファセットに散らばる七人全員が手をあげた。ジョージはいう。

「うちのチームには偽薬は配られなかったみたいだな。ひとつ質問してもいいかな、タツオキ」

蛇の目がジョージを見つめ返している。

「ああ、かまわない」

ジョージの声は夢見るような調子だった。それとも自分の耳になにか異変が起こっているのだろうかとタツオは思った。

「体内時計遅延薬はいってみれば、脳と全身の体内時計に作用して、人の身体のなかのクロックを遅くするんだよね。だとしたら、この薬には人の寿命を延ばす効果が期待できるんじゃないか。外を流れる時間は変わらなくても、その人のなかの時間の流れはゆるくなるんだから」

タツオキが低く笑った。

「さすがにジョージは優秀だ。臨床ではそちらの方向でも研究がすすんでいる。末期ガンの患者二〇〇人に抗時薬をのませているよ。医者というのはおもしろいことを考えるものだ。ただ経口で投与するだけでなく、ガンの患部に最高濃度の抗時薬を直接注入してもいるらしい」

ジャクヤが興味をひかれたようだった。

「で、どうなった」

にやりと笑って、タツオキはいった。

「この薬はガン細胞もだませるらしい。末期の悪性腫瘍の細胞分裂さえ遅くできる。最高濃度ならほぼガンの成長を止められるという臨床結果もあるくらいだ」

テルが鼻を鳴らしていう。

「なるほどな。この戦争が終わったら、五王製薬は抗時薬を世界中に輸出して、大儲けという訳か。そりゃあ、おれたちに人体実験させるはずだ」

「そういうことになるのかな」

タツオキの笑顔は余裕だった。

「けれど、それも戦争に勝利を収めなければ、どうにもならない。敗戦国の技術など戦勝国の草刈り場だ。根こそぎ奪われてしまうだろう。特許だの商標だのというのは、平和なときしか意味がないからな」

タツオは不思議だった。タツオキの冷静過ぎる声を聞いているうちに、抵抗できないほどの圧倒的な睡魔に襲われたのだ。ソファに腰かけたまま、地の底まで吸いこまれていきそうな眠気に全身をつかまれ、タツオは眠りの深海に落ちていった。

夢は暴力的にやってきた。

気がつくと、タツオは全身を揺さぶられていた。地震でも起きているのだろうか。目をあげると巨大なシダの葉が上下に振動している。息を吸うと空気がひどく甘かった。太古の昔、地球の大気の酸素濃度は高かったと、生物の教科書で読んだ記憶がある。こんなにおおきなシダは見たことがない。

腹に響く足音が近づいて、タツオは地震の原因がわかった。体重が数十トンもある恐竜がこちらにやってくるのだ。タツオは自分の身体を見まわした。細く毛むくじゃらの身体に、とがった爪のついた貧弱な手足、長い尻尾もついているようだ。この身体は原始的な哺乳類、ネズミの祖先かもしれない。

ずしんと腹に響く音がして、近くに立つ巨木が揺れ、空中に緑の葉が舞っている。タツオの目の前に電柱の何倍も太い足が落ちてきた。タツオはシダの葉陰に身を隠したが、この恐竜がそれほどの脅威ではないことがわかっていた。もう何度も接近したことがあるのだ。龍脚類《りゅうきゃくるい》に属する草食恐竜で、図体はでかいけれど、さして危険はない。うっかり踏み潰されないように注意しておけば問題はなかった。

タツオの意識を閉じこめた原始的なネズミが、再び地上に落ちている餌《えさ》を探そうとしたときだった。森の奥の植物が壁のように一斉に揺れ動いた。キーキーと甲高い鳴き声がする。

タツオはこの声はなんだろうと疑問に思っただけだが、原始ネズミの反応は素早かった。全身の毛が恐怖に逆立ち、どこか身を隠すところはないか、必死で周囲を見まわしている。

巨木が立ち並ぶ森の奥から、訓練された兵士のように突撃してきたのは体高二メートルほどの小型恐竜だった。数十匹が群れをつくり、巨大な草食恐竜を相手に狩りをおこなおうとしているのだ。

タツオは恐怖に魅せられて、わらわらとちいさな殺し屋に包囲された巨大な竜脚類を見あげていた。足や首筋に何匹もの肉食恐竜が嚙みつき、ぶらさがっている。そのままの格好で長い尾を振りまわし、身体を回転させていた。分厚い皮膚を貫いて、ドリルのように肉をえぐりとろうとしているのだ。

草食恐竜の長い尻尾でなぎ倒され、致命傷を受ける小型恐竜もいたが、やつらは狩りをあきらめなかった。高度な社会性があるのだろうか、息をあわせて巨大な恐竜の弱点を狙っていく。

この死闘のゆくすえがタツオには予想できた。なによりスピードがまったく違う。

巨大な草食恐竜の動きは緩慢で、小型の肉食恐竜はスポーツカーのような素早い動きで攻撃を続けている。それになにより一対数十という圧倒的な物量の差があった。あまりの迫力に凍りついていた原始ネズミがその場を静かに立ち去ろうと、身体を反転させたときだった。

すぐ鼻の先に、暗い穴が見えた。剃刀のような歯が上下に奥まで続いている。腐った肉のにおいとぬめる唾液《だえき》。群れからはぐれた小型恐竜の子どもだった。ネズミなどたべても、たいした腹の足しにはならないだろうが、哺乳類が好物なのかもしれない。

身を翻《ひるがえ》し逃げようと、後ろ足で落ち葉を全力で蹴ったが、尻尾の先を噛まれ、捕まってしまった。身体が空中にもちあがっていく。巨大な草食恐竜が耐えきれずに横倒しになると、あたりの森が揺らいだ。断末魔の鳴き声が響く。タツオも思い切り鳴いていたが、霧笛《むてき》のような恐竜の最後の声にかき消され、誰の耳にも届かなかった。原始ネズミはタツオの意識をもったまま、子どもの恐竜の胃のなかへと、呑みこまれていった。

意識をとり戻すと、満天の星が輝いていた。これほどの星空をタツオは見た経験がなかった。だが、周囲の様子がおかしかった。背の高さほどの穴の底にいるのだ。地上から何人もの顔がこちらを誇らしげに覗《のぞ》きこんでくる。いったいこれは、どんな状態なのだろうか。

初老の男が顔を覗かせた。顔中に刺青《いれずみ》がはいっている。これはいつの時代なのだろうか。聞いたことのない言語だが、なぜか意味がわかった。

「息子よ、おまえは一族の誇りだ。王とともに星の世界にいけるんだぞ。なんという名誉だ」

涙目になって手を伸ばしてくる。王とともに死ぬ？　殉死なのか。背伸びして地面から顔をすこしだけ出した。

王の棺を守るように四隅に穴が掘られ、そこに殉死者の親族が集まっていた。タツオの意識を閉じこめた男がいう。

「あの世でも見事に王の従者を務めてまいります。父上、妻と子をよろしく」

タツオは叫びたかった。殉死になど、なんの意味もない。死ねばそれで、終わりなのだ。穴のうえに女の顔がやってきた。泣いている。顔だちの整った女だった。

「あなた、先にいって待っててくださいね。子どもたちを育てたら、わたしもいきますから」

「ゆっくりでいいんだぞ。わたしは向こうでやることがたくさんあるからな。なんといっても王の四人だけの従者だ」

幼い男の子と女の子の顔が穴の縁に浮かんだ。

「父上さま、いっちゃ嫌だ」

女の子が泣いて手を伸ばしてくる。穴のなかの男がその手をそっとつかんだ。男の子が怒ったような顔で涙をこらえいう。

「父上は名誉の殉死を遂げるんだ。そんなことをいったら、王さまに怒られる。父上、ぼくたちのことを忘れないでください。ぼくたちも絶対忘れません。いつか偉くなって、見事にこの家を国一番の貴族にしますから」

涙で子どもの顔も、空の星も見えなくなった。タツオは突然このあとになにが待っているのか思いだした。自分はこのまま砂と石で生き埋めにされ、死体のうえに巨大な柱が建てられるだろう。四本の柱には屋根がかけられ、王の墓穴と棺を風雨から守ることになるのだ。何十年も何百年も、ことによると何千年ものあいだ。

年老いた神官がやってきて厳かに告げた。

「家族との別れはすませたか」

穴のなかの男はうなずいた。

「では、いくぞ。そこに座りなさい」

木製のスコップで砂をすくい、男の頭にかけ始めた。男の意識が水のように沁《し》みてくる。ここで醜態《しゅうたい》をさらし、泣き叫んだりすれば末代までわが家の恥として名を残すことになる。静かな覚悟をもって死を迎えなければ。男は穴の底でひざを抱え、歌をうたいだした。王とこの国を讃《たた》える歌だ。開いた口のなかにも容赦なく砂は降りかかってくる。それでも男は歌をやめなかった。

この一生も悪くなかった。よい家に生まれ、父に厳しい教えを受け、国のために働くこともできた。美しく働き者の妻に恵まれ、かわいい子どもをふたり成すこともできた。これ以上、なにを望むことがある。

男のように殉死の覚悟も、人生の満足ももっていなかったタツオは、穴のなかで生き埋めになる恐怖に震えていた。砂に埋まって、窒息死するなんて、考えられる限り最低の死にかたではないか。なぜ、この男は王のためにこれほどの納得を得て死んでいくことができるのだろうか。古代の王にはそれほどの力があったのだろうか。もう下半身は小石混じりの砂に埋もれ、身動きさえできなかった。それでも、男は強靭《きょうじん》な意思を発揮して、歌をうたうことをやめなかった。生き埋めになるタツオの苦痛と、男の感謝の歌は砂が口の高さになるまで、いつしれることもなく続くのだった。

つぎはいったいなんだ。これはほんとうに夢なのか。タツオは繰り返される死に自暴自棄になっていた。そこで急激に記憶がよみがえってくる。タツオキに渡された青いカプセル、これは体内時計遅延薬の副作用ではないのか。失われたはずの過去の生命に意識だけが飛んでいくのだ。心だけとはいえ、この状態は立派な時間旅行と変わらない。それにしてもどの過去世に飛んでも、死の間際の陰惨な場面になるのはなぜだろうか。タツオはつぎにやってくる死の衝撃にそなえた。

目を開くと、炎が見えた。狭い路地の両脇の家が炎をあげて燃え盛っている。燃えているのは家だけではなかった。木製の電柱まで巨大なロウソクのように火を噴いているのだ。

「武夫《たけお》、いくよ。なんとかこの道を抜けて、公園までいかないと、もう助からない」

頭には分厚い頭巾《ずきん》をかぶっているようだった。視線をさげると、自分の手はちいさな子どもの手で、その手を引いているのはやはり子どもの手だった。

「武夫も国民学校の一年生になったんだから、しっかりするんだよ」

「わかった、静子《しずこ》姉ちゃん」

男の子はここまで命からがら逃げてきた道を振り返った。後方も炎で両側を囲まれた路地が昼のように明るく照らしだされている。道端に防火用の水槽があった。

「姉ちゃん、あそこに水がある。水をかぶってからいこう」

早春の夜でかなりの寒さのはずだが、燃える家々の熱で熱くてたまらなかった。防火頭巾にも焦げた跡が残っている。

「そうだね、それがいい。いこう」

少女に手を引かれ、防火水槽に歩いていく。木製の風呂桶ほどのおおきさだった。姉がなかを覗きこんで、ひっと息をのんだ。

「ああ、なんてひどい」

男の子も覗きこもうとした。

「武夫は見なくていい」

あわてて目を隠されてしまう。だが、一瞬ちいさな瞳に映ったのは、若い母親の姿だった。顔は半分水に浸かっている。片方の目と、開いた口元と鼻の半分だ。息もせずに乱れた髪が防火用水に浮かんでいた。背中には分厚い頭巾でくるまれた赤ん坊の頭が見えた。前髪と眉は焦げて、ちりちりの塊《かたまり》になっていた。赤ん坊のほうは顔を完全に水から出していたが、ひと目でもう息をしてないのがわかった。国民学校一年生で六歳になったばかりの男の子は、この空襲があった夜生きている人と死んでしまった人を見分けられるようになったのだ。

静子姉ちゃんが両手をあわせて叫んだ。

「ごめんなさい。成仏《じょうぶつ》してください。ちょっとお借りします」

防火水槽のなかで死んでいる若い母親の手から、桶をもぎとるように奪って死体の脇の水をくんで、男の子に頭からかけ始めた。水は熱すぎる下町の公衆浴場のお湯くらいで、思わず男の子は叫んだ。

「熱いよ、姉ちゃん」

「我慢しなさい。皇国の男の子がこれくらいなんなの」

弟の身体をびしょ濡れにすると、姉の静子も防火頭巾のうえから、手桶のお湯を何杯も浴びた。

「ほかにもつかう人がいるかもしれないからね」

水槽のうえの目につくところに手桶をおいていった。

「武夫も手をあわせて」

ふたりで水槽のなかの親子に両手をあわせた。武夫の心の声がタツオにも響いてくる。つぎに生まれてくるときには、B29の空襲なんか受けない時代に生まれてくるんだよ。そのときはいっしょに遊ぼうね。

「いくよ、武夫」

タツオも驚いたのだが、男の子が急に泣きだした。

「静子ねえちゃん、母さんはどうしたのかなあ。ちゃんと生きてるのかなあ」

あの若い母親の遺体を見て、突然心配になったのだろう。タツオはたまらなくなった。

「だいじょうぶだよ、お母さんは絶対に生きてる。はぐれちゃったけど、ばらばらになったら公園で待ちあわせする約束になっていただろ。わたしたちはそこに向かってるんだから」

男の子は涙をぬぐった。手の甲がひりひりするのは火傷を負っているせいか。

「わかったよ、静子姉ちゃん。母さんに会うまでは死んでたまるか」

「その意気だよ、武夫」

タツオはもうおかしくなりそうだった。これまで過去に発生した死の場面を連続して見せつけられた。この回も同じように恐ろしい結末がやってくるに違いない。

(この武夫という男の子はもうすぐ死んでしまうんだ、たった六歳で死ぬんだ)

男の子の意識のなかに閉じこめられたタツオも泣かない訳にはいかなかった。どうにも変えようがない、すでに失われた過去の命の数々が不憫《ふびん》でならなかった。生命の歴史にはこれほどの不幸と悲劇が地層のように積み重なっているのだ。地球に生まれたすべての生命の秘密を目撃した気がして、タツオの胸は潰れそうになった。

男の子が着るびしょ濡れの粗末な服から湯気があがっていた。左右からも後方からも炎が迫っている。姉がしゃがみこんで弟にいう。

「さあ、もう泣きやんで。公園でお母さんに会えたら、亀戸《かめいど》天神のくず餅《もち》を武夫に買ってもらうように頼んであげるから」

泣きながら男の子が叫んでいた。

「くず餅たべたいよー、母さんと父さんと姉ちゃんとたべたいよ」

タツオはしびれたように考えていた。この時点は一九四五年三月一〇日、本所《ほんじょ》か深《ふか》川《がわ》か錦糸町《きんしちょう》といった東京下町のどこか。大空襲があった夜だ。

姉が気丈にいって弟の手を引いた。

「いこう。絶対、母さんに会うんだから」

両側から炎が迫る狭い下町の道をそれから数十メートル進んだ。

「あともうすこしで大通りにでるよ」

姉はそういうと、道の真ん中で立ちどまった。

「どうしたの、姉ちゃん」

男の子は路地の先に目をやった。狭い道をふさぐように、中央に金属の杭《くい》が埋まっているようだ。

「あれはなあに」

「焼夷弾《しょういだん》の子どもだよ。不発弾なのかな」

姉は後方を振り向いた。もう道はなくなって炎の壁になっている。左右に曲がる角もなかった。あとすこしで京葉道路の大通りに出られるのに、熱風と炎の吹き抜ける路地の先にはいつ火を噴くかわからない焼夷弾の子爆弾がある。

とがった金属の筒の先は三分の一ほど地面に刺さり、高さは三〇センチを少々超えるほどだろうか。

静子姉ちゃんが口のなかでぶつぶつつぶやいていた。

「いくしかない、いくしかないんだ、お母さん、お父さん、ご先祖のみなさん、どうか武夫とわたしを守ってください。どうかお願いします」

しゃがみこんで弟と同じ高さに視線をあわせた。

「いい、ここを通り抜けたら、絶対公園にいくんだよ。もしも姉ちゃんがダメでも、武夫ひとりでいくんだからね。約束だからね。わかった、武夫」

びっくりするほど真剣な目で見つめてくる。気迫に圧されて、男の子はうなずいた。

「わかった、姉ちゃん。でも、あとから絶対きておくれよ」

姉は弟の手を引いて、炎の道を歩きだした。途中で思い直し、男の子を先にする。

「いいかい、あの焼夷弾の横を一気に駆け抜けるよ。武夫、お姉ちゃんと駆けっこしよう。幼稚園で得意だったろう」

男の子は気丈な姉の全身がぶるぶると震えているのに気づいた。恐怖が伝染してくる。震えながら強がってみせた。

「あんなものがそんなに危ないの」

狭い通りに刺さった不発弾は自動車の侵入止めの粗末な杭のように見える。

「街中の火の元だよ。あいつのおかげで、東京はみんな燃えちゃったんだから」

「お姉ちゃん怖いんだ？」

武夫は空中でおおきな筒形の母爆弾が割れて、ばらばらと子爆弾が飛び散るのを目撃したことがあった。花火とは違うけれど、同じような力があって目を引きつけられて離せなかった記憶がある。

静子が吐き捨てるようにいった。

「焼夷弾が怖くない人間なんていないよ」

「だけど、学校で教わったじゃないか。砂をかけたり、濡れた布団をかぶせたりすれば、焼夷弾なんて、ぜんぜん怖くない。誰にだって簡単に処理できるんだって」

タツオは男の子の言葉をきいて啞然とした。焼夷弾の中身は、主燃料のナフサにパーム油から抽出した増粘剤《ぞうねんざい》が加えられゼリー状になっている。人の身体や家屋につけばぬるぬるで落としにくく、界面活性剤《かいめんかっせいざい》を加えた水でなければとれないのだ。それにいったん火がつけば一〇〇〇℃を超える高熱ですべてを焼き尽くす無慈悲な爆弾である。そんな危険な爆弾を簡単に処理できると、子どもにも教えていたのか。かつての帝国軍は軍事的な知識をまともには教育していなかったようだ。

「武夫はまだ子どもなんだから、焼夷弾なんて処理しなくていいんだよ。とにかく、ここを通り抜けて、公園までいけば大人もたくさんいるし、なんとかなる」

静子が死神でも見るように、地中に半分埋まった焼夷弾を見つめていた。

「さあ、いっしょにいくよ」

力強く弟の手を握り締めてくる。

「痛いよ、静子姉ちゃん。だめだよ」

武夫は街の映画館で観た、戦争映画を思いだした。地雷の埋まった中国の平原を、ひとりの勇気ある兵隊が先導していく場面である。

「あの爆弾はいつ爆発するかわからないんだよね。ふたりいっしょのときにバーンときたら、ふたりともおしまいだよ」

地雷なら先にいくほうが危険だ。いつ爆発するかしれない不発弾なら、あとからいくほうが危険だろう。狭い路地の両側から炎が迫っている。焼夷弾もさぞ熱くなっていることだろう。先ほど防火水槽からかぶった水も、もう半分くらいは乾いていた。息をするのが苦しいほどの熱があたりにこもっていた。

武夫は勇気を奮い起こした。ここで自分が姉を守るのだ。まだ子どもだけれど、立派な帝国臣民なのだから。

「静子姉ちゃん、先にいって。ぼくもあとから必ずいくから」

静子が目をのぞきこんできた。頬には炭がついているが、真剣な顔だ。普段なら笑って指さすところだが、武夫はうなずき返すことしかできなかった。姉もなにかを考えているようだ。

「わかった。ここにいたら焼けてしまう。先にいくね。武夫も必ずあとからおいで」

そういうと中学生の姉は、防火頭巾を両手で抱えて、後も見ずに駆けだした。焼夷弾までの七、八メートルを一気に詰めて、鬼ごっこの鬼の手をすり抜けるように、地面に刺さった黒い金属の棒の脇を走り抜ける。

十数メートル先で振り向くと、両手を口にあてて叫んだ。

「つぎは武夫の番だよ。男の子でしょう。がんばって、ここまでおいで」

「まかせとけ、姉ちゃん」

武夫が両手をぶるんぶるんと振り回していた。タツオは男の子の身体のなかで祈ることしかできなかった。なんとかこの危機を切り抜けて、大人たちの待つ公園までたどりついて欲しい。

男の子は蹴り足に力をこめて、熱をもって乾いた路地を力いっぱい駆けだした。両側には燃えあがる木造住宅、炎は長い舌のように路地に張りだしている。背を丸め、中腰で男の子は焼夷弾に近づいていった。

あと三歩で鉄の死の杭の脇を抜ける。もうきっとだいじょうぶだ。むこうでは静子姉ちゃんが手を振って応援してくれている。

そのとき、シューシューというなにかが泡立つ音がきこえてきた。これはいったいなんだろう。武夫のなかでは恐怖の前に疑問がわいた。シューシューとお湯でも沸いているような音。

きこえてくるのはあの焼夷弾からだ。気づいたときには情けないことに足が止まり、離れて立つ姉に目をやることしかできなかった。

「静子姉ちゃん！」

その瞬間、男の子の横で熱と炎がふくれあがった。粘りつくゼリーのような火の塊が全身に降りかかった。吸いこんだ息がそのまま炎になり、武夫の口のなかと喉《のど》を焼いていった。姉ちゃんだけでも助かってよかった。いいたいことはあったけれど、もうなにも口にすることはできなかった。

タツオは猛烈な炎と苦痛に包まれながら考えていた。これが一般市民に加えられた世界の歴史上もっとも大規模な空襲か。この男の子の死もこの夜に失われた一〇万人のうちのひとつに過ぎないのだ。

タツオの意識は路上に倒れ伏し、たいまつのように燃えている男の子から離れていった。

つぎはいったいどんな死がやってくるのだ！

タツオは自暴自棄になっていた。体内時計遅延薬はすべての人間のなかに眠る生命の全記憶をかきまぜ、瞬間的にアクセス可能にするようだ。

ある動物や人間に残されたもっとも強烈な思い出（それは非業の死の瞬間のことが

多いのだろうが）を無理やり見せつけられる傾向があるようだ。

もう誰かの死に立ち会うのはたくさんだった。

時代は遠い過去から現代に近づいている。未来を夢で見ることはできないはずなので、そろそろこの死の時間旅行も終わりに近づいているはずだ。

タツオの意識はそこで再び飛ばされた。


目の前には見慣れた3Dホログラムのスクリーンがあった。夜のジャングルを映しだした赤外線画像が映っている。見慣れているのも当然だ。この北不二演習場にある指揮所とまったく同じセットのようだ。ただしおおきさは五分の一程度で、タツオは狭いコックピットで計器とスクリーンに囲まれている。

「まったく夜の訓練は目が疲れてたまんないな」

なぜかタツオのチームをはずれているはずのクニの声がスピーカーをとおしてきこえてきた。テルの声が続いた。

「ああ、この赤外線映像の緑のモノトーンが妙に疲れるんだよな。全部戦術支援ＡＩにまかせとく訳にもいかないしな」

マルミの声がきこえた。

「目視もとても重要だよ。みんな、二時半方向から敵が接近」

タツオ自身の声が流れる。自分の意思とは関係なく発生された命令をきくのは新鮮だった。夢遊病にでもなった気分だ。

「今回は戦闘ロボットに乗りこんでの限りなく実戦に近い戦闘訓練だ。各自気を引き締めてかかってくれ。マルミちゃん、敵の数は？」

マルミの声は冷静で、恐怖もためらいも感じられない。

「二三機の戦闘ロボットを確認」

サイコの声がヘッドセットから響いた。

「いつもと同じで兵力三倍ね。訓練ももう八回目なんだから、わたしたちに勝つにはすくなくとも六、七倍の戦力を用意してくればいいのに」

タツオがいう。

「連戦連勝でも気を抜いたらダメだ。本番では絶対にミスができないんだからな。目標は完全に勝ちきること。本土防衛決戦には万にひとつの負けも許されない」

タツオは心底驚いていた。戦闘シミュレーションはまだ第一回を終えたところだ。それなのにサイコは「八回目」と当たり前のようにいった。

では、この時点はいつなのだろうか。

タツオは体内時計遅延薬の青いカプセルの副作用で、未来に飛ばされてしまったのか。未来の自分の身体にはいりこんだタツオには、汗をかくことも恐怖に震えることもできなかった。

「迎撃陣形つくれ。二時半方向の敵には、五体で当たってくれ。ぼくは後方から支援する。ガードはジャクヤについてもらう。ジャクヤはこの戦闘フィールドに呪力を全面発動だ」

タツオはもう後方からの指揮に慣れているようだった。ジャクヤが守備につくのは、攻撃力が劣るからだろう。

「五体の指揮はジョージに任せる」

「了解。ひとつ作戦があるんだ、具申してもいいか」

「了解」

タツオは未来の自分自身のなかに閉じこめられたまま、必死にこの状況を把握しようとしていた。ここはどこだ。ジャングルなど北不二演習場の近くにあっただろうか。

「この樹海《じゅかい》の奥に風穴《ふうけつ》がある。大量に噴出した溶岩が冷えて固まってできた地下のトンネルだ。敵主力ロボットより、こちらのほうが機動力がある。敵戦力は三倍あるので、地形を活かしたゲリラ戦で削りたい」

「なるほどな。おまえは敵に回したくないやつだ。悪知恵が働くな」

そう返事をしたのはテルだった。ジョージが笑いを含んだ声でいった。

「ありがとう。タツオ、ぼくたちが敵を誘いこむから、きみたちは後からきて敵の背後をついてくれ」

挟撃は王道である。悪くない作戦だった。風穴のなかなら敵を一カ所に集められる。樹海のなかで散開した敵を一体ずつ仕留めるよりも効率的だった。タツオはいった。

「自走式のデコイを二体だしてくれ。うちのチーム全員が風穴にはいったと思わせたい。ジャクヤとぼくはこちらのロボットの電子デバイスをすべてオフにして、スリープモードにはいる。一〇分間通信もできなくなるから、緊急事態以外は呼びかけもしないように」

デコイは派手に電波を発生する装置をつけた風船で、他のロボットと同じ形態だが四足歩行の足はかなり簡略化されている。ジャクヤがいった。

「じゃあ、おれたちは戦場でおやすみなさいといきますか」

「ああ、そうしよう。呪力は休めないでくれよ」

タツオは息がつまるほど狭いコックピットで、一〇分のタイマーをかけると全機能停止の赤いスイッチを親指で押しこんだ。

非常用の赤色灯がともるだけの室内で、タツオは息を潜めていた。この戦闘訓練が終了すると、全過程の三分の二を終えたことになる。あと四回の戦闘訓練で本土防衛戦を迎えるのだ。果たして実際の戦闘も訓練のようにスムーズに運ぶのだろうか。

未来に飛ばされたタツオは、自分自身の意識の流れに乗っていた。自分の考えていることは手にとるようにわかる。だが、同時に別なことを考えることもできるのだ。ひとつの精神のなかにふたつの意識があり、片方は同居する相手のことをしっているのに、片方はしらない。奇妙な精神状態だった。

だいたい時間のなかを死の瞬間へと飛ばされていくこの自分とはなんなのだろうか。魂、精神、意識？　なんと呼んでもかまわないが、人の心には時間を飛び越える能力が本来存在したのかもしれない。タツオには体内時計遅延薬が超能力を獲得させせるとは思えなかった。元からある人の能力を拡大拡張させる。いくら高価だとはいえ、薬にできることなど限りがあるはずだった。

（あっ！）

そこでタツオは重大すぎることに気がついた。これまで自分は当事者の死の場面を選んで、時間旅行をしてきたのではないか。そうだとすれば、未来のタツオ自身に死の危険が迫っているはずだ。

（間もなく自分は死ぬんだ！）

タツオの意識に肉体が反応した。冷や汗が止まらなくなり、手足が震えだす。未来のタツオはのんびりしたものだった。自分の身体をしかりつける。

「どうしたんだ、訓練中だ。しっかりしろ」

不随意の運動は可能なのに、随意の筋肉は動かせないようだった。タツオはパニックになりそうだった。樹海の深い緑に埋もれるように、タツオとジャクヤの四足歩行戦闘ロボットは巨体を制止させている。無防備な状態で敵に発見され、銃撃を受ける姿が脳裏にありありと浮かんだ。なんとかして、全機能スイッチを押し、戦闘ロボットを立ちあげられないだろうか。一刻も早く、この死地から脱出しなければならなかった。

タツオは右斜め上方にあるアナログ時計に目をやった。時間の把握、足し引きにはデジタル時計よりもこちらのほうが早いので、戦闘用はすべてアナログ式だった。

（まだ三分しかたっていないのか）

タツオの心臓はずれたように鼓動を乱していた。ふたつの心臓が乱れ打っているようだ。なんとかこの身体と未来の意識に危険を伝える方法はないものか。タツオは左手の小指に意識を集中させた。この指先ひとつでも乗っとることができれば、シグナルを送れるようになるかもしれない。

タツオは意識を集中させ、小指に命じた。動け、動け、未来の自分から自由になれ。何度も命じているうちに、小指の先がチックでも起こしたように不規則に痙攣《けいれん》する。

未来のタツオは左手を目の前にあげて、痙攣する小指を不思議そうに眺めていた。右手で小指をつかみ、マッサージするようにさすりだした。タツオはそれでも小指に命じるのを止めなかった。効果がすこしはあったようだ。この指から支配を広げれば、左手を動かしキルスイッチを再び押すことができるようになるかもしれない。時計に目をやる。活動再開まで時間はまだ六分もある。

（くそっ、このままこんな狭いコックピットで死ぬのは嫌だ）

動け、動け。左手小指の痙攣は薬指にも広がっていた。もう時間の勝負だ。これならなんとか左手だけでも、支配権を握れそうである。

そのとき、緊急通信がはいった。クニの声はパニックでうわずっている。

「タツオ、戦闘訓練中止要請を出してくれ」

尋常ではない声の震えだった。

「状況を報告してくれ。なにがあった」

戦闘中でも冷静なテルさえあわてていた。

「ジョージの副指令機が落ちた！」

攻撃班五機のうちもっとも冷静なのは誰だ。兄・カザンの死以降、氷の女王になったサイコの仮面のような顔が浮かぶ。

「サイコ、状況報告頼む」

即座にサイコの冷たい声が狭いコックピットに響いた。

「当方、地底湖畔の崖のうえ。下の湖面までは約八メートル。ジョージの副指令機が転落。原因は不明。現在サーチライトで捜索中だが、機影は確認できず」

クニの泣き声がきこえた。

「地底湖の水は恐ろしく透明なんだが、底がしれないくらい深いんだよ。ジョージの戦闘ロボットはぜんぜん見えない」

タツオは全機能スイッチを押し、戦闘ロボットの活動を再開させた。戦術支援ＡＩ

に呼びかける。

「オモイ、ジョージの機に呼びかけてくれ。向こうのＡＩは活動しているか」

ちいさな巫女の姿をしたオモイが即座にいった。

「ジョージのＡＩから返答はありません」

「このロボットの水中活動限界は？」

「水深八〇メートル、酸素供給限界は搭乗員一名で四五分間です」

あと四〇分でジョージは呼吸もできなくなる。タツオは本部指揮所を呼びだした。

「戦闘訓練中止願います。訓練中に事故発生。菱川少尉の副指令機、風穴内の地底湖に転落。地底湖の深さ、機影ともに確認できません。緊急救援隊の出動を要請します。当機もこれから現場に急行します」

松花堂少佐の落ち着いた声が響いた。

「了解、すぐに出動させる。逆島、きみは残るチーム全員の安全を確保せよ」

タツオは樹海の下ばえの植物をなぎ倒しながら、全速力で四足歩行の戦闘ロボットをジョージが消えた風穴に走らせた。

タツオが現地に到着したのは、ちょうどスリープモードの解除設定時刻と同じ六分後だった。風穴に入りこんでからの距離は約四〇〇メートル、長く折れ曲がった狭い坂道をおりると、先がいきなり開け、巨大な地底のホールとなっていた。ここなら待ち伏せに恰好の立地だ。戦闘ロボット一機が通り抜けるのがやっとの地下通路から顔を覗かせた敵を狙い撃ちできる。

天井の高さが優に三〇メートルほどある広いホールの奥は切り立った崖となっていた。その縁には先行していた四機の自走式四脚戦闘ロボットが集合している。そのあたりだけサーチライトで昼のように明るかった。タツオは崖の端までロボットを自走させ、急停止するとコックピットを飛びだした。

サイコ、テル、クニ、マルミの四人が不安げに崖の下を覗きこんでいた。

「その後の状況は？」

誰にともなく質問する。マルミが悲鳴のような声でいった。

「ジョージくんに引き続き呼びかけを続けているけど、返事はない。戦闘ロボットの所在を示すビーコンも届いてない。消息不明のままなの」

ひどく背中に汗をかきながら、タツオの頭になぜかＭＩＡという言葉が浮かんだ。ミッシング・イン・アクション。戦闘中行方不明の略だ。こちらはＭＩＥということになるのだろうか。ミッシング・イン・エクソサイズ。戦闘訓練はコンバット・エクソサイズである。震えが止まらないほど緊張しているのに、頭はおかしなことを考えるものだ。

いちおう確認しておく。

「ほかに怪我をしている者はいないか」

「みんなぴんぴんしてる。おれならわかかるけど、ジョージがこんなことになるなんて想像もしてなかった。まったくなにやってんだよ、進駐官養成高校一の天才じゃなかったのかよ」

クニが涙声になっていた。タツオの胸も不安と恐怖で圧し潰されそうだった。ジョージには何度も生命を助けられていた。カザンがジョージの発勁《はっけい》を受けていなければ、自分のほうこそ決勝戦で逆にカザンに殺されていたかもしれない。戦闘訓練でも最後に勝負を決め、味方チームを救うのがジョージの役だったはずだ。それがこんな地底湖で行方不明なんて。

タツオは崖から顔を出して、地底湖の水面をみつめた。鋭いサーチライトが透明な水を照らしている。だが、途中で光の柱は青黒い水に呑まれてかき消えていた。数十メートルもの厚さがある青ガラスのようだ。

「誰かジョージが転落したときの状況を教えてくれ」

サイコが軽く右手をあげて口を開いた。

「わたしが報告する」

タツオはうなずいた。サイコの顔色が真っ青なのに気づいた。氷の女王でも身近な人間の危機には反応してしまうようだ。

「ジョージの命令でわたしたち四機は半円を描く形で、地下通路の出口を囲むことになった。ジョージは指令機として後方に引き、戦場全体を俯瞰《ふかん》することになっていた。テル、クニ、マルミ、わたしの各ロボットが三〇度ずつ散開し位置についたことを、ジョージに報告した」

「副指令機からの返答は？」

「あった。全機の位置を確認したとの声を全員がきいている。それからジョージはいった。流れ弾に当たらないように副指令機の位置を調整する。ちょっと待ってほしい。それからしばらくして、土砂の崩れる音とジョージの悲鳴がきこえた。あとは一瞬遅れて水音だ。なにかおおきなものが水を叩く音。悲鳴の途中で、通信は切れた。あとはもう音沙汰《おとさた》はなにも……」

タツオの全身から力が抜けていった。吐き気がする。自分の横に立つ四脚式自走戦闘ロボットの鋼鉄の脚を叩いた。このロボットは水中作業が可能な海軍製ではなかった。短時間なら潜水も可能だが、行動は著しく制限される。水中用のソナーもない。地底湖の地形も水深もわからないまま、ジョージの救助に向かうこともできなかった。これは単なる訓練生の個人的な過失ではなく、進駐軍上層部の戦闘訓練立案の過誤ではないのか。自分がジョージの肉親なら絶対に進駐軍を訴えてやる。

巫女の服装をしたオモイが３Ｄホログラムの姿を地下のホールにあらわした。こんなところで見ると、超自然的な存在に見える。

「タツオ、だいじょうぶですか。心拍、呼吸数、血流とも大幅に上昇しています。このままでは正常な判断が不可能になるほど、身体的なストレスが増しています。鎮静剤の服用をおすすめします」

「いや、薬はいらない。鎮静剤はストレス症状の軽減には効いても、思考のスピードを遅くする」

そのとき、北不二演習場の作戦指揮所から着電した。きき慣れた声が耳元で鳴る。

「こちら作戦部逆島少佐。海軍の水難救助専門チームがあと一五分で、現地に到着する。逆島少尉、遭難場所の案内と報告を頼む」

「了解」

タツオはひと言で返事をしたが、つけくわえない訳にはいかなかった。

「兄さん、なんとかしてジョージを助けてやってくれ。あいつがいなければ、『須佐乃男』作戦そのものが危うくなる。ひとりではダメなんだ……」

ジョージがいなければ、もう戦えない。いくら「須佐乃男」が超絶的な決戦兵器でも、勝てる気がしない。もうすこしで、そう兄に口走りそうになった。

「菱川少尉救出に全力を尽くす。おまえもそこで踏ん張れ」

兄にもなにもできないことはわかっていた。タツオは口のなかを噛《か》んで、不安と恐怖を抑えこんだ。指揮官が混乱すれば、部下もみな疑心暗鬼に駆られる。これ以上の被害を出す訳にはいかなかった。

「崖の端は足場がもろい可能性がある。各自の戦闘ロボットを崖から、一五メートルセットバックさせてくれ。一五分で海軍の救出チームがくる」

あとは待つことしかできなかった。ジョージの顔がいくつも浮かんでくる。満開の桜の下で、憂鬱そうに立ち尽くしていた整った横顔。最初の戦闘シミュレーションで、超人的な戦闘力を発揮し、敵のフラッグを奪ったときの照れたような笑顔。夏休みにタツオの実家を訪れ、いっしょに浴衣《ゆかた》を着て植木市を散策したときの涼し気な表情。鮮やかなチャイナ服を着て、カザンと死闘を展開したときの汗にまみれた鬼気迫る顔。

タツオが進駐官養成高校で闘うとき、つねに混血の天才児・菱川浄児はそばにいてくれた。それがどれほどの勇気を自分に与えてくれたか、計りしれない。タツオのチームが最強だったのは、いつだって副官としてジョージが脇に控えていたからだ。

文字通りジョージは親友でタツオの右腕だった。タツオは自分の右腕をもぎとられたかのような喪失感に全身をさらわれていた。もう不敗のチームは戻ってこない。ジョージがこのチームにかけた魔法は解けてしまったのだ。

表情には出さなかったが、タツオのなかでは絶望の嵐が吹き荒れていた。ジョージ生きていてくれ。あとはもう祈るしかない。

体内時計遅延薬の副作用によって未来のイメージを観察しているタツオは、そのときようやく気づいた。これまで非業《ひごう》の死の場面ばかり見せられてきたが、未来では違っていたようだ。それに負けないほどの負の感情的なクライマックスに襲われ、限界まで追い詰められた場面、それが親友・菱川浄児の死なのだろう。

これが未来にほんとうに発生する不可避な出来事なのだろうか。未来を見た自分が干渉すれば、また別の未来を、ジョージが死なない未来を選びとることはできるのだろうか。

タツオは猛烈な勢いで考えながら、未来の自分から意識が遠のいていくのを感じていた。ジョージを呑みこんだ地底湖の水面のように、透明な壁にゆらゆらと意識が溶けていく。

もう二度と未来を見るのはごめんだ。タツオは歯をくいしばって、つぎの衝撃にそなえた。

〈つづく〉

この作品は、２０１６年1月より２０１８年6月まで、小説・コミックなどの投稿コミュニティ「エブリスタ」にて連載されたものに加筆・修正しました。

|著者|石田衣良　1960年、東京都生まれ。'84年成蹊大学卒業後、広告制作会社勤務を経て、フリーのコピーライターとして活躍。'97年『池袋ウエストゲートパーク』で、第36回オール讀物推理小説新人賞を受賞し作家デビュー。2003年『4TEENフォーティーン』で第129回直木賞受賞。'06年『眠れぬ真珠』で第13回島清恋愛文学賞受賞。'13年『北斗　ある殺人者の回心』で第8回中央公論文芸賞受賞。

石田衣良のパブリッシュサロン「世界はフィクションでできている」主催
https://yakan-hiko.com/meeting/ishidaira/top.html

逆島断雄《さかしまたつお》　本土最終防衛決戦編《ほんどさいしゅうぼうえいけっせんへん》1
石田衣良《いしだいら》

講談社文庫
定価はカバーに
表示してあります

2019年4月16日第1刷発行

発行者――渡瀬昌彦
発行所――株式会社　講談社
東京都文京区音羽2-12-21　〒112-8001
電話　出版（03）5395-3510
　　　販売（03）5395-5817
　　　業務（03）5395-3615
Printed in Japan

デザイン―菊地信義
本文データ制作―講談社デジタル製作
印刷―――信毎書籍印刷株式会社
製本―――加藤製本株式会社

ISBN978-4-06-515339-0

講談社文庫刊行の辞

二十一世紀の到来を目睫に望みながら、われわれはいま、人類史上かつて例を見ない巨大な転換期をむかえようとしている。

世界も、日本も、激動の予兆に対する期待とおののきを内に蔵して、未知の時代に歩み入ろうとしている。このときにあたり、創業の人野間清治の「ナショナル・エデュケイター」への志を現代に甦らせようと意図して、われわれはここに古今の文芸作品はいうまでもなく、ひろく人文・社会・自然の諸科学から東西の名著を網羅する、新しい綜合文庫の発刊を決意した。

激動の転換期はまた断絶の時代である。われわれは戦後二十五年間の出版文化のありかたへの深い反省をこめて、この断絶の時代にあえて人間的な持続を求めようとする。いたずらに浮薄な商業主義のあだ花を追い求めることなく、長期にわたって良書に生命をあたえようとつとめるところにしか、今後の出版文化の真の繁栄はあり得ないと信じるからである。

同時にわれわれはこの綜合文庫の刊行を通じて、人文・社会・自然の諸科学が、結局人間の学にほかならないことを立証しようと願っている。かつて知識とは、「汝自身を知る」ことにつきていた。現代社会の瑣末な情報の氾濫のなかから、力強い知識の源泉を掘り起し、技術文明のただなかに、生きた人間の姿を復活させること。それこそわれわれの切なる希求である。

われわれは権威に盲従せず、俗流に媚びることなく、渾然一体となって日本の「草の根」をかたちづくる若く新しい世代の人々に、心をこめてこの新しい綜合文庫をおくり届けたい。それは知識の泉であるとともに感受性のふるさとであり、もっとも有機的に組織され、社会に開かれた万人のための大学をめざしている。大方の支援と協力を衷心より切望してやまない。

一九七一年七月

野間省一

講談社文庫 最新刊

山本周五郎
逃亡記 時代ミステリ傑作選
〈山本周五郎コレクション〉
なぜ男は殺されたのか？　市井《しせい》の人の息づかい、生き様を活写した江戸ミステリ名作6篇。

秋川滝美
幸《こう》腹《ふく》な百貨店
〈デパ地下おにぎり騒動〉
呑んで、笑って、明日を語ろう。『居酒屋ぼったくり』著者の極上お仕事&グルメ小説！

決戦！シリーズ
決戦！桶狭間
大好評「決戦！」シリーズの文庫化第5弾。乾坤一擲《けんこんいってき》の奇襲は本当に奇跡だったのか！

酒井順子
朝からスキャンダル
アイドルの危機、不倫、フジTVの落日etc.平成日本を見つめ続ける殿堂入りエッセイ14弾。

片川優子
ただいまラボ
動物たちの生命と向き合う獣医学科学生の日々をリアルに描いた、爽快な理系青春小説。

日本推理作家協会編
ベスト8ミステリーズ2015
日本推理作家協会賞を受賞した2作をはじめ、選《え》りすぐりの8編を収録したベスト短編集！

本格ミステリ作家クラブ・編
ベスト本格ミステリTOP5
〈短編傑作選003〉
天野暁月・青崎有吾・西澤保彦・似鳥鶏・葉真中顕。旬の才能を紹介する見本市。魅惑の謎解き！

ティモシイ・ザーン
富永和子 訳
スター・ウォーズ 帝国の後継者（上）（下）
新三部作の製作に影響した、ルーク、レイア、ハン、三人のその後を描いた外伝小説！

ローレンス・カスダン
ジョナサン・カスダン 原作
ムア・ラファティ 著
稲村広香 訳
ハン・ソロ スター・ウォーズ・ストーリー
無法者から冒険者へ！　ハン・ソロの若き日の冒険譚。知られざるシーン満載のノベライズ版！

多和田葉子
雲をつかむ話／ボルドーの義兄
解説＝岩川ありさ　年譜＝谷口幸代

読売文学賞・芸術選奨文科大臣賞受賞の「雲をつかむ話」。ドイツ語で発表した後、日本語に転じた「ボルドーの義兄」。世界的な読者を持つ日本人作家の魅惑の二篇。

たAC5
978-4-06-515395-6

吉本隆明
追悼私記　完全版
解説＝高橋源一郎

肉親、恩師、旧友、論敵、時代を彩った著名人——多様な死者に手向けられた言葉の数々は掌篇の人間論である。死との際会がもたらした痛切な実感が滲む五十一篇。

よB9
978-4-06-515363-5

講談社文庫　目録

石川大我　ボクの彼氏はどこにいる?
石松宏章　マジでガチなボランティア
伊藤比呂美　とげ抜き〈新巣鴨地蔵縁起〉
伊東　潤　疾《はや》き雲のごとく
伊東　潤　戦国鬼譚　惨
伊東　潤　虚《うつ》けの舞
伊東　潤　叛《はん》鬼《き》
伊東　潤　国を蹴った男
伊東　潤　峠越え
伊東　潤　黎明に起《た》つ
伊東　潤　池田屋乱刃
池田清彦　すこしの努力で「できる子」をつくる
市川拓司　吸涙鬼
石飛幸三　「平穏死」のすすめ〈口から食べられなくなったらどうしますか〉
石井光太　感染宣告〈エイズウィルスに人生を変えられた人々の物語〉
磯﨑憲一郎　赤の他人の瓜二つ
池田邦彦　カレチ　車掌純情物語　1
池田邦彦　カレチ　車掌純情物語　2
池田邦彦　カレチ　車掌純情物語　3

岩明　均　文庫版　寄生獣　1
岩明　均　文庫版　寄生獣　2
岩明　均　文庫版　寄生獣　3
岩明　均　文庫版　寄生獣　4
岩明　均　文庫版　寄生獣　5
岩明　均　文庫版　寄生獣　6
岩明　均　文庫版　寄生獣　7
岩明　均　文庫版　寄生獣　8
伊藤理佐　女のはしょり道
伊藤理佐　また！　女のはしょり道
石黒正数　外《げ》天《てん》楼《ろう》
石川宏千花　お面屋たまよし
石川宏千花　お面屋たまよし　彼岸ノ祭
伊与原新　ルカの方舟《はこぶね》
稲葉圭昭《よしあき》　恥さらし〈北海道警　悪徳刑事の告白〉
稲葉博一《ひろいち》　忍者烈伝
稲葉博一　忍者烈伝ノ続
稲葉博一　忍者烈伝ノ乱〈天之巻〉〈地之巻〉
伊岡　瞬　桜の花が散る前に

石川智健　エウレカの確率〈経済学捜査員　伏見真守〉
石川智健　エウレカの確率〈よくわかる殺人経済学入門〉
石川智健　60《ロクジュウ》〈誤判対策室〉
戌井昭人　ぴんぞろ
石田　千　きなりの雲
井上真偽《まぎ》　その可能性はすでに考えた
井上真偽　聖女の毒杯〈その可能性はすでに考えた〉
井上真偽　恋と禁忌の述語論理《プレディケット》
内田康夫　シーラカンス殺人事件
内田康夫　パソコン探偵の名推理
内田康夫　「横山大観」殺人事件
内田康夫　江田島殺人事件
内田康夫　琵琶湖周航殺人歌
内田康夫　夏泊殺人岬
内田康夫　「信濃の国」殺人事件
内田康夫　鐘
内田康夫　風葬の城
内田康夫　透明な遺書
内田康夫　鞆《とも》の浦《うら》殺人事件

内田康夫　箱庭
内田康夫　終幕《フィナーレ》のない殺人
内田康夫　御堂筋殺人事件
内田康夫　記憶の中の殺人
内田康夫　北国街道殺人事件
内田康夫　蜃気楼
内田康夫　「紅藍《くれない》の女《ひと》」殺人事件
内田康夫　「紫《むらさき》の女《ひと》」殺人事件
内田康夫　藍色回廊殺人事件
内田康夫　明日香の皇子
内田康夫　伊香保殺人事件
内田康夫　不《し》知《ら》火《ぬい》海《かい》
内田康夫　華の下にて
内田康夫　博多殺人事件
内田康夫　中央構造帯(上)(下)
内田康夫　黄金の石橋
内田康夫　金沢殺人事件
内田康夫　朝日殺人事件
内田康夫　湯布院殺人事件

内田康夫　釧路湿原殺人事件
内田康夫　貴賓室の怪人〈「飛鳥」編〉
内田康夫　イタリア幻想曲　貴賓室の怪人2
内田康夫　靖国への帰還
内田康夫　若狭殺人事件
内田康夫　化生の海
内田康夫　日光殺人事件
内田康夫　不等辺三角形
内田康夫　ぼくが探偵だった夏
内田康夫　怪談の道
内田康夫　逃げろ光彦〈内田康夫と5人の女たち〉
内田康夫　皇女の霊柩
内田康夫　悪魔の種子
内田康夫　戸隠伝説殺人事件
内田康夫　歌わない笛
内田康夫　新装版　死者の木霊
内田康夫　新装版　漂泊の楽人
内田康夫　新装版　平城山《ならやま》を越えた女
内田康夫　秋田殺人事件

内田康夫　孤道
和久井清水　孤道　完結編〈金色の眠り〉
歌野晶午　死体を買う男
歌野晶午　安達ヶ原の鬼密室
歌野晶午　新装版　長い家の殺人
歌野晶午　新装版　白い家の殺人
歌野晶午　新装版　動く家の殺人
歌野晶午　密室殺人ゲーム王手飛車取り
歌野晶午　新装版　ＲＯＭＭＹ　越境者の夢
歌野晶午　増補版　放浪探偵と七つの殺人
歌野晶午　新装版　正月十一日、鏡殺し
歌野晶午　密室殺人ゲーム2.0
歌野晶午　密室殺人ゲーム・マニアックス
内館牧子　養老院より大学院
内館牧子　愛し続けるのは無理である。
内館牧子　食べるのが好き　飲むのも好き　料理は嫌い
内館牧子　終わった人
内田洋子　皿の中に、イタリア
宇江佐真理　泣きの銀次

講談社文庫　目録

上橋菜穂子　物語ること、生きること
上橋菜穂子　明日は、いずこの空の下
上橋菜穂子原作 武本糸会漫画　コミック 獣の奏者 I
上橋菜穂子原作 武本糸会漫画　コミック 獣の奏者 II
上橋菜穂子原作 武本糸会漫画　コミック 獣の奏者 III
上橋菜穂子原作 武本糸会漫画　コミック 獣の奏者 IV
上田紀行　ダライ・ラマとの対話
上田紀行　スリランカの悪魔祓い
嬉野　君　妖怪極楽
嬉野　君　黒猫邸の晩餐会
上野　誠　天平グレート・ジャーニー〈遣唐使・平群広成の数奇な冒険〉
うかみ綾乃　永遠に、私を閉じこめて
植西　聰《あきら》　がんばらない生き方
海猫沢めろん　愛についての感じ
遠藤周作　ぐうたら人間学
遠藤周作　聖書のなかの女性たち
遠藤周作　さらば、夏の光よ
遠藤周作　最後の殉教者
遠藤周作　反逆 (上)(下)

遠藤周作　ひとりを愛し続ける本
遠藤周作　深い河《ディープ・リバー》
遠藤周作　周作塾〈読んでもタメにならないエッセイ〉
遠藤周作　新装版 海と毒薬
遠藤周作　新装版 わたしが・棄てた・女
江波戸哲夫　新装版 銀行支店長
江波戸哲夫　集団左遷
江上　剛　頭取無惨
江上　剛　不当買収
江上　剛　小説 金融庁
江上　剛　絆
江上　剛　再起
江上　剛　企業戦士
江上　剛　リベンジ・ホテル
江上　剛　起死回生
江上　剛　瓦礫の中のレストラン
江上　剛　非情銀行
江上　剛　東京タワーが見えますか。
江上　剛　慟哭の家

江上　剛　家電の神様
江上　剛　ラストチャンス 再生請負人
江國香織　真昼なのに昏《くら》い部屋
江國香織・文 松尾たいこ・絵　ふりむく
M・モーリス 江國香織訳 宇野亜喜良絵　青い鳥
江國香織他　100万分の1回のねこ
遠藤武文　プリズン・トリック
遠藤武文　パワードスーツ
遠藤武文　原調
円城　塔　道化師の蝶
大江健三郎　新しい人よ眼ざめよ
大江健三郎　取り替え子《チェンジリング》
大江健三郎　鎖国してはならない
大江健三郎　言い難き嘆きもて
大江健三郎　憂い顔の童子
大江健三郎　河馬に噛まれる
大江健三郎　M/Tと森のフシギの物語
大江健三郎　キルプの軍団
大江健三郎　治療塔

大江健三郎　治療塔惑星
大江健三郎　さようなら、私の本よ！
大江健三郎　水死
大江健三郎　晩年様式集《イン・レイト・スタイル》
小田実　何でも見てやろう
沖守弘　マザー・テレサ〈あふれる愛〉
岡嶋二人　あした天気にしておくれ
岡嶋二人　開けっぱなしの密室
岡嶋二人　ちょっと探偵してみませんか
岡嶋二人　そして扉が閉ざされた
岡嶋二人　どんなに上手に隠れても
岡嶋二人　タイトルマッチ
岡嶋二人　解決まではあと6人〈5W1H殺人事件〉
岡嶋二人　眠れぬ夜の殺人
岡嶋二人　コンピュータの熱い罠《わな》
岡嶋二人　殺人！ザ・東京ドーム
岡嶋二人　99％の誘拐
岡嶋二人　クラインの壺
岡嶋二人　増補版 三度目ならばABC

岡嶋二人　ダブル・プロット
岡嶋二人　新装版 焦茶色のパステル
岡嶋二人　チョコレートゲーム 新装版
岡嶋二人　新版 七日間の身代金
太田蘭三　殺《さつ》・風《ぷう》景《けい》〈警視庁北多摩署特捜本部〉
太田蘭三　虫も殺さぬ〈警視庁北多摩署特捜本部〉
太田蘭三　口唇紋〈警視庁北多摩署特捜本部〉
大前研一　企業参謀 正・続
大前研一　やりたいことは全部やれ！
大前研一　考える技術
大沢在昌　野獣駆けろ
大沢在昌　死ぬより簡単
大沢在昌　相続人TOMOKO
大沢在昌　ウォームハート コールドボディ
大沢在昌　アルバイト探偵《アイ》
大沢在昌　調毒師を捜せ アルバイト探偵《アイ》
大沢在昌　女王陛下のアルバイト探偵《アイ》
大沢在昌　不思議の国のアルバイト探偵《アイ》
大沢在昌　拷問遊園地 アルバイト探偵《アイ》

大沢在昌　帰ってきたアルバイト探偵《アイ》
大沢在昌　雪蛍
大沢在昌　ザ・ジョーカー
大沢在昌　亡命者〈ザ・ジョーカー〉
大沢在昌　夢の島
大沢在昌　新装版 氷の森
大沢在昌　暗黒旅人
大沢在昌　新装版 走らなあかん、夜明けまで
大沢在昌　新装版 涙はふくな、凍るまで
大沢在昌　語りつづけろ、届くまで
大沢在昌　罪深き海辺 (上)(下)
大沢在昌　やぶへび
大沢在昌　海と月の迷路 (上)(下)
C・ドイル原作 大沢在昌　バスカビル家の犬
逢坂剛　コルドバの女豹
逢坂剛　十字路に立つ女
逢坂剛　重《じゅう》蔵《ぞう》始《し》末《まつ》
逢坂剛　じぶくり伝兵衛〈重蔵始末(二)〉
逢坂剛　猿曳遁兵衛〈重蔵始末(三)〉

講談社文庫　目録

講談社文庫　目録

北方謙三　試みの地平線〈伝説復活編〉
北方謙三　煤煙
北方謙三　旅のいろ
北方謙三　新装版 活路(上)(下)
北方謙三　新装版 余燼(上)(下)
北方謙三　抱影
菊地秀行　魔界医師メフィスト〈怪屋敷〉
菊地秀行　吸血鬼ドラキュラ
北原亞以子　深川澪通り木戸番小屋
北原亞以子　新地橋〈深川澪通り木戸番小屋〉
北原亞以子　夜の明けるまで〈深川澪通り木戸番小屋〉
北原亞以子　澪つくし〈深川澪通り木戸番小屋〉
北原亞以子　たからもの〈深川澪通り木戸番小屋〉
北原亞以子　降りしきる
北原亞以子　贋作《うそばっかり》天保六花撰《えどのはなし》
北原亞以子　花冷え
北原亞以子　歳三からの伝言
北原亞以子　お茶をのみながら
北原亞以子　その夜の雪
北原亞以子　江戸風狂伝
桐野夏生　新装版 顔に降りかかる雨
桐野夏生　新装版 天使に見捨てられた夜
桐野夏生　新装版 ローズガーデン
桐野夏生　ＯＵＴ(上)(下)
桐野夏生　ダーク(上)(下)
京極夏彦　文庫版 姑獲鳥《うぶめ》の夏
京極夏彦　文庫版 魍魎《もうりょう》の匣《はこ》
京極夏彦　文庫版 狂骨《きょうこつ》の夢《ゆめ》
京極夏彦　文庫版 鉄鼠《てっそ》の檻《おり》
京極夏彦　文庫版 絡新婦《じょろうぐも》の理《ことわり》
京極夏彦　文庫版 塗仏《ぬりぼとけ》の宴《うたげ》—宴の支度
京極夏彦　文庫版 塗仏の宴—宴の始末
京極夏彦　文庫版 百鬼夜行—陰
京極夏彦　文庫版 百器徒然袋—雨
京極夏彦　文庫版 百器徒然袋—風
京極夏彦　文庫版 今昔続百鬼—雲
京極夏彦　文庫版 陰摩羅鬼《おんもらき》の瑕《きず》
京極夏彦　文庫版 邪魅《じゃみ》の雫
京極夏彦　文庫版 死ねばいいのに
京極夏彦　文庫版 ルー＝ガルー〈忌避すべき狼〉
京極夏彦　文庫版 ルー＝ガルー２〈インクブス×スクブス 相容れぬ夢魔〉
京極夏彦　分冊文庫版 姑獲鳥《うぶめ》の夏(上)(下)
京極夏彦　分冊文庫版 魍魎《もうりょう》の匣《はこ》(上)(中)(下)
京極夏彦　分冊文庫版 狂骨《きょうこつ》の夢《ゆめ》(上)(中)(下)
京極夏彦　分冊文庫版 鉄鼠《てっそ》の檻《おり》全四巻
京極夏彦　分冊文庫版 絡新婦《じょろうぐも》の理《ことわり》(一)(二)
京極夏彦　分冊文庫版 絡新婦《じょろうぐも》の理《ことわり》(三)(四)
京極夏彦　分冊文庫版 塗仏《ぬりぼとけ》の宴《うたげ》 宴の支度《したく》(上)(中)(下)
京極夏彦　分冊文庫版 塗仏《ぬりぼとけ》の宴《うたげ》 宴の始末《しまつ》(上)(中)(下)
京極夏彦　分冊文庫版 陰摩羅鬼《おんもらき》の瑕《きず》(上)(中)(下)
京極夏彦　分冊文庫版 邪魅《じゃみ》の雫(上)(中)(下)
京極夏彦　分冊文庫版 ルー＝ガルー〈忌避すべき狼〉(上)(下)
京極夏彦　分冊文庫版 ルー＝ガルー２〈インクブス×スクブス 相容れぬ夢魔〉(上)(下)
京極夏彦・原作 志水アキ・漫画　コミック版 姑獲鳥《うぶめ》の夏(上)(下)
京極夏彦・原作 志水アキ・漫画　コミック版 魍魎《もうりょう》の匣《はこ》(上)(下)
京極夏彦・原作 志水アキ・漫画　コミック版 狂骨の夢(上)(下)
北森　鴻　狐罠

北森　鴻　花の下にて春死なむ
北森　鴻　香菜里屋《カナリヤ》を知っていますか
北森　鴻　親不孝通りラプソディー
北村　薫　盤上の敵
北村　薫　紙魚家崩壊〈九つの謎〉
北村　薫　野球の国のアリス
岸　惠子　30年の物語
木内一裕　藁の楯
木内一裕　水の中の犬
木内一裕　アウト&アウト
木内一裕　キッド
木内一裕　デッドボール
木内一裕　神様の贈り物
木内一裕　喧嘩猿
木内一裕　バードドッグ
木内一裕　不愉快犯
木内一裕　嘘ですけど、なにか？
北山猛邦　『クロック城』殺人事件
北山猛邦　『瑠璃城』殺人事件

北山猛邦　『アリス・ミラー城』殺人事件
北山猛邦　『ギロチン城』殺人事件
北山猛邦　私たちが星座を盗んだ理由
北山猛邦　猫柳十一弦の後悔〈不可能犯罪定数〉
北山猛邦　猫柳十一弦の失敗〈探偵助手五箇条〉
北　康利　白洲次郎　占領を背負った男　(上)(下)
北　康利　福沢諭吉　国を支えて国を頼らず　(上)(下)
北　康利　吉田茂　ポピュリズムに背を向けて　(上)(下)
北原尚彦　死美人辻馬車
北尾トロ　テッカ場
樹林　伸　東京ゲンジ物語
貴志祐介　新世界より　(上)(中)(下)
北川貴士　マグロはおもしろい〈美味のひみつ、生き様のなぞ〉
木下半太　サバイバー
北原みのり　毒婦。〈木嶋佳苗100日裁判傍聴記〉
北原みのり　木嶋佳苗100日裁判傍聴記〈佐藤優対談収録完全版〉
北　夏輝　恋都の狐さん
北　夏輝　美都《みと》で恋めぐり
北　夏輝　狐さんの恋結び

岸本佐知子 編訳　変《ヘン》愛《アイ》小説集
岸本佐知子 編　変愛小説集　日本作家編
木原浩勝　文庫版　現世《うつしよ》怪談(一)　主人の帰り
木原浩勝　文庫版　現世怪談(二)　白刃の盾
木原浩勝　増補改訂版　もう一つの「バルス」〈宮崎駿と『天空の城ラピュタ』の時代〉
喜国雅彦／国樹由香　メフィストの漫画
金田一春彦／安西愛子 編　日本の唱歌　全三冊
黒岩重吾　新装版　古代史への旅
栗本　薫　新装版　絃《いと》の聖域
栗本　薫　新装版　ぼくらの時代
栗本　薫　新装版　優しい密室
栗本　薫　新装版　鬼面の研究
黒井千次　カーテンコール
黒井千次　日の砦
倉橋由美子　よもつひらさか往還
黒柳徹子　窓ぎわのトットちゃん　新組版
工藤美代子　今朝の骨肉、夕べのみそ汁
倉知　淳　新装版　星降り山荘の殺人
倉知　淳　シュークリーム・パニック

2019年3月15日現在